JN099680
天音&蒼月
「華龍と月龍の皇子」

華龍と月龍の皇子

杉原理生

キャラ文庫

この作品はフィクションです。
実在の人物・団体・事件などにはいっさい関係ありません。

目次

口絵・本文イラスト／笠井あゆみ

一章　龍の皇子たち

月龍国の都の下町の通りをひとりの少年が歩いている。

彼が通りかかると、行きすぎる人々や商店の娘たちが目を奪われる。

少年の名前は天音――今年十六歳になる。背はすらりと高く、年よりは大人びて見えて、市井ではその均整のとれた体軀と美貌は歩くだけで目立った。

顔は女人のように美麗に整っていたが、性別を間違えられたことは一度もない。素材そのものは美しくても、髪も後ろで飾りもなく束ねているだけだし、服装も黒一色の深衣、腰には大ぶりな刀剣を携えており、翡翠を嵌め込んだような瞳にはつねに周囲を警戒しているような強い光が宿っていたからだ。なにより表情に愛想の欠片もない。

しかし端整な容姿は人目を引くもので、この花街に近い商店が並ぶ界隈では天音は有名人だった。先ほども花街の入口の前を通っただけで、妓楼の女たちから「天音様、お代はいらないから遊んでいって」と甘ったるい声をかけられた。町の女たちの多くは天音のファンだ。

いまも――歩いているだけで、「天音様、こんにちは」と商店の娘たちが頰を染めて挨拶をしてくる。天音は会釈をして、笑って見えるように唇の端をほんの少し上げた。

「天音様、これ新作の饅頭（まんじゅう）です。どうぞ静宇（せいう）様や彩火（さいひ）様と一緒に食べてくださいな」

饅頭屋の娘が店から出てきて、天音に包みを押しつけた。

「……いや、今日は」

「お代はいりません。試食して、感想を教えてほしいのです。お願いします」

知らないひとから物をもらってはいけないと静宇から教育されている。しかし、饅頭屋の娘は顔見知りだし、甘いものは静宇の好物だ。

「では、いただく」

「……どうぞっ」

返事は最小限にする、誤解されないように愛想よくしすぎない、つねに誠実な態度を心がける——教育係である静宇の教えを忠実に守るべく、天音は娘に小さく笑いかけて「すまない、いつも」と礼をいった。娘は真っ赤になって足もとをふらつかせた。

「……ああっ、やっぱり天音様が一番。手の届かない龍の皇子様たちなんかより素敵」

「ねー。うちらの天音様は、蒼月（そうげつ）様にだって負けないわ」

天音が歩き去ったあと、商店の娘たちがキャアキャアと叫んでいるのが背後に聞こえる。

通りを歩いているうちに何度か同じようなやりとりがされ、天音の両手は「どうぞ食べてください。お兄様たちにもよろしくお伝えして」と押しつけられた貢物の食料でふさがった。

このような事態になるから人通りの多い時間帯はこないようにしているのだが、今日は報告を急ぎたかったので仕方ない。

目的地の飴売り屋の前まで辿り着くと、幼い少女が母親の手を引っ張っているのが見えた。

「ねえ、かかさま。次に皇子様を見られるのはいつ？　神殿跡の神事には行ける？」

「駄目よ。そんなにしょっちゅう神事に参加されるわけではないのよ。神殿跡は都から近いとはいえ、東湖州じゃないの。もう……神殿でお姿を見てから、龍の皇子様に夢中なんだから」

「だって蒼月様はまだお嫁さんいないって。隣のお姉ちゃんたちも騒いでたもの」

「はいはい。……お兄さん、その花のかたちの飴ひとつ頂戴」

飴屋の若い男が「まいどー」と店頭に出てくる。

「嬢ちゃんは蒼月様のファンか。皇子様のお嫁さんになりたいのかな？　でも龍の皇子様に見初められたいなら、まずはお母さんのいうこと聞いて、良い子でいなきゃいけないよ」

少女は飴を受けとりながら、「はあい」と元気に返事をする。

ふと少女がこちらを振り返って「えへへ」と照れたように笑ったので、天音は反射的に「お嫁さん、なれるといいな」と微笑み返した。

少女は頬を薔薇色に染めて「うんっ」と頷く。相手は龍の皇子でなくてもいいけど――と天音は内心つけくわえる。

子供の夢を壊してはいけない。だけど、龍なんて――あいつらは人間をたいして気にかけてないし、道端の蟻(あり)ぐらいにしか認識していない。気まぐれで薄情な生き物なのだ。

母娘を「またよろしくー」と見送ってから、飴屋が天音を振り返った。

「おやおや、これはこれは、龍の嫁にされそうな別嬪(べっぴん)さんじゃないですか。どうしました？」

「ふざけないでくれ」

「はいはい。……なんの用ですか？」

飴屋の男――無影(むえい)は天音に店内に入るように促して、戸を閉める。

本店は三代続いている老舗(しにせ)の砂糖問屋だが、下町の飴屋の分店は三男である無影が仕切っている。三十代になっても書生のような雰囲気で坊ちゃん育ちのおとなしそうな男だが、十代の頃は修行として全国に飴を売り歩いていたとかで、各方面に顔が利く。無影はその伝手(つて)を活かして情報屋と裏商売の口利き屋も兼業していた。

「このあいだの依頼の件、片づけてきた。雑魚(ざこ)の妖魔だった。光界と深界の狭間(はざま)で弾(はじ)かれて堕(お)ちてきて、形状もうまく保てなくて漂っていただけだ。悪意はなかった」

人界と接点があるのは光界と深界。異形の存在はこのふたつの異界からやってくる。

人界に現在、神として君臨しているのは龍だが、そのほかの霊魂も絶えず降臨する。

光界や深界から現れるのは神格の高い霊魂とは限らないし、大地の龍脈の作用で人界では意思すら持たない禍(わざわい)と化すことがほとんどだ。それを手なずけて悪用する龍力のある人間をかつては妖術師(ようじゅつし)、そして退ける人間を退魔師と呼んだ。

「え？　もう？　若いのにたいしたもんだねえ。天音様、退魔師として優秀なんだ。じゃ、これ報酬ね。俺の紹介料は引いてあるから」

小さな袋に入った銭を受けとると、天音は中身の金額を確認して頷いた。

月龍国では妖術師は見つかれば即座に極刑という厳しい処分が下されるため、表向きは現在では存在しない。

同じく退魔師も職業としては廃れている。民間で龍力を使って金銭を得る行為は禁止されており、代わりに龍力のある人間は龍術師として国家資格を得なければ仕事はできない。

御上が龍力を管理したいのは、それが大地の龍脈を乱し、なおかつ国家を脅かす勢力になる危険性を孕んでいるからだった。とはいえ、市井にはまだもぐりの妖術師も退魔師も現存している。それが違法というだけだ。

「ほかに依頼はないのか」

「いまのところ、ないねえ。静宇さんに汚い仕事は回すなっていわれてるし。でかい仕事は組合に入ってなきゃ無理だよ。俺が相談されるのは、組合に頼むほどの金がない案件と、報酬はでかいけど後ろ暗い案件のどっちか。後者は天音様にさせられないだろう」

「無影まで天音様って呼ぶな」

「なんで？　あんたら兄弟を呼び捨てにしたら、俺が女たちに石投げられるよ。天音様、静宇様、彩火様――この三人はもう様つけるのが鉄板でしょ」

「困る」

　誰が呼びだしたのか。天音たちは月龍国で目立たずに生きていくつもりだった。

　最初に女たちに注目されたのは静宇と彩火だった。天音はあくまで彼らの付属品で、「天音ちゃん、格好いいお兄さんたちによろしくね」とついでに可愛(かわい)がられる存在にすぎなかった。

「天音様」と呼ばれるようになったのは二年前、もぐりの退魔師をはじめてからだ。

　十四歳のときに依頼を受けて、妖術師の呪(のろ)いで妓楼に出現した猪(いのしし)と虎(とら)が混ざったような醜悪な異形の妖魔の退治を任された。そのときに天音は初めて皆の前で龍力使いの刀剣を抜いた。

　龍力のある人間の瞳には特徴がある。

　東の大陸には髪や瞳が黒や暗褐色の者が多いが、龍力がある場合は通常時は皆と同じような瞳でも、能力の使用時には青や緑や薄い琥珀(こはく)など様々な色に変化する。感情の揺れ動きなどでも流動的に変化するもので、龍眼といわれる。通常時から龍眼の色のままの者もいる。

　天音は普段から青緑(みどり)色の瞳をしている。西の大陸の人間には明るい眼の者が多いが、それらとは違って龍力を使うときはさらに明度が上がる。

　翡翠の宝石のような瞳を輝かせて、自分の背丈の二倍もある獣の妖魔を前にしながら、息ひとつ乱さずに刀剣を舞うように振るう天音の姿は絵物語に出てくるように秀麗だった。

　ほっそりとした白い手が、成人男性でも持ち上げるのに苦労しそうな大振りの刀剣を軽々と振り上げて、いっさいの躊躇(ちゅうちょ)もなく異形に向かっていく。

容貌だけならその黒髪に花でも飾りたくなるような美少年なのに、彼の表情には恐れの欠片もなく、明るい翡翠の瞳は恍惚と輝いていた。美しい若武者のような横顔に、その場にいた全員が息を呑んだ。

巨大な妖魔をこともなげに真っ二つに屠ったあと、天音は振り返って妓女たちに声をかけた。

「――女たちに怪我はないか」

その瞬間、妓女たちの黄色い悲鳴に妓楼が揺れた。

たかが十四歳の少年だ。格好をつけたつもりはなく、「彩火と静宇ならこうする」というお手本に忠実に倣っただけだった。だが、翌日から天音は「天音ちゃん」から「天音様」に格上げされた。

「皇子様たちも格好いいけど、下町の天音様も負けないわ」

「そうよね。天音様はきっと父親が身分の高い貴人なんだわ」

月龍国は現在、東の大陸で一番の繁栄を誇っており、〈原初の龍〉の守護をもつ皇子が五人もいる。神人の血を引く見目麗しい皇子たちは、庶民に絶大な人気があって、皇国の安寧に一役かっていた。

そんな皇子様人気と対比されることで、天音の噂は妓楼から花街全体、下町へと広がり、現在では通りを歩くだけで「天音様」と声がかかるのだった。

「――あんたがいくら騒がれるのは困るっていってもさ……天音様、とりあえず持ちにくそうだから、女たちからの貢物はこれにまとめたら？」

天音は無影から渡された風呂敷を受けとると、貰い物の菓子や総菜をいそいそと詰め込んだ。

「俺たちは目立つのは望んでいない。食べ物をもらえるのは非常に助かっているが」

「女たちに好かれるのが嫌なら、その綺麗な顔に麻袋でもかぶって歩けって助言しか思いつかないわ。あんたら仕事しないでも、ヒモで十分食っていけるでしょ」

「変なことをいうな。みんなの暮らしだって楽じゃないんだ。好意に甘えてはいられない」

「はいはい。そんなに貢いでもらっておいて、殊勝なことで。女を食い物にするのが本意じゃないなら、国家資格の龍術師を目指したらいいのに」

それができれば苦労しない——と天音は顔をしかめる。

「無理だ。俺は資格試験を受けられない」

「戸籍ないんだっけ。母親は国境の花街の妓女っていってたか」

「そうだ。陽華国からの流れ者で、戸籍なし。国家資格をとれるわけがない」

下町では浮く端正な容姿も、類まれな龍力がある理由も、母親が花街の美女で父親がおそらく龍力のある貴人——その結果の落とし子なのだといえば、皆が納得する。実際、市井で生まれる龍力の血筋は、たいていが貴人の庶子を源流としている。

「でも月龍国は陽華国なんかに比べたら、いまは外国人に寛容になったけどね。あっちみたいに皇子が行方不明だとか、帝と皇太子が殺されるなんていう物騒なお家騒動もないし」

無影は時折さらりと陽華国の話題を織り交ぜてくる。彼は静宇に恩があるという理由で仕事を回してくれているらしいが、その会話にどういう意図が含まれているのかは謎（なぞ）だった。

「帝不在のまま、陽華国はどこまで荒れるのかねえ。皇子たちは分裂したままだし、第二皇子だか第三皇子だかの一派は流怜国（りゅうれいこく）にまで攻め込みそうって話だよ」

「流怜国に？」

「あそこは長年、西部が異民族で苦労してる。その混乱に乗じてって噂がある。月龍国は安泰で助かるけどね。この国で争われてるのはどの皇子が一番人気かってことぐらいだ。平和だよ」

陽華国の話題に心が騒いだが、天音はつとめて平然と振る舞った。

「どの皇子が人気なんだ？」

「やっぱり第二皇子の蒼月様だろうね。あれはすごい。男でも血迷いそうな美貌だわ」

先ほどの少女も、町の娘たちもよく「蒼月様」と名を口にしていたのを思い出す。

「天音様も龍の皇子様に対抗意識あったりする？　俺からしたら、あんたも負けないくらいお綺麗（きれい）ですけど」

「容姿などどうでもいい」

「そうはいっても、正直ヒモがいやなら、天音様はおふくろさんと同じ職業になったほうが稼げると思うけどね。その顔と身体は売り物になる」

少し意地の悪い笑いを見せる無影に、天音はぐいっと身を乗りだして、その襟元をつかんだ。無影はぎょっとしたように「降参」と両手をあげてみせる。

「怒りなさんなって。気を悪くしないでくれよ。金が欲しい、戸籍がないっていうなら、その綺麗な顔と身体を利用するのが早道って一般論で……」

「怒ってはいない。俺の顔と身体は金になるのか？」

さらに顔を近づけて詰問する天音に、無影はぽかんとした。

「え？　そりゃなるだろ」

「俺は男だが、それでも？」

「女よりも稼げる期間は短いけど。天音様ほどの器量なら、花街であと五年は金になるんじゃないですかね」

困惑をあらわにする無影に、天音は真剣に詰め寄る。

「どこで？　花街には女しかいないだろう」

「あー、『天音様』って妓女たちに騒がれても、花街を詳しくご存じないね？　そりゃ大通りは女しかいないよ？　でも花街も趣向によって地区や通りで分かれてるのさ。東の通りには、若い男衆や稚児のいる店があって、男も十分金になるんだ。俺の知り合いの女衒(ぜげん)は……」

「その手があったか。紹介してくれ」

「へ？」

「俺でも売れるなら紹介してくれ。金がいるんだ」

「いやいや、無理無理。あんたなんかが働けるところじゃ……」

「無理かどうかは俺が決める。教えてくれ」

天音は無影の襟をつかんだまま、腰の刀剣を抜いた。

「て、天音様……？　あんた、娘っ子たちの前とそれ以外じゃ、性格違いすぎない？　そんな物騒なもの抜いちゃ駄目だよ」

「婦女子には優しくするが、男になんか気を遣ってられるか。実は金に困ってるんだ。こんな刀剣振り回して妖魔を斬ったって、たいした金は稼げない。なんの役にも立たない」

「いや、歩いてるだけで食い物もらえるんだから、生活に困らないでしょ。あんたに花街の仕事なんか紹介したら、俺が静宇さんたちにどやされる」

「静宇たちにどやされるまで、貴方の首と胴体がつながってるといいよな」

ぴたりと刃先を首すじに突きつけると、無影は口許をひくつかせたあと、ためいきをついた。

「……責任とらないよ。名前を教えるだけだからな。蓮華茶屋っていう、花街の一番東の通りの外れ。秋風っていう女衒を訪ねていけばいい。そいつが俺の知り合い」

「――恩に着る」

「いや、恩を感じてる行動じゃないだろーが。それ、早くしまえって」

天音は「あ、すまない」と無邪気な笑顔で刀剣を納めた。

「有益な情報を得て助かった。静宇たちは過保護だからな。俺は知らないことが多すぎるんだ」

「どう考えても知らなくていいことだろうよ。本気でやる気？　おすすめはしないよ。あんた向きじゃない。よく考えなよ」

「やるさ。金になるならなんでも」

天音はあっさりと答えると、貢物の食料の風呂敷をかかえなおした。「また仕事があったら頼む」と娘たちに向けるような笑みを無影に向けて店を出ていく。

戸が閉まった店内で無影は大きく息をついて、近くの椅子にずるずると座り込んだ。

「――おっかねえ皇子様だ……」

天音の生まれは陽華国。母親が妓女で、父親の違う三兄弟の末っ子という出自は偽りだ。

かつての名前は悠華(ゆうか)――神人としての龍名は天羽龍(あまはねりゅう)という。月龍国と並ぶ東の大国である陽華国の末皇子として生を受けた。

だが、現在、天音は月龍国の都の下町で庶民として暮らしている。

「龍だ」

往来で誰かが呟く。その一言に、周囲の皆が足を止めて天を仰いだ。ちょうど飴屋を出て通りを歩いていた天音も、同じように空を見上げた。

空の一部にぽっかりと丸い空間があいたように渦巻き、光に満ちあふれた。

その円形の光を出入口にして、きらびやかな光の粒子の集合体のような塊がすっと流れ星のごとく尾を引いて落ちてくるのが見える。

老若男女問わず、追いかけっこをしていた子供も、屋台で飾りものを押し売ろうとしていた行商人も、痴話喧嘩をして互いに手を振り上げていた男女も、馬車に乗っていた貴人の一行ですら動きを停止した。にぎやかな通りは、一瞬時間が止まり、その黄金の光の尾が見えなくなると、呪縛がとけたように一斉にわっとざわめいた。

「龍がでてきたよ」

「どちらにおいでになったんだろう」

人々は顔を見合わせて口々にいいあう。周囲が歓喜するのとは対照的に、天音は醒めた顔つきで通りを歩く足を速めた。

天音が住んでいるのは大通りから外れた小道にある商家だった古い家だ。軋む木の戸を開けて、家の中に入る。銭袋を棚の奥の瓶に入れて、テーブルの上に食料の入った風呂敷を置いてから裏口にある井戸に手を洗いに行った。

先ほど通りで見た龍の降臨――あれは月龍国に縁のある龍か。どこに降りたのだろうか。

「……どうでもいいか」

天音は家の中に戻り、もらいものの総菜を皿にとりわけながらひとりごちる。

「龍の皇子様がなんだというのだ。龍などなんの役にも立たない。龍が俺を守ってくれたか？　腹をふくらましてくれたか？　いいや、刀剣を振るうときに少し威力があって便利なだけだ」

天音が陽華国で皇子として暮らしていたのは九歳までだ。いまや下町の商店街や猥雑とした花街、安普請の住居のほうが馴染みのある風景であり、自分を育ててくれた世界だった。

「――天音様。龍を悪くいうなんてとんでもない。謹んでください」

奥の部屋から静宇が出てきて、あきれた顔をして天音を睨む。隣には彩火もいる。

静宇は陽華国の華龍神殿の元神官だ。役者のような顔は清廉な色気があり、その美貌ゆえに神官に選ばれた。ゆるやかに波打つ長い銀髪と色素の薄い琥珀の瞳は、神殿育ちの証だ。

もうひとりの彩火はいかにも武人といった上背のある引き締まった身体つきの青年だった。元近衛だけあって、顔立ちは精悍かつ育ちの良さを感じさせる男前だ。

下町で最初に「様」をつけて呼ばれだしたのは静宇だった。彼は裕福な商家の家庭教師をしながら下町で子供たちに読み書きを教えていたので、すぐに女たちはその神殿育ちの雅な物腰と美しい容姿に騒ぎだした。次に傭兵稼業をしていた彩火も、元近衛の男前に心ときめかせる娘が多かったのか、ひそやかに彩火様と呼ばれるようになった。

下町での設定は父親の違う年の離れた兄たち――彼らが現在の天音を支えてくれる臣下たち

だ。

「いいんだ。龍はどうせ俺の声を聞いてやしない。俺が死にそうなときだって現れやしなかったのだから。天羽龍は耳が悪い」

「また戯言を……龍は、貴方自身でもある。自分自身の悪口をいってどうします。天羽龍様」

「俺は、俺自身の批判も厭わない。駄目なものは駄目だ。なあ、彩火はどう思う？」

静宇は口うるさいので、天音は彩火に話を振る。寡黙な武人は一瞬間をおいて低く答える。

「――龍は嫌いだ。俺も全般的に」

「そうだよな。あいつら食ってばかりで怠け者だ」

「ああ。一番嫌いだ、そういうやつは」

意気投合して「うんうん」と頷きあうふたりに、静宇は苛立たしそうに眉間を寄せた。

「おいおい、馬鹿なことをいうな。彩火、おまえは元華龍騎士団の近衛だろう。神人の皇子に堂々と不遜なことを述べるんじゃない。天音様は、龍名を戴いている皇子だぞ」

「龍はおおむね嫌いだが、天音様と龍母には忠誠を誓っている。かまわないだろう」

「駄目だ。おまえ自身も龍の血を引く貴族だろうに」

「そんなもの……」

彩火は不服そうに口を開きかけてから、思い直したように唇を引き結んだ。

元貴公子である武人の青年は、決して静宇には逆らわない。

静宇は三十二歳、彩火は二十八歳になる。静宇が年上とはいえ、祖国では身分的には彩火が上だった。彼は十代から皇子の護衛として近衛になれるほど名門貴族の出身だ。だが、同郷の昔馴染みということで、静宇にはずっと頭が上がらない。

かくして隠れ家の共同生活において、絶対的な支配権を握っているのは静宇だった。

テーブルの上の皿と貢物の食料を一瞥し、静宇は眉をひそめた。

「天音様、こんなに大量の食べ物をどうしたのですか」

「商店の女たちが食べてほしいというから、もらってきた」

「お代を払わずに？」

「いらないというんだ。おまえも通りを歩いたら、『わたしが静宇様たちの食事の世話を』と申し出る女人を幾人も釣ってくるだろう。あんな感じで大漁だった」

静宇は歩くだけでも町の女が見惚れるほどの美男だが、何気ない動きまで美しいのは幼い頃から神事で細部の所作まで注意を払う癖がついているからだった。

「人聞きの悪いことを……俺の場合は家庭教師先の奥方などが気を遣っていってくるだけです。すべてことわっているし、天音様も遠慮してください」

「俺も最初はことわるつもりだったんだが、娘たちの好意を無下にできなくてな。そのうちになにか礼をしようと思う。とりあえず今日は町の皆のおかげで豪勢な夕餉だ」

彩火が無表情のまま横から手を伸ばして総菜をつまむ。

「うまいな、これ」

「だろう？　彩火も商店の前を歩けば、女たちが食べ物をくれるぞ。俺より貰える」

「俺は怖がられるだけだろう」

「そんなことない。傭兵の兄さんも格好いいといわれている。彩火は少し笑えばいいんだ」

「笑う？　こうか？」

彩火がぎこちなく白い歯を見せたところで、静宇は「やめなさい」と痺れをきらしたようにテーブルを叩いた。

「陽華国の皇子がもらいものの食事を豪勢な夕餉などと……。彩火、おまえだって良家の子息だったろうに、生活の苦しい庶民から恵んでもらおうとするんじゃない！」

「怒るな。ほんとにやるわけがないだろう。天音様とふざけただけだ」

「真顔でふざけるな。おまえにもっともらしいことといわれると、無性に腹が立つんだよ……」

静宇は疲れきったように椅子に腰を下ろしてうなだれた。彩火は少し弱ったように静宇を見る。

「腹が立っても堪えてくれ。俺は来週には発つ。しばらく顔を合わせなくなる」

それは長期の傭兵の仕事に就くことを意味していた。静宇は了承済みなのか、反応しない。

「どこに行く？　どれくらい？」

「流怜国の西方の砦に。半年はかからない。攻めてくるほうも三か月以上は物資がもたない。

いつもそのくらいで冬前にいったん引いて、また一年後ぐらいに戻ってくるのくりかえしだからな。俺は死なないうちに金だけ稼いでくる」

ちょうど無影から聞いていた話だった。大陸の北に位置する流怜国の西方は異民族との激戦区だ。現況では陽華国まで絡んでくるかもしれないという。

「西方の砦はいま大変だって……」

「傭兵にとっては稼ぎがいい」

傭兵や用心棒の仕事で金を稼いでくるのが彩火の役目だったが、いままでは陽華国が関係する場所は避けていたはずだ。

「国内の私兵の仕事じゃ駄目なのか。おまえが遠くに行くのは心配だ」

「だけど、金がいる」

彩火の目的は明確だった。下町で生活するだけなら大金は要らない。だが、いまは天音たちには莫大な金を用意しなければいけない理由ができた。

「彩火だけに負担をかけたくない。俺も仕事を増やす。流怜国に行くのはやめてくれ」

「貴方がどうやって？　退魔師の仕事は稼げないだろう。月龍国は龍力の管理が厳しくて、龍術師にならないと難しいのは知っている」

「そのとおりだ。だから顔と身体を売ることにした」

彩火は即座には意味がつかめない様子で「はて」と顎を撫でる。

「顔と身体が高額で売れるのか?」

「俺も知らなかったんだ。女人だけでなく、男でも金になるらしい」

「力仕事か? 売るとはどういう意味だ。俺でも売れるのか?」

天音が「どうだろう」と首をかしげたところで、うなだれていた静宇が肩をぶるぶる震わせて顔を上げた。

「待て待て待て……なんの話をしてるんだ。この、世間知らずの脳筋の坊ちゃんどもが……!」

「無影にいわれたんだ。俺は花街で身体を売ったほうが金になるって」

「花街」の一言でやっと悟ったのか、彩火は「ああ……」と呟いた。

「天音様。それはさすがにまずい」

「そうか? 近衛の貴公子だった彩火が、傭兵の一兵卒として戦場を駆けずり回るのとなにが違う? 俺だけが昔の身分に固執して苦労しなくていいのは変だろう」

「俺のそれとは次元が違う。静宇の顔を見ろ」

恐る恐る振り返ったが、静宇は予想に反して柔和に微笑んでいた。穏やかすぎて却って怖い。

「天音様はご自分がなにをいっているのか、わかってないのだ。そうですよね?」

「え?」

「祖国を逃れて、月龍国に落ち着いて七年あまり。俺は貴方を花街で働かせるために育てて守ってきたわけじゃない。花街の仕事の実態をご存じなのか。純真無垢な貴方を、無影がどんな甘言で誑かしたのか知らないが……彩火、とりあえずあいつを絞めてこい」

「待ってくれ。無影は無理だといったんだ。だけど、俺が知りたいからと刀剣を突きつけて脅したから」

静宇は絶句したあと、うろたえたように視線をさまよわせながら額を押さえた。

「俺の教育が悪かったのか、慈悲のある美しい龍母になるように育ててきたのに。刀剣を一般人に向けるなど、そんな凶暴な龍母がどこに……」

彩火が見かねて天音にそっと囁く。

「天音様、それは駄目だ。いくら情報が欲しくても、知人に刃物を向けてはいけない」

「知人じゃなかったら、いいのか？」

「時と場合による」

おもむろに答える彩火を、静宇はたまりかねたように「おまえは黙れ！」と怒鳴りつけた。

「俺がどんなに天音様を気高くたおやかに育てようとしても、おまえの脳筋の思考が強すぎて感化される。悪影響すぎるっ……！」

彩火は居心地が悪そうに口をつぐんだ。

「違う。彩火は悪くない。俺が金を稼ぎたいんだ。花街の仕事は知ってる。もう十六歳だ。大金が得られるなら、悪くはないだろう。陽華国にいたとしても、俺はどうせ十五歳になったら兄上と同じ行為をするはずだった」

「それとこれとは意味が違います。貴方は陽華国の皇子だ。よく考えてください」

「立場は自覚している。だからこそ、おまえたちが大事だ。いまの俺がもっているものなんて、もぐりの商売をするしかない龍力と、この身ひとつだ。おまえのためになるというなら、全部売る。異国まで逃れて仕えてくれる臣下を救えないのなら、主君の誇りなどないだろう」

「天音様……俺のことはもう……」

静宇はいたたまれないように表情をゆがめた。

天音たちが金を必要としているのは、静宇のためだった。陽華国から付き従ってくれてきた教育係の身体に異変が起こりつつある。

病気ではなく、彼を蝕(むしば)んでいるのは神官としての呪いのようなもので、対処するには高価な生薬が必要とされていた。それがなければ身体は静かに蝕まれ、ある日突然死に至る。

「その費用なら、彩火が稼ぐといっている。貴方が心配する必要はない」

「駄目だ。流怜国の西方には行かせない」

「貴方が花街で身体を売るほうが駄目だ。彩火なら気にする必要はない。こいつは頑丈だから激戦区でも死にやしない。『帰ってこい』と呼べば、死んでも帰ってきます」

「保証できないだろう。帰ってこなかったらどうするんだ。西方には異民族にまぎれて、陽華国も軍勢を進めていると聞いた。彩火の血族がいたら敵として戦わせるのか」

流怜国の戦場が激戦区だからという理由だけで反対しているのではない。身内と殺しあうかもしれないからだ。

天音の指摘に、静宇は返事に窮したように黙り込んだ。

重苦しい空気を断ち切るように、彩火が「大丈夫だ」と静宇の肩にぽんと手を置いた。天音に向き直ると片膝（かたひざ）をついて、珍しく臣下の礼をとる。

「それでも俺にはなんの問題もない。陽華国を出るときに血族との縁も捨てた。俺は死なないし、帰ってくる。天音様にそう誓いましょう」

天音が陽華国を追われたのは九歳のときだった。

地方の神殿を神事で訪れていた際、夜半に火が放たれ、第二皇子の反乱軍に襲われた。静宇と彩火が助けだしてくれなければ死んでいた。

異国の地に逃れたあと、静宇は天音の手を握りしめながらこう告げた。

「悠華様。これからは名前を変えて天音と名乗りましょう。嘆く必要はない。貴方は皇子である前に天羽龍なのだから。貴方が生きていることこそが、この大地にとって重要なのです」

「悠華は陽華国に戻らなくていいのか？」

「いま戻ったら死にます」

「だが、父上と黎明兄様が亡くなったのが事実なら、悠華が仇をとらなくてはいけない。ほかの兄様たちが戦っているのなら、悠華が助力すべきだろう」

「貴方はまだ幼い。どの皇子の陣営が勝つかも判然としない。いいように利用されて命を落とすだけです」

「それも仕方ないだろう。悠華は龍母だ。兄上たちを助けなければ、生きている価値はない」

「いいえ、龍母だからこそです。死んではなりません。生きるのです」

「……生きていいのか？　役目も果たさずに」

天音はとまどいながら問い返した。幼いながらも自らに課せられた重責は知っていた。

「生きているだけでいいのです。生き続けることが貴方の役目――それだけで価値がある。天羽龍は、どの宇宙の空をも軽やかに駆ける龍。その眼下にある大地の母とされる。貴方の行く手は誰にも阻めない」

生まれたときから、天音には翡翠の目をした白銀の龍に監視されているような感覚があった。どこにも姿は見えないのに、身体に流れる膨大な龍力が天音を縛りつけて、内なる龍が潜んでいるのだと知らせる。

しかし守護龍だというわりには、天羽龍は天音が殺されかかったときには姿を現さなかった。

「龍母はどこだ――！」

「どうせ翔天様は選ばれない。ほかの皇子たちに奪われる前に殺せ」

「龍母を逃がすな」

怒号が飛び交う中、天音は近衛の彩火に抱きかかえられて燃え上がる神殿の寝所から逃れた。

あのときほど龍の顕現を願ったことはなかったのに、結局奇跡は起きなかった。

役立たずめ――と天音は天羽龍を呪った。

静宇を失いたくない。頼む。下町で大金を稼ぐ方法を教えてくれ。いつになったら俺を助けるのだ、天羽龍よ……。


龍に文句をいう夢を見た翌日、天音は覚悟を決めて花街の茶屋を訪れた。

早朝の花街は、祭りのあとの熱気の名残が溶け込んだような静けさに包まれていた。

「――あれ、天音様？」

秋風という男を呼びだしてもらうと、いかにも堅気ではない風情の男が現れた。

異国の血を思わせる赤茶けた髪、役者のように色気のある端整な顔と、立っているだけで絵になる痩軀。ややだらしのない感じがするのも花街の優男らしい。

「ほんとにきたのかよ。駄目だよ。あんたは出禁になってる。さっさとお帰り」

「出禁？　待てよ。話ぐらい聞いてくれ。身体を売る相談を……」

通りを歩いていた男たちの視線がいっせいに天音に向けられた。

秋風は「このガキが」とあわてて天音の腕をつかむと、茶屋に引きずり込んだ。

「あのねえ、あんたみたいな子が往来で軽々しく『身体を売る』なんていうなよ。ここをどこだと思ってるんだ。帰りに怖い奴らに攫われたって、俺は責任もたないぞ」

「――攫えるものか」

天音は秋風の腕を手ですばやく叩き落として、体勢を整えると瞬時に腰の刀剣を抜いた。

秋風は瞬きをくりかえして後ずさり、感心したように「へー」と鼻を鳴らした。

「無影のいうとおり、美少年なのにおっかねえー。龍力が随分強いんだね。その刀剣から力が溜めきれずにあふれてる」

「わかるのか？」

「わかるよ。あんたが歩くと、刀剣とあんたの龍力が大地の龍脈に反応するときがあって、それがドンドンと巨人のでかい足音が響いているみたいな感じになる。田舎なら目立つだろうな。でもここは都で、龍の血が流れている人間はたくさんいるから」

龍力についての基礎的な知識だ。知っている人間は多いが、花街の女衒に指摘されると、妙に落ち着かなかった。

秋風の目は薄茶で明るい。西方の血によるものかもしれないが、天音が刀剣を抜いたときに一瞬さらに明るく色味が変化したので、おそらく龍力がある。

だが、彼のいうとおり大なり小なり龍力がある人間ならば市中に珍しくはない。

天音が刀剣をかまえているせいで、朝まで茶屋で過ごした客たちがじろじろと物珍しげな視線を寄こしてきた。

「仕方ねえ。場所変えて話そうか」

秋風は気乗りしない様子で天音を奥へと招いた。

案内された部屋の朱色の壁には男色の春画が掛けられており、奥には大きな寝台があった。事後なのか寝具は乱れており、情事の痕跡を消すために濃厚な香の匂いが室内に充満していた。

秋風はまるで気にしたふうもなく、天音に手前にあるテーブルの椅子に座るように促して、茶を淹れて運んできた。

茶は香りが良くて、下町では滅多に手に入らない一級品だった。随分景気がいいのだなと感心しながら飲み干す。

「……出禁ってどうして」

「無影にあんたがきても相手にするなって頼まれてる。怖い保護者がいるらしいね。銀髪の綺麗なお兄さんと男前の傭兵のお兄さん」

「静宇と彩火のことか？　いつのまに？　朝一番できたのに」

「甘いよ。あんたが寝たあとに、無影はふたりに詰められたって泣きついてきたよ。昨夜の早い時間にきてたら、俺が手取り足取り枕指南してやったのにな。天音様のお初をいただいたって自慢したら、町の女たちの悲鳴が聞こえたろうに」

「……俺を知ってるのか？」

「あんたらみたいに目立つ人間を知らないはずないだろうが。三人とも訳ありだろうってみんな思ってるよ。でも、ここらじゃ相手の過去を詮索しないのが礼儀だからね」

そう――天音たちが大国の都の下町を逃亡先として選んだ理由はそこにあった。他国からの流入者が多く、素性をさぐるのは野暮とされる。

「無影が紹介したのが俺だからよかったけど、悪いやつは手段を選ばないから気をつけなよ。あの傭兵の兄さんに仕込まれて相当腕に自信があるみたいだけど、あんたより強い男は結構いる。みんなが俺みたいに親切じゃないよ」

「貴方は親切なのか？」

「親切じゃないとでも？　俺が悪い男だったら、あんたは部屋に入った時点で詰んでるよ」

「え」と天音は当惑しながら室内に目を走らせる。その額を秋風は指で弾いた。

「……ったく、どうしようもない脳筋だな。龍の刀剣があるから、なんでも力で圧せると思ってる。無防備に寝台のある部屋に入ってきて、焚かれてる香に身体の自由を奪う効果があったらどうするんだ？　茶も一気に飲み干すし。毒や厄介な薬が混ぜられてると考えないわけ？」

空の茶器を愚か者の証明のように指さされて、天音は焦る。

「そ、それは茶屋の出入口で話をするのも迷惑だろうと思ったからだ。茶はこんな上物にわざわざ毒なんて勿体(もったい)ないから……」

「あー、そうねえ。無影が少し意地悪したくなる気持ちもわかるわ。身体売るなんてね、『馬鹿な真似(まね)はやめろ』って止めてくれる優しいお兄さんのいない子が仕方なくやるんだよ。キミはうるさそうなのがふたりもいるんだからやめときなさいよ」

初対面なのに、随分ずけずけとものをいう男だった。女衒だけあって軽妙な口調で、自然と距離を詰めて懐に入り込むような巧みさがある。

警戒しなければいけないと思いつつも、秋風の指摘は天音の心にすとんと落ちてきた。

そんなことは誰よりも承知している。たとえ自らの命と天秤(てんびん)にかけたとしても、静宇たちは天音が身を売るなんて望みやしないことも。

「……でも、金がいるんだ」

「なんで？」

「薬が必要なんだ」

「あんたら、生活に困ってないだろ。いまの稼ぎで買えないほど高価なものなわけ？」

「――龍の骨」

その一言で、すべてを納得したように秋風は「ああ」と頷いた。

「……なるほど、そういう事情か。あの綺麗な銀髪の兄さん、ほんとに神殿育ちなんだな。元役者とかで、伊達で髪の色を抜いたり染めてるわけじゃないんだ。本物の元神官か」

天音は頷いた。

秋風の眼差しが一気に同情的になるのがわかった。

「そりゃつらいよな……あと何年だっていわれた？」

「龍の骨がなければ、三年。まともに動いていられるのは一年半か二年」

「それであんなしっかりした兄さんたちがいるのに、身体売るなんて阿呆なこといいだしたのか。……はあ、なるほどねえ。了解」

秋風は気難しげな表情になって前髪をかきあげた。

「……龍の骨ねえ。あんたが上玉でも、花街で二年かかって稼げるかどうか怪しいな」

「そんなものなのか」

「いくら綺麗な男の子でも、娘っ子のほうが価値あるからな」

「そうだろうな」

厳しい現実を突きつけられて、天音は肩を落とす。

秋風は値踏みするように天音を眺めてから、ゆっくりと口を開いた。

「金を稼ぎたいなら、いっそのこと——宮廷の小姓にでもなったらどうだ？」

「小姓？　いや、俺は……」

「あんたは戸籍がないから龍術師の試験を受けられないって無影から聞いた。戸籍を偽造する相談なら乗れないこともない」

「できるのか？　そんなことが」

「出世払いでかまわないよ。こちらは危ない商売全般を承ってるんで。ご要望はなんなりと」

「それは……」

是非、といいかけてから、天音は口許を手で押さえた。

「ん？　なに？　なんで途中でやめた？」

「即座に飛びつくのは浅慮かと——また脳筋というだろう。静宇にもよく注意されるんだ」

秋風は愉快そうに声をたてて笑った。

「いいねえ、学習能力が高くて。……脳筋も悪くないけどね。すぐ動けないやつよりずっといい。戸籍ほしいんだろ？」

「戸籍ができるなら、龍術師の試験を受けられるから稼ぎが増える」

秋風は「いいや」とかぶりを振った。

「龍術師になって組合に登録しても、その稼ぎじゃ二年の間に龍の骨は買えない。だから小姓がおすすめ。宮廷で働いてパトロンを見つける。花街で上客つかまえるより効率がいい」

「パトロン？」

秋風は天音をさぐるように見てから首を傾けて微笑む。

「——蒼月様の噂は知ってるか？」

「人気の龍の皇子様のひとりだろう?」

「そう。御年二十歳になられる、月龍国の第二皇子。龍名は星海龍(せいかいりゅう)、またの名を月龍。この国の建国神話の龍の名前を戴いた皇子。槍(やり)と剣の名手で、十三歳の初陣で陽華国に奪われていた北方の領土を奪い返した」

陽華国――という言葉につい反応しそうになるのを堪える。

「北部の奪還は先帝からの悲願だったんだ。決して優勢とはいえなかったけどね。北方の戦地で、初陣の蒼月様が馬上で天に向かって槍を掲げた瞬間、龍が顕現したといわれている」

曇天の雲の流れが早くなり、流動する空から光の円が生まれ、それをくぐりぬけるようにして星海龍が現れたという。すべての〈龍の子〉の長子、月龍とも呼ばれる巨大な龍は戦場の空を威嚇するように旋回した。その後、敵兵は龍の咆哮(ほうこう)に吹き飛ばされて一気に壊滅した。

「龍の顕現は滅多にあるものじゃないけど、神人の神人たる由縁を蒼月様は敵に見せつけた。それ以来、月龍国に戦を挑んでくるものはいない。この国が平和を享受できるのは蒼月様のおかげで、彼は初陣で英雄になった」

「……すごいな」

いま二十歳ならば、天音と四歳しか違わない。同じ龍名のある皇子なのに――もはや必要ないものとして切り捨てたはずの矜持(きょうじ)がちりちりと疼(うず)く。

「武芸だけじゃない。蒼月様は聡明(そうめい)で容姿端整でもある。詩人にこの世の存在ではなく月の都人なのだと讃えられるほどの美男で、十五歳で大学寮での学問を修めたそうだ。皇子のなかでも抜きんでた人気者でな。――あ、面白くない顔してるな。男がほめられる話なんて退屈か」

「いや……愉快ではないけど、興味深い。というか、それはすべて事実なのか？」

劣等感に苛まれるというより、語られるように全部を持ち合わせている人間など信じがたい。

「まあ胡散臭いほど完璧すぎるけどね。でも皇子だから神人だしね。貴人は龍の血を引いている証ともいえる。だけど、こんな素敵な皇子様にも苦手なものがあるんだな。ここからが本題――俺はなにも男をほめるのが好きで長々と話してたわけじゃない」

「苦手なもの？」

秋風はにやりと笑う。

「蒼月様は女が駄目なんだ」

二十歳になるのに妃がいない。通常ならば元服が十五歳、十八歳前後までに妃を娶るのが通例だという。蒼月は武芸を見込まれて十三歳のときに異例の速さで元服して初陣を迎えている。ひとより早く一人前になったのに、現在も独身なのは誰もが首をひねる事態だという。

「まあ、五人の皇子様たちは長兄の皇太子をのぞいて、まだみんな妃はいないんだけどね。でも年齢の近い第三皇子には妾ぐらいはいる。その下はまだ若いけど、妃候補がどうのこうのって話は湧いてる。蒼月様だけはいっさい女の影がない」

「つまり――？」

「男色だってこと。それも有名だけどね。聞いてない？」

「娘たちに人気だとしか……」

「そうなんだよ。娘たちはその噂を知ってるけど、全然かまわないらしい。噂では都の外れに別邸をかまえていて、そこに美少年を集めて囲ってるって話だ。ほとんどの財を注ぎ込む放蕩ぶりだとか。だから最初は宮廷の小姓として仕えて、そこから別邸の愛人として囲ってもらえばいい。蒼月様の寵愛を受けたら、龍の骨なんていくらでも手に入る」

「待て。こともなげにいってくれるが、偽造の戸籍で貴人の小姓にはなれないだろう」

「平気さ。上級の小姓は名家の出身が多いけど、それ以外の雑用をこなす小姓の採用基準は容姿端麗なことだ」

「だからといってそんな簡単に……」

「伝手がある。お坊ちゃん以外の、小綺麗な子供を集めるのは俺の仕事だ。後宮の女や下働きと一緒に調達してる」

「…………」

茫然とする天音を前に、秋風は悪辣な女衒の笑顔を見せた。

「手広く商売させていただいております」

「……いや、しかし――」

「悪い話じゃないだろう。あんたの怖いお兄さんたちも、花街で身体を売るより、貴人の夜伽をするほうがまだ許せるんじゃないか。立身出世の物語でもよくある事例だ」

そのとおりだが、自分の出自を考えると他国の皇子とお近づきになるほうが厄介な事態に思える。

「戸籍の件は……出世払いでいいなら、お願いしたい。小姓の件は考えさせてくれ」

「わかった。決心がついたら、いつでも声をかけてくれ。戸籍の偽造はすぐやってやるよ」

戸籍ができれば仕事の幅は広がる。それだけでも大きな収穫で、いままでにない進歩だ。

「ありがとう。俺のような世間知らずに色々教えてくれて。恩に着る」

「恩を感じる必要はないよ、天音様。あんたには親切にしたほうが、町の女たちの間で俺の株があがるからやってるだけだ」

「俺は天音様って呼ばれる身分じゃない。町の娘たちは楽しんで呼んでくれてるようだから、あえて訂正はしないけど」

天音は苦笑した。帰り際、深々と秋風に向かって頭を下げる。

「――天音」

茶屋を出て歩きだそうとしたところ、秋風に呼び止められた。

「出世払いでいいとはいったけど、手付けとして、お使いを頼まれてくれないか」

秋風のお使いは東湖州に書簡を届けることだった。

東湖州は都のある星海州のすぐ上に位置していて、馬車を使えば三時間ほどで往復できる。いつも頼んでいる者が体調を崩しているので、信用できる相手に頼みたいという理由だった。

「——静宇、蒼月様って知ってるか?」

明日は届け物の仕事で東湖州に行くと告げてから、夕餉の席で第二皇子の話題をだしたところ、静宇は訝しげな顔をした。

「月龍国の第二皇子のことですか?」

「そうだ。どういう人物だと評価してる? 月龍国の皇族と主要貴族の資料は一通り頭に入ってるんだろう?」

静宇は各国の情勢をつねに収集して分析している。だから情報屋の無影と親交が深いのだ。

「天音様が他国の皇族に興味をもつとは珍しいですね」

「うん……。なんというか、俺もそろそろ問題は刀剣でぶった斬ればいいという解決法ではなく、頭を使うために脳みその皺を増やす努力をするべきなのではないかと考えたんだ」

「それは……非常によいことですね」

静宇はうろんそうにしながらも、「俺の教育がやっと報われた」とでもいいたげな視線を、隣で無言のまま飯を食らう彩火に向けた。

「――で、第二皇子は静宇から見たらどうなんだ？」

「麗人といわれていますが、問題児ですよ。もし月龍国の平穏が壊れるとしたら、彼が火種でしょうね」

「町の噂では優秀な皇子と聞いたが」

「優秀すぎるのは、問題なのですよ。でも下半身がだらしないそうですから、かろうじて均衡がとれてますかね。都の外れに淫蕩の館として別邸をかまえて男の愛人たちを囲っているとか。星海龍の名前を戴いていても、そんな評判がたつのは馬鹿皇子ですよ。品格がなさすぎる。龍の血が濃い者には、天才ゆえにどこか破綻してる方がいますが、彼もそうなのかもしれません」

静宇の評価はなかなか厳しい。そして秋風のいうとおり男色の噂は有名らしかった。

「武人としてはすごい」

彩火がぼそりと口を挟んだ。

「御前試合を一度見たことがある。槍を振り回すごとに龍力が渦をつくって空間そのものを巻き込んで揺らしていた。あれは神技だ」

「そうなのか？　彩火にそこまでいわせるとは……。格好いいな」

「天音様も槍をはじめるか？　貴方なら、あの域に達するかもしれない」

「ほんとか？　ならば鍛錬を……」

脳筋のふたりが同調しはじめたところで、静宇は苛立たしげにテーブルを叩いた。

「強ければいいというものではないっ……！」

天音と彩火は同時に姿勢を正して口をつぐんだ。

静宇の反応を見たら、第二皇子の小姓として潜り込んでパトロンになってもらう計画は許されそうもなかった。


翌日、秋風に頼まれた届け物のために乗合いの辻馬車に乗った。

都の城壁を出て、東湖州への道のりは田園風景が続く。馬車を降りてから、目的地までは徒歩で二十分ほどのはずだった。

「神殿の跡地はここから近いのか？」

途中で道をたずねる。

旧月龍神殿の跡地。現在の月龍神殿は都に移されているが、古代の跡地は聖域として参拝者を集めており、復元された旧神殿も存在する。昼の八つ時までに、神殿の管理棟の雨蘭という神官に書簡を届けてほしいと頼まれていた。

「旧神殿は反対側の大きな通りに出れば、参拝者が歩いてるからすぐにわかるよ。今日は月齢十五の神事があって貴人が訪れるから混んでいるはず」

教えられたとおりの道を歩き、参拝客らしき人々に続いて、旧月龍神殿の跡地に辿り着いた。有名なので存在は知っていたが、神殿跡を訪れたのは初めてだった。せっかくだから見物するかと管理棟よりも先に神殿跡に向かう。

復元された神殿の奥に、古代の神殿跡はあった。

それは巨大な陥没穴だった。かつての神殿は地中に飲み込まれてしまったという。

穴は龍脈につながっていると噂されていた。地面がほぼ直角に落ちており、どれほどの深さがあるのか、底はどうなっているのか、誰も知らない。龍が神殿を喰らいつくして地中に潜ったときに穴があいたとか、新たな龍が地中から生まれて天に昇ったときにあいたとか、伝説はいくつもある。

ある程度の深さまで行くと、内部の地層には貴重な鉱石が大量に埋まっているという。古代に採掘しようと試みたが、無事に地上に帰ってくる者はいなかったとも伝えられている。穴に入るのは龍に喰らわれることを意味し、禁足地の聖域となっている。

陥没穴に近づくにつれて、天音は違和感を覚えた。

足が重たくなる感覚に当惑しながら、その原因に気づく。

神殿を飲み込んだ陥没穴から、あふれんばかりの強い龍力が漂っているのだ。たとえるならば、巨大な龍が穴底に潜んで力を蓄えているようなイメージだ。

天音のなかの天羽龍が反応して、穴からの龍力とぶつかりそうになる。必死に堪えて、内なる龍に呼びかけた。龍は普段は人界にはいない。光界に存在していて、本体とつながる龍力のみを地上の庇護者に残している。

駄目だ。鎮まれ――天羽龍。

ほかの龍と衝突してはいけない。闘うべき相手ではない、と。

だが、なおも天羽龍は陥没穴からの龍力に反応しようとする。

衝突するというより、気になって仕方ないようだった。陥没穴の龍力にも敵意は感じられない。しかし近づきすぎてしまうと、こちらの正体が知られる危険性がある。

天音は天羽龍に「鎮まれ」と命じつづけて、龍としての気配を消した。

陽華国の神殿の聖域は幼い頃にいくつも回ったが、これほど強い龍力を感じたのは初めてだった。まるで龍の顕現した本体がそこにいるような……。

月龍国の人間にとっては神聖なパワースポットのように感じるのだろうか。どうしてこんな龍力が陥没穴にとどまっているのかは謎だが、なんにしても長居は無用だった。

天音は陥没穴から離れると、管理棟へと向かった。雨蘭という神官を訪ねて、秋風から預かった書簡を渡す。

「秋風からですか……?」

「すぐに対応してほしいとの言伝を承っています」

龍を祀る神殿の神官は、静宇と同じように美しい男たちばかりだ。龍の寵愛の結果、神官たちには色素の薄い目、銀髪といった独特の容姿の変化が現れる。

雨蘭は書簡を受けとったが、中身を確認しないまま、なぜか天音の顔を凝視した。

「少し待っていていただけますか」

「待つ？　返事を書かれるということでしょうか」

「はい。いましばらくお待ちください」

雨蘭は優雅な足取りで消えていく。

手持ち無沙汰に突っ立っていると、外がやけに騒がしいのに気づいた。

管理棟から出てみたところ、神殿の敷地内に四頭立ての軒車が入ってきた。護衛らしき騎馬が一騎だけ軒車の脇についている。

貴人専用の豪奢な軒車は立派な屋形があり、正面には龍紋が刻まれていた。

神官たちが整列して出迎えの準備をしている。参拝客もその一行を見守っていた。神事のために訪れた貴人なのか。護衛の責任者が馬から降りて、進みでた神官に挨拶している。

参拝客にまぎれて見物していると、大地に足が吸い込まれるような感覚があった。軒車の貴人から周囲に強い龍力が広がっているのだと察せられた。

この時点で、天音は貴人の正体を確信した。

そこに、龍の皇子がいる、と――。

「蒼月様っ」

誰かが叫ぶのを皮切りに、皆がその名を口にする。

「蒼月様の軒車よ。あの龍紋、星海龍だもの」

「嘘でしょ、おいでになるなんて」

「月齢十五の神事にはよくお見えになると聞いていたけど、毎回じゃないわよね。蒼月様の姿を拝見できるなんて、今日参拝にきてよかった」

娘たちに騒がれているのは知っていたが、周囲の熱気から老若男女問わず参拝客の大多数が軒車のなかの皇子を崇拝しているのが伝わってきた。

「ああ……今回の神事は蒼月様が担当されるのか。なんとありがたい。寿命が延びる」

天音の隣にいた老婆に至っては、座り込んで拝みはじめる始末である。

――大人気か。

秋風から蒼月の出来の良さを聞かされたときのような腹の据わりの悪さを覚える。天音も所詮十六歳の少年にすぎないので、龍の皇子には幾ばくかの対抗心が疼くのだ。

落ち着け、といいきかせる。自分はもう下町の天音だ。月龍国の皇子がいかに賛美されようとも関係ないではないか。静宇はなんといっていたか。「下半身がだらしない馬鹿皇子」――厳しい評価を思い出したところで、やっと心の平穏を得た。

書簡の返事をもらって帰ろう――と天音は管理棟に戻ろうとした。

その瞬間、小さく風を切る音が聞こえた。突如、飛んできた矢が地面に刺さるのを目にする。

「きゃああ」

悲鳴と同時に、参拝客は恐慌状態に陥った。皆が逃げようと右往左往する。

護衛の兵士が盾をかまえて軒車を守る陣形をとった。

何者かの襲撃なのか。

だが、地面に突き刺さった矢は一本だけで、追撃はなかった。正面の門には最初から兵士たちが待機しているが、敵勢が攻め込んでくる気配もなく、辺りは静まり返っていた。

「周囲を警戒しろ」

兵士たちが命令を受けて散っていく。

弓の射程距離は長い。現時点で襲撃者が見えなくても安心はできない。

それにしても皇子の護衛だというのに、兵服や装備から明らかに下級兵士と見受けられる者ばかりで、上級の武官は責任者と思しき騎馬の一名しかいないのが気になった。

貴人の護衛ともなれば、見栄えの良い精鋭をずらりと並べるものだと認識していたが、月龍国では違うのか。陽華国の近衛は容姿も武芸も家柄も選ばれぬいた貴族の子弟ばかりだった。

「皆様、落ち着いて。こちらへ」

神官たちが参拝客に神殿や管理棟に避難するように誘導している。しかし、天音はなにかが引っかかって、その場にとどまっていた。

矢を一本放ってなにがしたいのか。目的はなんだ。警告？

地面に刺さった矢を、下級兵士が確認しようと近づいてきた。その刹那、大地が揺れる。龍脈の振動を感じとって、天音は襲撃者の目的に気づく。

矢とは本来、魔を払う役割のあるもの。

だが、呪詛をかけられた矢は、大地の龍力を吸収して負に反転させる力を持つ。

「……それにさわってはいけない！」

矢を抜こうとしていた兵士が驚いて「え」と顔を上げる。

天音は駆け寄って彼に体当たりした。突き飛ばされた兵士が転がるのと同時に、矢の突き刺さった地面に亀裂が走った。

大地が割れて、不気味な赤黒い頭部が顔をだす。長い胴体がずるずると突きだしてきて、蛇とミミズが合体したような異形が現れた。

矢尻の先が当たっていた地中生物と、封じ込められていた使い魔が合体して禍々しい姿に変容したようだった。兵士がふれていたら、負の力が流れ込んで人間が合成材料にされていた。

「化け物――！」

周囲に再び響き渡る悲鳴。

光界や深界から堕ちてくる異形は誰しも目にする機会はあったが、自然発生のものは見慣れぬ恐ろしい姿をしていてもどこか奇異な美しさを感じさせる。

しかし、今回のように妖術で歪められた異形はひたすら禍々しい。ぬめぬめしたミミズの皮膚感をもつ長い胴体に、頭部は蛇のような瞼のない不気味な光を放つ目、そして蛇にしては長すぎる牙が覗く口。醜悪という意味で芸術点が高かった。

参拝客の阿鼻叫喚に、兵士たちの「陣形を乱すな、軒車をお守りしろ」との怒号が混ざる。

矢を抜こうとしていた下級兵士は腰を抜かして動けないようだった。

天音は即座に立ち上がり、鞘から刀剣を抜いた。異形に向かって突っ走る。

――斬る。

念じると、柄の部分に嵌め込まれた龍石が光る。

龍力を込められた刀剣が、ぬめりのある赤黒い胴体を叩き斬った。

異形は毒々しい黒い血飛沫をあげて、ぶるぶると振動しながら倒れた。だが、即座に切断面が修復されて頭部が再生し、さらに長い胴体が地面からずるずると這いでてくる。

兵士が遠くから天音に何事か叫んでいる。民間人なので「下がれ」とでも警告しているのか。しかし、すでに対峙しているので退けるわけもない。

気味の悪い異形が鎌首をもたげるように立ち上がるたびに、天音は刀剣を叩きつけた。

いくら肉を切り刻んでも、異形は死なない。光界のものは人界では抹消できない。だから、核となる霊魂を塵になるまで叩き潰す必要がある。一太刀で潰れるものもあるが、妖術師の腕がいいとなかなか難しい。

とどめを刺すと霊魂はごく小さな光の粒子となり、空中に溶け込む。妖術で歪められた異形の場合は灰色や黒色の土と化して大地の一部となる。そこでさらに浄化される。

異形の霊魂の欠片が敗北を宣言する瞬間が、天音は好きだった。

刀剣を振るうたびに、命を削る音が聞こえる。

苦しめているのか安らぎを与えているのか。己の力で霊魂が自然と同化する音。相手の命を握っていると教えてくれる――この手応え（てごた）え ほど甘美なものはない。

天羽龍はこういった感覚を嫌う。喜んではいないのが伝わってくる。

天羽龍の龍力は膨大なはずなのに、天音が化け物級に強くなれないのはそのせいだ。そここそ強いが、天羽龍が協力してくれればもっと戦闘力があがるはずなのに……。

ふいに大地の龍脈が共鳴するように唸（うな）り、味方するのが伝わってきた。天音の龍力と、龍脈の力が同時に刀剣に流れ込んでくる。聖域の大地を汚す異形は許さない。だから力を貸してやるといいたげに。

脳の回路が火花を散らすように痺れる。秋風は龍力同士が反応する音が巨人の足音に聞こえると表現していたが、いいえて妙だ。

自分が大地とつながっていると感じる。己の存在を誇示して、大きな足音をたてて飛び跳ねたくなる。踊るように刀剣を振りかざし、龍との一体感に酔いしれる。その高揚感は心地よかった。

核となる霊魂が土のように崩れていくのを確認し、天音は満足して息をついた。

「——終わった」

ようやく耳目が周囲に向く。

参拝客や兵士が青ざめた顔をして天音を見ていた。

無限に湧く巨大ミミズ蛇。普通の感覚ならば慄(おのの)くのに、嬉々(きき)として刀剣を振り上げつづけていたのだから、狂気じみて映るのも仕方なかった。しかも霊魂にとどめを刺すためとはいえ、執拗(しつよう)に切り刻まれた肉塊の破片の山は無残なものだった。

「どこの龍術師だ？　所属組合と名前は？」

陶酔のあまり我を忘れていた。誰何(すいか)されて、大きな失態に気づく。

——しまった。

庶民の前で龍力を見せても「もぐりの退魔師ね」ですむが、皇子の護衛の武官は見過ごしてくれない。表向き退魔師は禁止されていて、龍力は国家に管理される制度なのだから。

「俺は……」

いいかける言葉を遮るように、次の矢が飛んできた。

その場が再び混乱状態に陥る。

今度は複数の矢が続く。軒車を取り囲む陣形が崩れるのを待って大量に放つ作戦だったのか。

矢の刺さった地面がひび割れて土が盛り上がり、異形が同時に複数出現した。

「うわわああっ」

下級兵士は立ち向かうどころか逃げだす。

無理もない。槍や剣などの武器では異形の肉を斬るのは可能でも、再生は止められない。妖魔相手には龍力がないと、霊魂を切り刻んでとどめを刺せないのだ。

醜悪な異形がずるずると胴体を引きずって、天音の周りに集まってくる。ひとりで対処するのは限界があるが、再び立ち向かうしかないと刀剣をかまえた瞬間、奇妙なことが起こった。

その場でぴたりと巨大ミミズ蛇群が石化したように動かなくなったのだ。

いったいなにが起きたのか。天音は目を丸くした。刹那、ドンと背中を強く殴り飛ばすような龍力の波が襲ってきた。

津波のごとく例外なく押し流す圧倒的な力。容赦のない暴力的な事象を目の当たりにしたとき、ひとはただ茫然と動けなくなる。

「蒼月様、お戻りになってください！　まだ矢が……」

「大丈夫だ。下がっていろ」

背後から兵士の叫びと、涼しげに制する声が聞こえてくる。天音は軒車の方向を振り返った。

その貴人はゆっくりと軒車から降りてきて姿を現した。

肩から背中へと艶やかな長い黒髪が滝のように流れ落ちているのが見えた。

遠目にもその麗しい顔立ちが芸術品のように精緻に描かれているのがわかった。花や月は遠くから見ても美しい。彼も立っているだけで発光しているかのごとく人の目を引きつけた。

詩人に月の都人だと形容された、長身痩軀の美貌の麗人――月龍国の第二皇子である蒼月だった。

異形の襲撃で混乱の最中だというのに、蒼月が軒車から登場した瞬間、絵物語の一頁でも見せられているような、不可思議な空気がその場に漂った。

すでに異形たちは動きを止めている。

その美しい存在感だけで醜悪な生物を圧倒するかのように、蒼月は異形たちの間を優雅に進んできた。手には龍石の飾りがついた槍が握られている。

異形たちが密集している中央――天音のすぐそばまでくると、蒼月は屈み込んで地面に手を載せた。

「星海龍の名において命じる」

声そのものに力が宿っているような威厳のある響きだった。

「龍に仇なすもの、龍に従わぬもの、それらはすべて穢れと断罪する。不浄なるもの、この刹那に大地に還り、霧散せよ」

四方八方に龍力が放射線状に走って、一帯を満たすのを感じた。

大地が震える。龍脈の力が反応し、反発しながらも、圧倒的な蒼月の龍力に従わされている。

怒り、悦び、エネルギーが躍っている。

石化したように止まっていたミミズ蛇の異形たちは一体の例外もなく土塊のように崩れて、地中に吸い込まれていった。

霊魂のみならず肉体まで瞬時に土と化した。大地の力を借りずに、己の龍力で全部浄化した――？

自分も不浄と判断されて土になるのではないか。それが怖くて、天音は固まったように動けなかった。

次の矢の一群が飛んでくる。

目前に飛んでくる矢を刀剣で防ごうとしたが、反応が遅れた。

瞬時に蒼月が天音を庇うように立ちふさがり、長い槍を軽々と振り回して矢を弾く。

通常ならば防げない間合いだった。だが、蒼月が槍をかまえただけで、矢の動きがゆるやかになったような錯覚があった。

「――この一帯に守護を」

蒼月は槍を天に向けて旋回させる。空気中に見えない龍力の渦が生じ、それが時空すらゆがめているように見えた。

矢は見えない壁に弾かれ、先ほどの異形と同じく落下するときには土になる。

力の渦が大きくなり、神殿一帯の空を覆うほどに広がっていくのがわかった。巨大な龍が上空を旋回して守っているようでもあった。

天音はひたすら圧倒されて蒼月の動きを見ていた。彩火は蒼月の槍を「神技」といったが、たしかにこれは人間の技ではない。

同時に、驚異的な力を身近に感じとることで、先ほど自分の刀剣に流れ込んできた龍力が、大地の龍脈からではなく、この皇子のものだったと知る。

天音を突き動かし、陶酔させた力の源――大地と一体化したと思っていたのに、この男の力に踊らされていたのだ。大地の龍脈までをも支配して従わせる力など存在するのか。

蒼月はしばらくして槍をおさめた。

「――村の東の林に五人の妖術を使う者たちがいる。龍力を返して、印をつけた。全員、右手の先が腐食してるはずだ。もう矢は放てない」

護衛の責任者にそう告げるのが聞こえて、天音は総毛立った。

遠く離れた犯人まで突き止められるらしい。

――化け物か。

一部始終を目撃した参拝客らも、一様に言葉を失っていた。神人だ龍だと騒いでも、庶民は皇子の顔など間近に拝む機会もないまま一生を終える者も多いのだ。

人間離れした力は恐怖の対象にもなり得る。だが、蒼月はあまりにも正しく美しすぎた。人の目に映るのは、これぞ龍の皇子と崇めたくなる理想の完成形だ。持たざる者は畏怖しながらもひれ伏すしかない。

「さすが蒼月様……」

誰かが一言漏らした途端、参拝客らに歓喜の波が広がった。興奮と熱狂が伝播していく。

「蒼月様こそ月龍の化身。これで月龍国は安泰だ」

「こんな御方が存在するなんて……」

「星海龍様にどうか東の大陸の天下を――！」

いや、化身どころじゃない。そいつは人間ではない。龍の成分が濃すぎる。というより、龍そのものだ。先祖返りではないのか。

逃げよう――。

天音がそっと歩きだして参拝客にまぎれようとしたときだった。

「――待ちなさい」

蒼月がいつのまにかすぐ背後に立っていて、天音の腕をしっかりとつかんでいた。

「せっかく仲良く共闘したのに、逃げることはない。少し話をしないか」

「は……あの」

問題は刀剣でぶった斬って解決する――それ以外の危機回避について学んでこなかったので、天音は頭の中が真っ白になって即座に対応できなかった。

蒼月は天音を引き寄せると、いきなり額をつけんばかりの間近から顔を覗き込んできた。

長い睫毛に彩られた瞳は、龍力を使用した名残か、青灰色に輝いている。龍力を使っているあいだは、天音の翡翠の目も明るく薄くなる。龍力をもつ人間の特徴だ。

青灰色の明るい瞳で検分するように見つめる表情はどこか酷薄そうにも映って、天音はひそかに身を震わせた。

鎮まれ——という必要もなく、内なる龍は沈黙している。どうやら張り合う気もないらしい。

しかし沈黙してしまえば、龍が守護についているかどうかなど、神殿で龍像を浮かび上がらせる儀式でもしない限り見定めるすべはない。龍力が強い人間ならば市井にも大勢いるのだ。

やがて蒼月の瞳は本来の黒曜石の輝きを取り戻した。

彼の目は龍力を使うときだけ色が変化するタイプのようだった。しかし単純に黒とか暗褐色というより、もっと深みのある様々な色を内包しているように見えた。濡れたような艶のある瞳を細めて微笑むさまは、眼差しひとつで相手を虜にする甘さがあった。

「きみの名前は？」

不審者かどうかの見定めは終わったのか、麗しい顔が優しく綻んで笑みに彩られた。町娘ならば、この笑顔ひとつで失神しているだろう。下町のもぐりの退魔師の少年としては、どんな反応が正解なのかと天音は必死に頭を巡らせる。

「……天音、です」

「天音——」

それで問答は終わりにしたくて、天音は「し、失礼しますっ」と貴人相手に気が動転した庶民の振りをして立ち去ろうとした。だが、蒼月は天音の腕をつかんで離さず、再び引き戻した。

「龍力が強いね。刀剣も粗削りな動きだが、いい腕をしている」

武芸を嗜む者として強者に認められるのは単純に誉れだ。つい気が緩んだ。

「あ、ありがとうございます……」

恐縮する天音に対して、蒼月は微笑みながらその背に腕を回してきて「見事だったよ」と抱擁した。それは一見、戦闘後に相手の健闘を讃える仕草に見えなくもなかった。

だが、実際のところは蒼月の腕から掌から背中をドンドンと殴りつけるような凶悪な威力の龍力が流れてきた。

息ができずに、心臓が止まりそうになる。

脳が痺れる。殺される――。

命が削りとられる寸前で龍力がゆるめられた。

刹那、天音は倒れそうになるのを堪えて、蒼月を睨みつけた。反射的に刀剣の鞘に手をかけたところで、この反応を待っていたとばかりに蒼月は唇の端を上げた。

「好戦的だね。俺にほめられなくても、自分が強いことは十分知ってるか」

やられた――。

無害な少年を演じるのに失敗した。危険なもぐりの退魔師として裁かれるのか。皇子の前で刀剣の鞘に手をかけたことも罪状に上乗せされる。

「反省会をしようか」

この世のものではないような麗しい笑みを浮かべながら、蒼月は再び攻撃的な龍力を天音の全身に流し込んできて、気絶寸前まで追い込んだ。

二章　もうひとつの宮殿

東の大陸の国を治めるものは龍の末裔といわれている。

彼らの多くは龍の加護をもち、龍力といわれる神力を備えている。そのなかでも陽華国の皇族は近親婚のために龍の血が濃く、古来の伝統を貴ぶことで知られていた。

天音が生まれた日、龍が顕現した。

空から龍が出てくるといわれるとき、人間が目にするのはたいてい光の粒子が龍らしき形をとっているように見えるか、流星のように瞬く間に消えてしまう光の残像だ。

だが、ごく稀に龍はその神々しい実体を明確に人界に体現させる。

陽華国の華龍神殿の上に巨大な翡翠の瞳をした白銀の龍が現れ、宮殿のとある一画を凝視していた。

宮殿の北側にある内廷の宮には生母とともに赤子の天音が眠っていた。

龍は空中にしばらく佇み、その後陽華国の上空を旋回し、天にのぼっていった。

神殿の天啓石に刻まれる紋様は龍紋と呼ばれていて、生まれた皇子の龍名を告げる。

翡翠の目をもつ龍は、大地の母といわれる天羽龍だった。〈原初の龍〉であり、子龍に分類される人間に馴染み深い龍だ。

天音は九番目の末皇子。

同じく〈原初の龍〉がついたのは、二番目と三番目の皇子だけだった。長兄の皇太子とほかの兄たちは野龍と呼ばれる龍の守護しか受けられなかった。野龍とは人間との縁が薄い龍たちで、人界での手厚い守護や顕現は望めない。

だが〈原初の龍〉の守護がなくとも、長兄の黎明は学問の造詣も深く、武芸にも秀でた誠実な人格者だった。年の離れた弟の天音を誰よりも可愛がってくれた。

「悠華――龍母の弟よ、大きくなったら、俺を助けておくれ。そのためにおまえが健やかに育ってくれるのが俺の願いだ。強く賢くなってほしい」

黎明様はお優しすぎる――それが宮廷人たちの評価だったが、龍の血が濃い陽華国の皇族では異質であり、決して誉め言葉ではなかった。

周囲に皇太子らしくないといわれても、天音は優しい長兄が大好きだった。

「はい、兄様。元気に育ちます。悠華に任せてください。黎明兄様をいじめるやつは、悠華が叩き斬ります」

「そうか、心強いな。――でも皆と仲良くしなくてはな」

黎明は微笑みながら天音の頭を撫でた。

彼が柔和な気性なのは、〈原初の龍〉の荒ぶる魂をもっていなかったためなのかもしれない。

「悠華。俺と一緒に国を守ってくれるな？」

「もちろんです。兄様、悠華はずっとおそばにいます」

成長したら、兄の足りない部分を補おう。そのために弟の自分に強大な龍が宿ったのだ。長兄のために生きていくのが龍母である己の使命だと考えていた。

だが、幼い決意はある日突然挫かれる。

天音が九歳のときに、父と長兄が弑逆された。二番目の兄の翔天が反乱を起こしたのだ。

〈原初の龍〉は呪いなのだと――そのときから天音は内なる天羽龍を「役立たずだ」と罵るようになった。

謎の襲撃があっても、何事もなかったように神事は行われた。

天音は神殿の管理棟の一室に閉じ込められて見ていないが、厳かな神楽と参拝客たちの歓声が聞こえてきた。

神事が終わると、天音は有無をいわさず蒼月の乗る軒車に押し込まれた。罪人として縄で拘束されて歩かされると思っていたので、蒼月の隣に座らされる状況が理解できなかった。

軒車に乗る前、天音が秋風からの書簡を渡した雨蘭という神官が蒼月に話しかけているのが見えた。その後、蒼月が発したのは「乗れ」の一言だけで、天音の処遇がどうなるかについての説明はなかった。

「どこに行くのですか？」

本来、貴人に自ら話しかけてはならない。でも、この皇子は気にしないのではないかという可能性にかけて問いかけた。

「どこに行きたい？」

蒼月はとぼけたように問い返してくる。

軒車に乗り込んだ途端、蒼月はそれまでの絵画から抜けだしてきたような綺羅綺羅しい態度を一変させて、気がゆるんだ様子で座席にもたれて眠そうにあくびを漏らした。

罪人と同乗しているという緊迫感など微塵もなかった。そもそも天音のような身分の者を軒車に乗せること自体があり得ないのだが、気に留めてもいないようだった。

責任者の武官や周囲の兵士たちも、蒼月の行動を誰も制止しようとしない。本来、皇子を護衛するべき近衛や従者の姿も見えないし、なにもかもが奇妙だった。

「家に帰りたいのですが……もう暗くなってますし。兄たちが心配します」

「兄弟がいるの？」

「はい。夜になっても帰らなかったら、半狂乱になると思います」

「……ふうん。仲がいいんだね。お兄さんのことは好き？」

会話にも緊張感がない。飯屋で隣り合った青年とでも話しているような気軽さだった。

下町の少年としては貴人の情けを乞いたいので話しやすいのは好都合だが、変に親しげにされると却って調子が狂う。

「はい。俺はまだ十六歳だし、兄たちには夜は出歩くなといわれていて……」

天音は年のわりには大人びているといわれるが、頑張って幼さを演出してみる。

「年の離れた兄弟なので、心配性なのです。今日は届け物の仕事で神殿跡にきていました。町から出るなといわれていたのですが、賃金がよかったので兄たちを喜ばせてあげたくて」

「そうか。偉いね」

「はい。兄たちを早く安心させてあげたいです。俺は末っ子なので、過保護にされていて……」

蒼月は「可愛い弟だものね」と同調するふうを見せたものの、ふと意地悪い視線を寄こした。

「――でも、あんなに強いのに？　兵士も逃げる化け物を刀剣でぶった斬る姿を見ても、お兄さんたちはきみに町を出るなっていうのかな。化け物を肉塊にしても平然としてるような、勇ましい十六歳なのに。お兄さんたちは病的な心配性なんだね」

「は……はい」

嫌味か――とは思うものの、顔にはだせない。

穏便に解放してもらうために、退魔師をやっているとはいえ、まだ若輩の十六歳の少年だという事実を情状酌量の材料として訴え続けるしかないのだ。

「きみの兄たちには使いをだしておこう。たしかに行方がわからないのは不安だろうしね」

「え……いや、家に帰らせてもらえないのですか」

「帰らせるわけがないだろう」

そこで初めて、蒼月は厳しい声をだした。

「あんなに派手に龍力を使っておいて——俺が解放しても、兵士たちが黙っていない。龍術師を管轄している省と、軍事の兵部省はただでさえ仲が悪いんだ」

想像していたより大事だった。下町では龍力を行使しようとも、誰も通報などしない。もぐりの商売とわかっていたはずなのに認識が甘かった。

「……俺はどうなるんですか?」

「民間にまだ妖術師や退魔師がいるのは把握している。だけど、悪さをしない限りは見て見ぬ振りですむ。庶民にとっては龍術師よりも身近で頼りになる存在だと知っているからな。……だが、目の前で脅威を見せつけられたら駄目だ」

「捕まるんですか?」

「——だから、さっき聞いたんだ。どこに行きたい? って。選べるのは兵部省と刑部省のどちらか。おすすめは刑部省かな。あそこは龍術に捩じれた感情はもってないから、規定通りに淡々と処罰されるだけだ。とりあえず牢に入るけど」

「……」

「刑部省でいいか」

どこか楽しそうに問われて、天音は青くなる。

この皇子、参拝客たちの前ではすました顔でいかにも神人然としていたが、かなり意地が悪いのではないか。

「困ります。牢になんて……兄のひとりは数日後には傭兵の仕事で戦地に発つ予定なんです。家に帰らないと」

「見送りたい？　それまでにはどうにかなるよ」

どうにかってどうするつもりだ――。

もしも厳しい処罰が下ったらどうなるのか。退魔師ではなく、妖術師だと判断されれば有無をいわさず極刑だ。しかも先ほど皇子を睨みつけたし、刀剣の鞘に手をかけてしまった。

静宇たちの元に、処刑された自らの遺骨が届けられる光景を思い浮かべて、天音は焦った。

「見送りじゃなくて、危険な戦地だから行くのを止めたいんです。説得に間に合わない」

「場所はどこ？」

「流怜国の西方の砦です。大金を稼げるとはいえ、情勢がよくないと噂で聞いたので……」

「……そうだね。危険なところだ」

もはや演技ではなく本気で必死に訴えかけたが、蒼月は顔色ひとつ変えない。

ひとでなし――やはり〈原初の龍〉がついている者はろくなやつがいない。

「……少し眠る。龍力を使いすぎた」

話の途中だというのに、蒼月は深く椅子にもたれかかると目を閉じた。

いや、ひとの話を聞けよ。庶民に寄り添う皇子であれよ、貴方に憧れてる町の娘たちが泣くぞ――。

怒鳴りたいのを我慢して、天音はか細い声をつくる。

「蒼月様、あの――ほんとに兄が……」

「わかってる。だけど、いま回復しておかないと……あとで聞く」

龍力の使用後は疲労がたまる。大地の龍脈さえ従えていたのだから相当だろう。

天羽龍の特性で、天音は疲れを感じたことがない。龍力の量だけは豊富なのだ。だから今日の蒼月ほどの力を発揮したら、どれほどの負担がかかるのか想像もつかない。

「わかってると思うけど、逃げようとしないほうがいいよ」

蒼月がふと目を開けて天音を見た。

「俺が眠っていても、きみのなかに龍力をつないでる。意識があれば制御できるけど、眠っているときは加減ができない。逃げようとしたらきみを反射的に締め上げて、心臓を貫く」

「――――」

天音は息を呑む。どくんと警告のように内部で脈打つものがあって、全身に蒼月の龍力がすでに血管を流れるように這っていることを実感させられる。

「命を大切にしてほしい。兄たちが悲しむのはいやだろう?」

いたわるような眼差しを向けてくるが、つまり「逃げようとしたら殺すぞ」と脅しているのだ。

「きみも休んだらいいよ。宮廷についたら忙しい」

いいたいことだけをいって、蒼月は再び目を閉じた。

腹立たしかったが、怒りすらも龍力を通じて蒼月に伝わる気がして、ただ唸るしかなかった。

普通は龍の力は衝突したら、まず反発しあうものだ。それなのに、なぜこの皇子の龍力はするりと天音のなかに入り込んでくるのか。

内なる天羽龍が無言のままだ。「鎮まれ」と命じているとはいえ、心臓が止まりそうな龍力を叩き込まれたら、反射的に龍が反応しそうなものなのに。

ここが月龍国だから――星海龍の領土ゆえに沈黙するしかないのか。

軒車は夜道を走り続けて、やがて都に辿り着いた。

屋形の小窓を覗くと、龍紋のついた軒車を目にして、道を歩くひとが振り返ってざわめいているのが見える。

大通りを進み、軒車は月龍宮殿へと向かった。

豪華絢爛に装飾された大門を抜けて、政を担当する役所が並ぶ外廷の区画に入る。さらに奥は帝とその家族の各御所が並ぶ内廷へと続いている。

ふいに蒼月は目を覚まし、御簾の向こうの御者に声をかけた。

「外廷に用がある。止めてくれ。昊天をここへ」

御者は内廷の区画に入る前に軒車を止めた。小窓から御者が降りて駆けていくのが見える。

「さて――」

蒼月は眠りから覚めたばかりのせいか、気怠そうに肩と首を回した。

神事用にかぶっていた頭の冠をとると、結い上げていた髪をほどく。長い絹糸みたいな髪がさらさらと肩へと流れた。続けて豪奢な刺繍がほどこされた礼服の上衣の前を開けて、中の衣の襟を肌が見えるほどにゆるめる。

これから軒車を降りるだろうに、なぜ髪をおろして衣服をだらしなくする必要があるのか。宮殿の敷地内に入ったから、すでに帰宅してくつろいでいる気分か。しかし外廷に用があるといっていなかったか。

奇怪な行動に天音は首をかしげた。

「――おいで」

ふいに蒼月がにこやかすぎて胡散臭い笑みを浮かべながら、天音の腕を引いた。

「は、はい……？」

「俺の膝の上に乗って、抱きついて胸に顔をうずめられるか。『蒼月様が大好きでたまらない』って感じで甘えてくれると、なおいい」

「………」

天音は固まった。

「外に出たら、俺にしがみついたまま歩く。俺がきみを抱きしめたり、身体をさわって髪や額に接吻しても、睨みつけたり、刀剣を抜いてはいけない。刀剣は懐に隠せ。ほら、できるかどうか、試しに抱きついてみてくれ」

「な、なぜそんなことを……」

男色だとの噂は聞いていた。

だから要求された内容は想定の範囲内だったが、タイミングがおかしい。軒車を降りようというときだ。なぜこの場面で求めるのか。その手の行為は寝所に入ってからではないのか。

蒼月の表情からはこの期に及んでふざけている様子は窺えなかった。かといって本気で色欲から天音に不埒な真似をしたいと望んでいるふうでもない。その証拠に「無理か、できないか」と確認する声もどこか面倒くさそうだ。

「できないというか、なぜいま……」

「外に出て、いきなり俺に媚を売れるのか？　ここで試したほうがいいだろう」

わけがわからずに動けずにいると、蒼月は痺れを切らしたように天音を抱きよせた。

「時間がない」

天音を膝に抱えあげて背中を撫であげる。殴りつけるような龍力ではなく、微弱な振動が身体の内側を駆け巡る。実際はその箇所にふれられてもいないのに妙にくすぐったい。

「あ――」

困惑しながら胸に倒れ込むと、蒼月は天音の頭を撫でながら額に唇をつけた。

「そうだ。この距離感だ。忘れるな」

「な……」

抗議しかけたものの、天音は蒼月の顔を見上げたところで言葉をなくした。

御簾の向こうを見据える彼の表情には、はりつめた緊張感だけがあった。色に絡んだ欲など欠片も見えず、猥雑な興味で天音の身体を弄ったわけではないのは明白だった。

これから一戦交えにでもいくような冴えた眼差しは、情欲とは程遠い。

「なぜ、その必要が……」

「――生きるためだ」

明瞭な回答に、それ以上の追及を呑み込んだ。

「蒼月様、昊天です」

御簾の向こうから声がする。

「すでに神殿跡の襲撃が伝わっていて、兵部省が騒いでおります。というか、袁大臣たちがわざわざ出向いてきて、いま軒車に向かって歩いてきています。状況を知りたいのかと」

「わかった」

蒼月は天音に向き直る。

「いいか。もう一度いう。刀剣を服のなかにしまって見えないように抱え込め。外に出たら、俺に抱きついて甘えてしなだれかかって歩く。誰になにを聞かれても、一言も答えてはいけない。俺がすべて話す。きみはなにがあっても『蒼月様、大好き』だけしか頭にない少年だ」

「――はい」

限りなく不本意だったが、天音は頷いた。

蒼月は「よし」と答えると、天音の肩を抱いて御簾を上げて軒車を降りる。

外で待っていた昊天とやらが天音の姿を見てぎょっとする。

「その者は……？」

「なかなか使えそうな人材だ。別邸に連れていく」

指示通り、天音は蒼月の胸に顔をうずめていたので周囲はよく見えなかった。

近づいてくる複数の足音がする。

「蒼月様、おかえりなさいませ。ご無事でしたか」

男たちが蒼月の前に並んで礼をする。

「問題ない。神事もつつがなく終了した」

貫禄のある初老の男が一歩前に出る。

「それはそれは……月齢十五の神事はいわば星海龍の名を戴いている蒼月様ご自身を祀るようなもの。何事もなくてよかったです」

「心からそう思うか」

「もちろんでございます」

言葉の端々に棘があるような、互いに腹のさぐりあいのような奇妙な会話だった。

「──袁大臣。もう護衛からの報告は届いているのだろう?」

男は「はい」とにこやかに認める。

「なにやら妖術師が現れたとか」

「そうだ。だが、問題はなかった。兵士たちの手を煩わせはしなかった。龍が解決した。神事も予定通りだ。そう報告されているのだろうな」

「はい。さすが蒼月様だと民衆も心酔していたとか。ですが、龍術を操る怪しい者が現れたとの報告も受けておりまして心配していたのです。強い力をもっていたとか」

天音は身を固くした。蒼月が天音の肩をさらに強く抱きよせる。

「それはこの者のことか?」

「はい。何者なのですか? 龍術師の資格を持っていなくて、護衛が驚くほどの龍力を操るなら、軍の取り調べを受けるべきではないかとご進言いたしたく参上しました」

「――必要ない」

身体の中を流れる龍力に「怯えた振りをしろ」と命じられた気がしたので、天音は身体を震わせながらさらに蒼月にしがみついた。

蒼月は「こら。大丈夫だよ」と天音の頭をあやすように撫でる。

「よしよし、おまえに危害を加えようとしているわけではないから。……大臣、見てわかるだろう。この者は以前から俺が可愛がっていたのだ。神殿跡の神官に預けていた。龍力はあるが、俺の龍力を補助として使って動いていたから、強力に見えただけだ」

「ほう。御寵愛されてる方でしたか。蒼月様の龍力を補助として……そんなことが可能なのですか？」

「――俺にできないことがあると思うのか」

静かな声音だったが、一瞬ひやりとした空気が流れる。蒼月の神技を一度でも目にした人間からすれば、その言い回しは脅威でしかない。

だが、袁大臣と呼ばれた男は怯むことなく微笑んだ。

「失礼いたしました。さすが蒼月様。ですが、龍力は国家で管理されると決められたもの。龍力のある者は大勢いますが、それを武器に込めて操れる者は限られている。その者が龍の刀剣使いなら、龍術師の資格がないのは問題かと」

「無粋なことをいうな。最近、俺が教えてやっと使えるようになったのだ。これから指導して資格はとらせるつもりだった。だが、あまりにも愛らしいから、べつの方面で可愛がりすぎてな。つい疎かになってしまっただけだ」

「なるほど――蒼月様がそれほど夢中になるとは……なかなか美童なようですな」

「ああ。いまは片時も離せないのだ。異形たちを退けたのも俺の龍力を貸しただけだからな。帰り道では『もういや、怖かった、ひどい』と怯えて泣いていたのだ。俺が抱いて慰めていたのに、おまえたちがまた責めるから、こんなに震えて……」

再び演ずることを命じられた気がしたので、天音は肩を大仰に震わせて、蒼月の胸に額をすりつけて甘える振りをした。それらしく見えるように「蒼月様、大好き大好き」と苦しい自己暗示をかける。

「ほら、見ろ。なんと愛らしい……。よしよし、いい子だ。――この者が脅威に見えるか？俺が大丈夫だといっているのだ。それ以外の説明が必要か？　龍力の扱いについて、この国に俺に教示できる者がいるというなら誰なのか教えてほしいものだ。この俺に……星海龍に対して、龍力のなんたるかをおまえが語るのか？」

「いいえ。とんでもございません。蒼月様は偉大な星海龍の化身であり、月龍国の大地の守護者。大変失礼いたしました。どうかお許しを」

袁大臣はさすがに勢いをなくした声で謝罪した。

その後、神殿跡の襲撃に関していくつか質問をしたあと、「お楽しみを邪魔するつもりはございませんので」と一行は礼をして去っていった。

ひとの気配が遠ざかったので、天音はほっと顔を上げようとする。

「……も、もういいですか？」

「駄目だ。引っ付いたままでいろ」

不満を覚えながらも、天音は蒼月の胸に再び顔をうずめた。

各省の役所が並んでいる通りを歩く。すれ違う官人が足を止めて蒼月に礼をする。少年を胸に抱きよせて、襟元の乱れた服で闊歩する皇子を人々はどう思って見ているのか。

「――蒼月」

ふいに背後から力強い声が聞こえた。

第二皇子を「蒼月」と呼び捨てられる人物。それはこの国にはふたりしかいない。彼より格上である父の帝と兄の皇太子のみだ。

振り返る際に、ことさら強く頭を撫でるように押さえつけられた。決して顔を上げるなという意味だ。

「兄上。こんな時間まで外廷にいらしたのですか」

「おまえが派手な格好で歩いていると聞いたからな。見物にきた」

目の前にいるのは皇太子だ。臣下の礼をしなくていいのか。こんな格好で非礼と処罰されないのか。蒼月の胸に顔をつけたまま、天音の心臓が早鐘を打った。腋に嫌な汗をかく。

「袁大臣に聞いたのですか？」

「いいや。袁大臣にもその姿を見せたのか？　相変わらず色男だな」

「無作法な弟で申し訳ありません。この者も……いまは兄上にご挨拶できるような状態ではないのでお許しください」

「かまわん。その乱れた服装を見れば、なにをしていた最中か想像はつく。だが、色気を振りまきすぎるなよ？　おまえに懸想する官人が増える。服はせめてちゃんと着ろ」

「気をつけます」

皇太子は豪快に笑って去っていった。お付きの従者や護衛たちの足音も遠くなる。

皇太子がどんな人物か気になった。彼も龍の皇子だ。だが、下町の少年という立場では、貴人の前で些細な失態ひとつ起こせば簡単に首が飛ぶ。その緊張感から、天音は皇太子一行の後ろ姿を確認する気にすらならなかった。

「よくおとなしくしてたな。あとしばらく引っ付いててもらうが、最大の山場は超えた」

蒼月は天音の頭をぽんと叩いた。安堵して肩の力を少し抜く。

昊天が背後から蒼月に囁く。

「袁大臣の次に皇太子様まで現れるなんて……。知らせを待ってましたね」

「さあな。おまえは先に別邸に戻れ。俺にはまだひと仕事ある」

昊天は「は――」と礼をして去っていく。

皇太子は多くの従者や護衛を引き連れているのに、第二皇子の蒼月は従者もなく乱れた服のまま少年を抱きかかえてなおも歩くのか。

「もうひと頑張りだ。俺を大好きな振りをしてもらう」

天音は混乱してわけがわからなくなった。

それから蒼月に抱きかかえられたままで、天音は外廷の役所を連れ回された。少しでも離れようとすると身体をぐいっと引き寄せられるので、仕方なく彼の胸に顔を密着させる。

「この者が可愛くて仕方ないのだ。特例としてなんとかならないのか」

蒼月は恐縮する官人を前に懇願した。

「しかし蒼月様の頼みといえども、こればかりは……」

「頼む。悪いようにはしない。宋(そう)氏には世話になりっぱなしだが……きみは分家の三男だったかな。次の園遊会ではきみの席を設けよう」

「いいえ。父でさえ、そのような席の来賓名簿には載っていません。畏(おそ)れ多いことです」

「では、父上も呼ぼう。きみの謙虚さがますます気に入った」

「そのように仰(おっしゃ)っていただいても、序列的には……」

「遠慮せずに受け入れるべきだ。これは龍の恩寵なのだから。きみの人間性や仕事に対する姿勢が徳を積んでいき、今日こうして幸運を呼び寄せただけだ。それとも俺では龍とはいえないかな」

「そ、そんな……とんでもない。月龍様のお言葉だと仰るのであれば——ありがたき幸せでございます。私ごときが憧れの蒼月様にそこまでいっていただけるとは……うっ……」

官人は目を潤ませて感激したように声を詰まらせた。

乱れた衣服でしがみつく少年を侍らせている皇子に、泣くほど憧れるところがあるか……？

天音はそう詰問したかったが、自らの処遇で融通を利かせるために茶番をしているらしいと推測できたのでおとなしく協力するしかなかった。

蒼月は「さて次」と天音を引き連れて各所を回り、要求を呑ませた。

官人の多くは蒼月が「きみのことは知っている」「園遊会や茶会に」「今度一緒に狩りに」的な誘い文句をいうだけで従順になった。

中には条件は提示しなくても、蒼月が執務室に訪れただけで「なにをしましょうか」と協力を申し出る者もいた。

「承知いたしました。お任せください。では、蒼月様。手を——手を握ってください」

いかにも貴族らしい美しい容姿の官人が個人的な欲望を丸出しにしたときも、蒼月は怯む様子はなかった。彼の手を握りしめて、とっておきの麗しい笑顔を見せる。

「楓柳。貴方に龍の加護を――いつもそばに」

官人は真っ赤になって「はわわ」と口から意味不明な言語を発していた。

「父上によろしく。近いうちに一緒に飲みたいと」

「は、はいっ。父も喜びます」

そのくちぶりから、おそらく父親が有力者なので破格のサービス対応なのだと察せられた。

……食えない皇子だ。

第一印象では美しすぎるがゆえに置物のような皇子かと思われたが、異様なほど人当たりが良く、誰に対しても気どらない。それでいて品格は失わずに頭も口も回るように見えた。

蒼月は宮廷の多くの人間から神格化されていた。建国神話の龍が守護についているのだから当然か。最初に待ち構えていて、嫌味の応酬合戦をした大臣たちは政敵なのだろうか。

しかし、なにより恐ろしいのは、蒼月が天音を抱きよせて髪を撫でながら「愛いやつだ」などと戯言を吐いても、誰も驚いたり呆れたりする様子を微塵も見せないことだった。皇子だから見ないふりをしているというより、蒼月ならばあたりまえで見慣れているとばかりに。

「――別邸へ」

必要な根回しが終わったのか、再び軒車に乗り込む。

外廷を無事に出られたということは、天音は牢に入らなくてもすんだらしい。しかし、蒼月からは説明されない。

「あの、家には……」

助けてもらった恩があるので、天音は控えめにたずねた。

「すでに使いは出してある。きみの家も知ってる。静宇と彩火という兄がいるんだろう？　大丈夫。きみが留守の間は、傭兵のお兄さんは心配でどこにも行きやしない」

ひやりとした。皇子に関わったのだから、然るべき調査機関がすぐに調べ上げると考えていたものの、仕事が早すぎる。

「使いって……どう知らせたのですか」

「きみは書簡を届ける仕事で神殿跡にいた。足を挫いたので、旧神殿で預かって休んでいると連絡したよ。たいしたことないから明日には馬車で帰る、と。神官が預かっているといえば、きみの兄は疑わずに信じるだろう。現役の神官は他人を傷つけることなどできないから」

あの容姿だから仕方ないが、あきらかに静宇が元神官だとわかっているくちぶりだった。なにをどこまで知られているのか。

「どうして兄たちに事実をいわないのですか。蒼月様の別邸に行くのだと」

隠すのは意味があるのか。いささか緊張しながら質問したが、蒼月の回答は予想外のものだった。

「どうしてって……きみの兄たちは、下町で怖いと評判なんだろう？　有名な兄弟だと聞いた。揉めごとは避けたい」

「……は？」

それが理由なのかと、気の抜けた声がでる。

「事実をいってもかまわないのか？　きみが俺に気に入られて、別邸に連れていかれたと。俺は、自分が民のあいだでどう噂されているのか、少しは把握している。きみの怖いお兄さんたちが『美少年好きの皇子が弟になにするつもりだ！』と怒鳴り込んでくる可能性はない？」

基本的な説明が端折られているので、なにが事実なのか設定なのかが把握できない。

いつから自分は蒼月のお気に入りになったのか？　天音を軒車に乗せたときから、役所に引き渡すつもりはなく、別邸に連れていく心積もりだったのか？

出会いからの行動を逐一思い返しても、蒼月の態度は気に入っている相手へのものではない。容赦ない龍力で殴りつけて死にそうになる寸前まで痛めつけ、逃げたら命はないと脅してきた。

いつ、どの場面から気に入っているのか説明してほしい。

「……あ、あるかもしれません……兄たちは俺を大切にしてるので」

「だろう？　俺は怖いひとに怒鳴られるのはいやだ」

いや、龍力の強さでいったら貴方が一番怖いだろう――と指摘したいのを堪えた。お気に入り枠に入っているのなら、家に帰れるまでおとなしくしていたほうがいい。

「宮廷が魑魅魍魎ばかりで怖いのは仕方ない。だから、それ以外ではなるべく怖い目に遭いたくないんだ。疲れる……」

会ったばかりの庶民の少年に漏らす愚痴ではないが、それは蒼月の本音に聞こえた。

軒車は都の外れに向かっていく。

小窓を覗いていると、神殿跡と同じく聖域として一般には立ち入り禁止になっている区画に進んでいくのに気づいた。

そこは旧市街と呼ばれる古代都市の建造物が並んでいる。光界や深界から降臨したものが根付きやすい場所として、居住区としては不向きということで隔離されているのだ。

ひと気のない廃墟（はいきょ）を抜けると、闇の向こうに幻想的な灯り（あか）の数々が浮かび上がる。広大な敷地を取り囲む背の高い塀が見えた。通りに続く大門の向こうには華麗な宮殿の建造物がそびえたっている。

「……なぜ、ここに宮殿が……？」

夢でも見ているのかと思った。いきなり異世界に迷い込んで、桃源郷でも現れた印象だ。

「ここは古代の月龍宮殿があった場所だ。旧神殿と同じく星海龍のものとして、俺が管理する管轄になっている」

「……別邸って、これなのですか？」

「そうだ」

秋風や静宇が話していた噂では、淫ら（みだ）な行為のための美少年の館があるように聞いていた。

両者ともそれなりに情報通のはずなのに、なぜ実態にそぐわない話が出回っているのか。

聖域として立ち入り禁止の場所にある。噂は広まっても、一般人は目にしないからか。

別邸は古代の月龍宮殿を修復して復元したものらしかった。

宮廷と同じ様式に区画整理され、内廷と外廷に分かれて整然と建物が並んでいる。別邸という呼び名から、せいぜい大きな屋敷だろうと考えていたのに想像と異なった。

それは都にもうひとつの宮殿があるといっても差し支えのない規模だった。

月龍国の都の地図には、この区画は古代の月龍宮殿跡としか記載されていない。

「宮殿跡とは……てっきりもっと朽ちた場所かと」

「ここは胡月宮殿と呼ばれている。差しさわりがあるので、表向きには別邸で通しているが」

軒車を降りると、宮廷から先に戻っていた昊天が出迎えた。

先ほどは周囲にろくに視線を向けられなかったので、初めてまともに彼の顔を見た。

昊天は蒼月と同年代ぐらいの青年だった。上背があって体格も逞しいが、顔立ちはどちらかというと童顔で、黒目がちの目許が可愛らしい印象を与えた。

「おかえりなさいませ。首尾よくいったようですね」

「袁氏の爺以外はな」

袁氏――あの最初に詰め寄ってきた大臣か。

昊天が顔をしかめる。

「今日の護衛は兵部省で出すといった時点でおかしいと思ったのです。別邸の近衛団の同行もことわられたうえに、俺も急務だと目上の御方から引き留められて外廷から出られないようにされましたし」

「問題はない。むしろ爺の兵士が誰も死ななくてよかった。そこの者に感謝しなくてはな。妖術師が放った矢をさわろうとした兵士を救ったのだ」

「この者が――」

昊天は天音にちらりと視線を移した。どうやら彼がいつもは従者として同行しているらしい。まるで野良犬を警戒する目つきだった。貴人の側近としては当然の反応ともいえる。

「先ほどいったように別邸で面倒を見る。俺の寝所に泊めるから世話を頼む」

「かしこまりました。では夜華（やか）を呼んでまいりましょう。しばしお待ちを」

「いや、このまま連れていけ。俺はかまわなくてもいい」

「この者は武器を所持しているようですが……」

「大丈夫だ。龍の刀剣だ。持たせたままでいい」

昊天が付き従うのを制して、蒼月は奥の区画へと進んでいった。皇子ともあろうものが、基本的にひとりでなんでも行動してしまうらしい。あの龍力があれば警護は不要だろうが……。

蒼月がいなくなった途端、昊天の態度は刺々しいものに一変した。

「おまえはこちらへ――まずは汚い衣服を着替えて、風呂（ふろ）に入るように。穢（けが）れたままで、蒼月様の隣に並んでいたなど許しがたい」

目立たないとはいえ、黒の深衣は異形の返り血に染まっている。

蒼月は平気で天音を隣に座らせていたし、抱きかかえて外廷中を歩きもした。彼は皇子としてかなり変わり者だが、臣下はまっとうな神経の持ち主らしい。昊天が従者として神殿跡についてきていたら、天音を決して軒車に同乗させなかっただろう。

「まったく蒼月様は……犬の子を拾うのとは訳が違うといつも申し上げているのに、次から次へと得体の知れない下賤の者を連れてきて……」

下賤の者扱いされても不思議と腹は立たず、天音はむしろ昊天に同情的な眼差しを向けた。今日一日の行動を見ても蒼月はなにをするか予測がつかないので、臣下としては気が休まらないのだろう。威圧的に振る舞うのも、主君に怪しい人間が近づかないようにするためだ。

自分を見守る静宇なども同じ心境でつねに胃を痛めているのだろうと容易に想像がついたので、おとなしくしていようと決めた。

「天音といったか。自惚れるなよ。おまえのような者はたくさんいる。特別だと思うな」

「はい。承知しております。下町の住人で、粗野で無知な俺みたいな者のために、昊天様のお手を煩わせて申し訳ありません」

反抗されるのを予想していたのか、昊天は拍子抜けしたように狼狽した。

「べつに下町の者だから文句をいってるのではない。蒼月様自身がなによりそんなことは気にされない。ただ、だからこそ分をわきまえろといっているのだ」

「はい」

胡月宮殿はところどころに灯りがつけられていて、夜だというのにかなり明るい。本家の宮殿よりも贅沢に灯籠の油を使用しているのではないかと思われるくらいだ。

敷地内には石畳も綺麗に敷かれていて、御所だけではなく、宮殿を維持管理して運営するための施設が何棟もあった。

廏舎には多くの馬がつながれているのが見える。ほかの家畜も飼育されているのだろう。外廷の左右には兵舎らしき建物もある。門前や城内に警備として配置されている兵士は少数だが、蒼月の龍力を考えれば必要ないとの判断と推測された。

奥に行くと、衣服の縫製など様々な工房の区画、食料を管理する厨房の区画と分かれていて、使用人たちの数も多いと見受けられる。立ち入り禁止の聖域に、この規模の宮殿が存在しているのが摩訶不思議としかいいようがなかった。

天音は使用人たちの住居と思われる建物の棟に連れていかれた。可愛らしい小姓たちが昊天を出迎える。

「新入りだ。蒼月様の前に出ても恥ずかしくないように整えてくれ」

「はい」と小姓たちは心得たように頷いた。皆礼儀正しく、ひとりの例外もなく端麗な容姿をしていた。透き通るような白い肌、ほっそりとした肢体。控えめな声すらも鈴を振るように美しい。この者たちだけを見れば、美少年好きと噂されるのも仕方ないと思う。

「身を清めていただきます」

天音は浴場に案内された。脱衣所で、小姓から衣服は洗濯をするので預かるといわれた。

「そちらの剣もお預かりいたします」

「いや、これは手元に置いておく。蒼月様もかまわないといっていた」

可愛らしい小姓は「そうですか……」とどこかうろたえた様子で、汚れた衣服だけを持って足早に脱衣所を出て行ってしまった。

天音はひとりで浴場に入り、すぐ手が届く場所に刀剣を置いた。広い浴槽には潤沢に湯が満ちており、使用人の住居としてはかなり贅沢だ。手早く身体と頭を洗って湯に浸かった。

「――失礼します」

ややあって、男がひとり浴場に入ってきた。先ほどの小姓ではない。

「夜華と申します。お世話をさせていただきます」

男は小姓というには年がいきすぎていたが、「夜華」という名は昊天が先ほど口にしていたので、小姓頭のような存在かと思われた。

夜華は蒼月や昊天と同年代か、少し上に見えた。若いのだが、年齢不詳の雰囲気がある。

小姓たちと同じように静脈が透けて見えるような白い肌、切れ長の目許には泣き黒子(ほくろ)があって、匂(にお)いたつような色香のある美しい男だった。ほっそりとしているが背は高く、手足も長い。

通常時から薄い琥珀(こはく)色の瞳――髪は暗褐色で顔立ちも東の大陸の人間なので、天音と同じように普段から色がそのままのタイプの龍眼だった。

そういえば小姓たちも明るい眼の者たちがやけに目についた。龍力のある者が多いのか。とはいえ、色味が変わらないタイプの龍眼は力の強さを表すものではない。蒼月などは普段は夜のような瞳をしているのに、あの強さだ。

てっきり「のんびりしてないで早く出てこい」と催促しにきたのかと思ったので、天音は浴槽から上がった。

夜華はにっこりと微笑んで、浴場を出ようとする天音の前に立ちふさがる。

「そこにお座りください。まだ清めがすんでおりませんので。お手伝いいたします」

「身体なら湯に浸かるまえに洗った」

「粗相がないように、中を綺麗にしないといけませんので」

「……中?」

「はい。御寝所を共にする者には、きちんと身を清めることが義務付けられておりますので」

そこまでいわれれば、夜華がなにをしようとしているのかは察しがついた。

「いや、俺はそういう相手ではない。今日、たまたま神殿跡で……」

神殿跡での襲撃の件、それに関わって寵愛を受けている芝居をした事実を迂闊に口にしていいのか迷った。

別邸にいるのは蒼月の信頼する臣下たちに思える。だが、まだ全容が把握できないのだから油断しないほうがいいのではないか。

（――生きるためだ）

あの一言がやけに胸に刺さっていて、天音の口をつぐませた。

「ご理解ください。蒼月様が寝所に泊めると仰って、昊天様から『整えてくれ』と指示された場合には、作法に則ってお清めするのが小姓の務めですから」

「――わかった」

務めならば妨げるわけにはいかず、天音は素直に従った。

もともと宮殿の生まれであり、月龍国に流れ着いてからも成長するまでは静宇に身の回りの世話をされていたので、人前で裸になることや面倒を見てもらうことに抵抗はない。とはいえ、知識はあっても不浄の場所の清めは未経験だった。

「そこに手をついて、四つん這いになってもらえますか。そのほうがやりやすいので」

容赦ない格好をさせられるのに一瞬怯んだものの、天音はすぐに覚悟を決めて膝をついて腰を上げた。

「――菊門での性交の経験はありますか？」

「ない」

堂々と答える天音に、夜華は小さく笑った。

「……そうでしょうね。ふふ。綺麗なものだ。傷つけたりはしないから、大丈夫ですよ。力を抜いてください。少しやわらかくして中を洗って、一番細い張形が入ったら、終わりです」

「張形……」

夜華が手にした箱の中には、男根の形状をした奇怪な物体がずらりと並んでいた。イボでごつごつしたものや、人間ではなく馬のものだろうといいたくなる巨大なサイズまである。

「それを、俺に……」

「安心してください。一番細いものだといったでしょう」

夜華が取りあげたのは、指一本分ぐらいの太さの張形だった。

「この時点で拡張しすぎると、愉しみが減るという殿方もいるので……閉じている肉を自分の陽物で無理やり押し開くのがいいとか、泣き顔が見たいとか悲鳴を聞きたいとか色々好みがあるのですよ。まあいきなり突っ込まれて大怪我をしない程度には緩めておきましょうね」

「待て。それはここの主の趣味を語っているのか」

夜華は楽しそうに笑った。

「まさか。蒼月様はお優しいと聞いていますよ。少しリラックスしてほしいので、冗談をいっただけです。でもあの御方は着痩せして見えますが、武人でもありますから、それなりに逞しい身体をしてますよ」

未知の領域について深く考えても仕方ないので、天音は無我の境地で身体の力を抜くように努めた。されるままになって尻を洗浄される。

「——おとなしいのですね。もっと抵抗されるかと思いました」

「なぜ？」

「立派な刀剣を浴場にまで持っていこうとする方ですから。本来は別の者がお世話する予定だったのですが、『怖い、斬られたらどうしよう』と怯えていたので俺が代わったのです」

「怖がらせたのか……。すまないことをした」

先ほどの可愛い小姓があわてた様子で出て行った後ろ姿を思い出す。

突如、背後で堪えきれないように「くく」と笑いを漏らすのが聞こえた。

「おかしな方だ。四つん這いで尻を晒しながら、そんな、ほかの者を気遣って申し訳なさそうに……ははっ」

小姓としての仕事中だからあくまで礼儀正しいが、素顔が覗く笑い声だった。

状況をあらためて説明されると滑稽だったが、天音は負けずに反論した。

「どんなときでも関係ないだろう。むしろ今日初めて会った、得体の知れない男の尻を綺麗にしなきゃいけない貴方のほうが大変じゃないのか」

「……いえいえ。俺は光栄ですよ。むしろ役得だ。貴方はとても可愛らしい方なので」

ぐいっと指が入れられて、背中が跳ねた。

それ以上は下手にしゃべることもできずに、すべてが終わったときには天音は放心していた。

「お疲れさまでした。もういいですよ。綺麗になりました。手順は覚えましたか。次に機会があったら、ご自分でできますか」

あらぬ箇所を弄られて、初めて疲労というものを実感した。

「できる……。自分でやる。よくあるのか？　寝所に侍る者の世話をするのは……」

「蒼月様は神人ですから、寝所に不浄なものは入れない。実際に使用しないとしても、綺麗にしておかなくてはならないのです。貴方を連れてきた昊天様だって、少年の頃は宮廷で上級小姓をしていたし、寝所の番をしたときには尻を洗われたはずですよ。夜のお相手はしてないと思いますが」

偉そうな昊天も恥辱の格好をした経験がある——想像するだけで、一気に親近感がわいた。

「使用しない可能性もあるのか」

「未使用で終わるほうがいいですか？　普通は一夜のお情けを欲しがりますけどね」

「そういうものか……」

「四つん這いになって恥ずかしい思いをして尻の準備をしたのに使われないって、悔しくなりませんか？　努力が無駄になるんですよ」

「それもそうか……貴方にも手間をかけさせたのに徒労になるしな」

「ふむ」と考え込む天音を、夜華は興味深げに眺めた。

「貴方はかなり珍しいタイプだし、蒼月様に特殊な嗜好を要求されそうですね。覚悟しておいたほうがいいかもしれない」

「俺は閨の知識は乏しいのだが、初心者にも対応できるだろうか」

「さあ……どうでしょうね。俺だったら、貴方のような無垢な方はいじめたくなりますけど」

「優しくしてはもらえないのか」

夜華はもはや面白がっているのを隠しもせずに「ははは っ……ひひ……」と奇妙な笑い声をたてた。

「大丈夫大丈夫。いじめたあとに優しくしたくなる。……いや、蒼月様がどう扱うかは知らないけど。なんにしても刀剣の所持を許しているから、貴方は特別だよ。本来なら、胡月の敷地に入った途端に武器は接収されるはずだから」

礼儀正しい小姓として振る舞うのはやめたのか、夜華はあっけらかんと笑った。

安全性の観点からいえばそのとおりだ。いまだに蒼月の本心がつかめなくて判断に迷うが、帯刀を許されるほど気に入られているというのなら、むしろ好機かもしれない。

秋風に金を稼ぎたいのなら蒼月の別邸の愛人になれといわれたときは、他国の皇子に接近するのは花街で身売りするより厄介だと考えていたが、すでに意図せずに出会ってしまった。この状況をうまく利用すれば、静宇を救うための最良の手段になるのではないか。

「……蒼月様に、本気で気に入られるにはどうしたらいい？」

浴場を出て着替えたあと、天音は藁をもつかむ気持ちでたずねた。

夜華は意外そうに瞬きをくりかえした。

「別邸に連れてこられた時点で気に入られてるよ。とくに貴方は特別だって。理由はさっきいっただろう」

「いや、そうではなく……もっと違う方向で気に入られる方法はあるだろうか。未使用で終わらずに、なんなら継続して使用されたいのだ」

「本気で望んでる？　そういうタイプでもなさそうだけど」

「……必要に迫られて」

その一言だけで、夜華は「ああ」と事情をうっすら察したように頷いた。

「――情に訴えろ」

「情？」

「とにかくすがりつけ。下手な小細工はせずに、本気で訴えれば大丈夫だよ。蒼月様は優しいから。……ちょっと優しすぎてな」

案内されて、使用人たちの住居棟から蒼月のいる奥の御所へと移動した。「ここだ」と大きな扉を示すと、夜華は天音の肩をがっしりとつかんだ。

「頑張れよ？　健闘を祈る。あとで尻を使用されたかどうか、戦果を聞かせてくれ」

「わかった。ありがとう」

天音は決意を固めて頷くと、戦いに挑むような気持ちで蒼月が待っている部屋の扉を開けた。兄を救いたいと本気で訴えかけよう。静宇への想いは真実だから、寵愛されれば龍の骨を手に入れる金を与えてくれるかもしれない。

「――きたか」

てっきりすぐに寝所で伽をするものだと気合を入れていたが、案内されたのは寝台のある部屋ではなかった。中央には大きなテーブルがあって、蒼月が酒の杯を傾けていた。卓上には料理の皿が並べられて美味しそうな匂いと湯気をたてている。

天音がぼんやりと突っ立っていると、使用人たちが新たな料理の皿を運び込んできた。

「あれだけ暴れたんだ。腹が減っただろう」

返事よりも先に、ぐううと腹が鳴った。

「座るといい。好きに食べてくれ」

「……………は、はい」

皇子が下賤の者と食事を共にしていいのか。困惑しながらも、すすめられるままに蒼月の向かい側の椅子に腰かける。

遠出したうえに昼も食べていないので、食欲には勝てなかった。最初は慎ましく必要最低限の分だけ頂こうと考えていたが、箸をつけるとどれも美味で止められなくなった。

「いい食べっぷりだな」

感心した声に、天音ははっと我に返る。

「俺の前でそれだけガツガツものを食うやつは初めて見た」

「好きに食べていいと仰ったので……」

「そうすすめても、みんな遠慮するのか知らないが、食が細くなるんだ」

あまりよろしくない態度だったか。天音は肉の塊に伸ばしていた手をそっと引っ込めた。

蒼月はくっくっと笑う。

「違う違う。咎めたわけではないから、好きに食べていい。ここは宮廷ではないからな。俺より食べるのは、却って見ていて気持ちいい」

本来、皇子と食事を共にするなど許されないが、別邸では蒼月の裁量次第なのか。

とはいえ、遅れて部屋に入ってきた昊天が天音を一瞥するなり渋い顔になったので、歓迎されていない状況なのだと知る。

「昊天。おまえも座って食べろ」

「結構です」

おそらく天音と同席するのが嫌なのだろう。昊天は貴族なのだろうから当然の反応だった。

「せっかく身を清めさせたのに、肉など食べさせて……」

「宮廷のしきたりなど知るか。それが嫌で別邸にいるんだ。爺のようにうるさいことをいわないでくれ」

「いいますよ。この者を泊めるというから準備をさせたのに」

「泊めるさ。でも、いまは食事だ」

昊天は納得しかねる様子で「では、俺はお邪魔しないように失礼いたします」と退室した。

「気にしないでくれ。あいつは坊ちゃん育ちだから繊細なんだ」

それを皇子の貴方がいうのか——とさすがに首を捻りたくなる。

「俺がそういうのは変か」

「い、いえ……」

蒼月は面白そうに天音を見た。

「年はいくつ？　十六歳というのはほんとうか」

「ほんとうです」

「ふうん——」

すでに調べて十六歳だと知っているくせに、さらに確認してくるのが心臓に悪い。

貴人としては無防備すぎて傍から見ていて心配になるほどなのに、それもすべて作戦なのではないかと思うほど、こちらがひやりとさせられる瞬間がある。

質問されたこと以外は話さないほうがいいとわかっていたが、蒼月はその手の決まりごとに寛容なようなので、気になっていたことを確認する。

「あの……もぐりの退魔師として処罰される件は、大丈夫なのですか。役所を連れ回されたものの、なにがどう処理されたのか不明で……。こうして外廷の外に出られたということは……」

「大丈夫だよ。きみは自由の身だ。俺の愛人だと思われたから。龍力の件も、特例として認めさせた。今年の資格試験は終わってるから、来年国家資格をとってもらうけど」

牢獄入りは免れた現状に、ほっと胸を撫でおろす。国家資格――それは秋風に戸籍を用意してもらわないと難しいが、来年ならば時間の猶予はあるし、そのあいだに対策すればいい。

「安心した？」

蒼月が爽やかに微笑む。

「は、はい。ありがとうございます。蒼月様には感謝しています。ほんとうに下町の娘たちが憧れているとおりの優しい御方で、感激しています」

「下町の娘たちが俺をなんていってるの？　美少年好きの男色家以外の噂で」

「そんな……ご趣味のことはともかく、下町では小さな娘までもが『蒼月様に会いたい』と夢中です。龍の皇子様たちのなかでも、蒼月様は一番人気があると評判ですから」

「そんなふうにいわれてるのか。困るな」

蒼月の表情が曇る。機嫌を良くしてもらうために精一杯持ち上げたが、一番人気といわれて困るのか。

「だけど、きみは下町で『皇子様よりも素敵な天音様』と呼ばれてるんだろう？　きみたち兄弟は揃って美しい男たちらしいね。皇子よりも下町では人気があるとか」

「そんな……滅相もない」

恐縮する天音に、蒼月は愉快そうに目を細めている。下町での評判を調べ尽くしたうえで、わざと天音が返答に困る話題を振ってきているのか。相当意地が悪い。

もはや質問されること以外は下手に話さないほうがいいと判断して、天音は再び食事に専念した。先ほどたくさん食べるのは気持ちがいいといっていたから不快には思われないだろう。

ひたすら料理を詰め込んでもぐもぐと口を動かす天音を、蒼月は楽しそうに眺めていた。

「天音……。俺はきみを助けた。役所での奮闘ぶりを見ただろう？」

「はい。もちろんです」

「お礼をしてほしい。きみが気に入ったんだ」

──きた。

ストレートに要求されて、一瞬とまどったものの、「金蔓が向こうからきてくれているのだ」と即座に頭を切り替えた。

「なんなりとお申し付けください。未熟者ですが、俺も蒼月様のような御方に一夜のお情けをいただけるのは幸いです」

なんとしても戦果を得る──！

天音の顔つきに閨事とは場違いな気迫が込められていたためか、蒼月はきょとんとした顔をした。

「あー……」と困惑したように顎を撫でて唸る。

「……きみはそういうの、平気なの？」

「はい。蒼月様に可愛がっていただけたら、無駄になりませんし」

「無駄？」

尻の準備が――と思ったが、さすがにそれは口にしなかった。

「あ、いいえ、この出会いが――俺のような下町の者にとっては蒼月様のおそばにいられるなんて一生に一度あるかどうかの幸運です。それだけでも十分ですが、お情けをいただけたらさらなる僥倖になる、と……」

「――意外に可愛いことというんだな」

我ながらうまく誤魔化せたと思ったので、天音はその調子だと己を鼓舞して、健気に見えるように伏し目がちになった。

蒼月は頬杖をついて、しばらく殊勝な振りをする天音を観察するように見ていた。

「……お兄さんのひとりに、龍の骨が必要なんだって？」

そこまで調べがついているのか。静宇の具合が悪くなったときに診断した医師か、それとも秋風か。だが、静宇の容姿から元神官だという出自はごまかせるはずもないのだ。

ならば、話は早い。

「はい」

事情がわかっているなら金をくれ――という決意を込めて返事をすると、蒼月は小さく息をついて立ち上がった。

「わかった。——おいで」

先ほど天音が入ってきた入口とは違う方向にある扉が開かれる。

そこには最初に想像していたとおりの天蓋（てんがい）付きの豪奢な寝台があった。灯りは最低限に抑えられて薄暗く、見事な銀細工の香炉からは嗅（か）いだだけでふわりと浮き足立つような、上質な香の匂いが漂っていた。

「刀剣は手前の台に置いて」

天音はおとなしく指示に従った。

蒼月は手触りの良さそうな絹の寝具が敷かれている寝台に腰かけた。手招きされて、天音はそろそろと近づく。

「ここに座って」

どういう所作が正しいのかも不明のまま、天音は蒼月の隣に腰を下ろした。

蒼月は微笑んで、天音の頬をゆっくりと撫でる。

あらためて近くから見て、蒼月の美しい顔にどこか欠点はないものかと目を凝らしたが、残念ながら発見できなかった。

陶器のようにすべらかな肌、憂いを秘めた眼差しには色香が滲（にじ）んでいて、見たものを捉えて離さずに惹（ひ）きつける魅力がある。繊細な美貌（びぼう）は女性的といってもいいのに、引き締まった口許には凛（りん）とした男らしさが漂っていた。月光のように静かにひとを狂わせる美貌——詩人が月の都人のようだと表現したのも納得だった。

蒼月は天音の頬から耳もとを撫でながら顔を近づけてきた。

「目は閉じるものだ」

指摘されて、天音はあわててぎゅっと目をつむる。

唇にそっとやわらかいものがふれてきた。

蒼月は天音の唇を軽く食（は）むようにくちづけた。

天音は目を閉じたままでいたが、いつまでも続きをされる気配がないので、薄目を開けて様子を窺う。

蒼月の顔がまだ至近距離にあるのに気づいて、心臓が止まりそうになった。夜色の瞳が龍力で青灰色に輝いて、すべてを見透かすような視線が天音をとらえる。

「きみは——俺に憧れているとか、情けが僥倖だとか、そんな感情は微塵もなさそうだけど。こうしておとなしく接吻を受け入れるのは、龍の骨が欲しいから？」

どう答えるのが正解なのか。

目的が明確であっても、金だけが目当てだと口にしたら終わりのような気がした。かといって、この皇子には下手な嘘（うそ）など通用しないのもわかる。「すがりつけ」という夜華の声が耳の奥に響いた。

「――そうです」

天音はすばやく寝台から降りると床に膝をついて、身体を二つ折りにして頭を下げた。静宇が見たら嘆くだろう。だが、この機を逃したら現実的に金策は難しい。蒼月を頼りにするしかなかった。

「……蒼月様は、俺のような得体の知れない者を助けてくださいました。下賤の者だと蔑むこともなく、むしろ気遣ってくれるのを感じた。今日一日おそばにいて、貴方はとても立派な御方だとお見受けいたしました。その慈悲の心にすがるしかないと判断したのです。俺は、兄のために龍の骨が欲しい。でもたとえ花街に身を売ろうとも、二年のあいだに稼げるかどうか怪しいといわれた。だから……」

「俺の愛人になって金を絞りとろうと思った？」

「言い方は悪いですが……その――はい……」

頭が回らず、素直に返事してから後悔した。

だが、蒼月は腹を立てた様子はなかった。くっくっとおかしそうな笑いが聞こえてきた。

「きみの一晩の伽に、龍の骨の価値があるとでも？」

「一晩で足りないのなら、何度でもお相手いたします。特殊な嗜好がおありなら、お好きなことをなんなりと命じてください。御満足できるような房中術を学びます」

「かなりそそられはするけど……駄目だな。だいたい俺を好きでもない相手を無理やり従わせたくない。夜伽をさせるのは、俺を大好きだと慕ってくれる子だけだと決めてるんだ」

愛人としては失格だと烙印を押されたも同然だった。「蒼月様、大好き」を本気で演じればよかったのか。

失意のあまり、天音は床に額をつけたまま肩を震わせた。これで金を稼ぐ望みは絶たれた。静字を救えない。また彩火を危険な戦場に行かせて頼ることになる。

「顔をあげなさい」

命じられても、情けなくて動くのに時間がかかった。

どれほど自分が地べたに這いつくばって必死になっても、いまの立場ではどうしようもなく無力なのだと思い知らされて目の奥が熱くなった。

悔しさに目を潤ませる天音を見て、蒼月は寝台から立ちあがり、ゆっくりと身を屈めた。

「金なら稼がせてやる」

目線を合わせて、蒼月は濡れた天音の目許を指で拭う。

「早合点するな。あんなに強いのに、夜伽の相手にさせるのは勿体ないといってるんだ。お礼をしてくれるというのなら、俺の従者になればいい。お兄さんも救える」

「……は？」

天音は瞬きをくりかえした。蒼月はおかしそうに微笑む。

「気に入ってるといっただろう。きみの龍力と、それを操る腕を」

三章　別邸の愛人たち

龍の神殿の神官になるのは祝福であり、禍と呪いでもある。

龍を祀る神官は、龍との合体によって人間ではなくなる。彼らは龍への供物だ。

幼い頃から龍に気に入られるように、美しい容姿の子供たちが選ばれて神殿で育てられる。

神殿には龍の降臨の間がある。

空に丸い光の出入り口が開くとき、流れ星のように落ちてくる龍の多くは、降臨の間に辿り着く。そこで龍の実体として顕現はしないが、龍像として現れる。幻影のように龍の霊魂がかたちをとるのだ。

龍はそこで待っている神官を喰らう。実体ではないから血肉を貪られるわけではない。だが、神官は確実に喰われて消耗していく。その証拠として肉体的にも如実に変化が現れる。神官は龍を迎えるたびに髪色は光り輝く銀になり、瞳は琥珀色になり、全体的に色素が薄くなる。

龍像は龍そのものの場合もあれば、美しい人形を見せることもある。神官は様々な形態の龍の霊魂に思う存分喰われ、弄ばれる。

それは龍との交合なのだといわれている。

ある者は巨大な龍の口に呑まれ、ある者は人形の龍の猛々しい男根に貫かれ、ある者は鋭い爪に四肢を引き裂かれる。

龍の幻影に巻き込まれているだけなので、現実に神官の肉体は傷つかない。ひたすら霊魂が凌辱され続けるのだ。そうやって龍の欲望を飲み込み、彼らは龍の器となる。

神官の身体は半分龍のものとなり、人間の理とは外れる。彼らは美しく若いままでゆるやかに年をとり、死の数年前から急速に衰える。

神殿の神官たちが龍力の貯蔵池のような役割を果たしている。大地の龍脈の力が衰えたり暴走したり不安定になったとき、神殿がそれらを神事によって鎮める力を維持しているのは、神官たちが己の身と引き換えに龍力の器となっているからだ。

神殿は龍の代理人であり、なおかつ人界を守る砦。各神殿は実質的に王権にも並ぶ巨大な権力を有している。

誰もが神官になれるわけではないし、龍に愛される選ばれし者と尊ばれているが、生贄のような役割には違いない。龍の寵愛を受けて肉体的に変化した神官は、半分人間ではなくなっているため、本来は自分が育った神殿から長く離れては生きられない。

だが、神殿から逃亡する神官はそれなりにいる。攫われてきて売られる子供も多いからだ。

一定年数の務めを果たして離脱する者に対しては、神殿は咎めない。逃亡しても追わないし、神職を辞す段取りを踏めばそれなりの報酬を与えて送りだす。周囲も元神官なのだと外見でわかってても偏見はもたないし、地元の有力者には生活の面倒を見ようと申し出る者もいる。

なぜならば、彼らは長生きできないからだ。若い時に自己を犠牲にして使命を果たした。神殿にいれば寿命は延びる。だが、余生を好きに過ごしたいという望みを責める者はいない。

三十歳前後で世俗での暮らしを選ぶ者は一定数いる。寿命には個人差があり、平均的に四十歳までは問題なく生きる。五十歳まで存命する者もいれば、もっと早く亡くなる場合もある。

死の数年前から身体が動かなくなる現象に襲われる。それは一時間だったり、一日だったり——気分も悪くないし、意識もはっきりしているのにただ動けない。最初は年に数回、月に数回と増えていき、それ以外のときは元気に過ごせるし、なんの異常もない。

だんだん身体が動かない時間が増えていき、やがて寝たきりになる。

そして死ぬ直前に一気に老人のような容貌になる。

龍の神殿の神官となったなら、誰もが覚悟している運命だった。神殿にいて六十歳や七十歳まで、もっと長生きできたとしても死に方は同じだ。

だが、神殿から長く離れても寿命を延ばす方法はある。

それが龍の骨と呼ばれるものだ。貴重で高価な生薬なので誰もが買える代物ではない。

たとえ手に入れられたとしても、倫理的に抵抗があるとして、元神官の誰もが飲んで生き永らえたいと願うわけではなかった。

神殿で一生を終えた神官の身体はもはや人にあらず。龍の器として龍にほとんどの成分が入れ替わっているといわれている。

龍の骨とは、そういった神官の亡骸の骨だ。


胡月宮殿で一晩過ごしたのち、天音は龍紋のついた軒車に揺られて下町の家に戻った。

軒車が通りを走るのを、人々が目を丸くして見送っている。

隠れ家の軋む戸を「ただいま」と開けると、静宇が飛びつかんばかりに駆けよってきた。

「ご無事でしたか……！」

天音は目線だけで「しっ」と合図する。

背後には蒼月の使いの者がずらりと並んでいた。静宇は途端に警戒した表情になった。

「神殿跡で足を挫いたのではないのですか……？」

「いや、実は……」

龍紋をつけた使者のひとりがすっと前に進みでた。

「――龍の使いである」

よく通る第一声に、静宇は弾かれたように膝をついた。天音もそれに倣い、部屋の奥にいた彩火も即座に膝をついてこうべを垂れる。

「月龍国の第二皇子である星海龍、蒼月様が貴公の弟の天音に従者としての出仕を勧めている。これは大変な栄誉である」

おそらく静宇も彩火も「従者？　出仕？」と頭のなかに疑問符が渦巻いているだろうが、皇族の使者の言葉を遮るのが許されないのは万国共通だ。

とくに「龍の使いである」ではじまる使者の言葉は神としての龍の意思であると解釈される。蒼月専用の軒車で下町にきたのも、使者が蒼月の代理であるという考えからだった。

「貴公の弟は国家資格を取得することなく、龍力で金銭を得る仕事をしていた。本来処罰されるところだが、蒼月様が彼の能力を貴重であると判断された。これは蒼月様直筆の雇用契約の証文である」

恭しい巻物の書簡をもうひとりの使者が取りだし、使者の代表に手渡す。

「龍の恩情に感謝せよ」

「は――」

差しだされたら、相手は「ありがたく」と受けとるしかない。否はあり得ない。龍紋をつけた使者とはそういう存在だった。

軒車の止められた通りに人々が集まって興味深げに見守っている。

使者たちが去ったあと、固唾を呑んでいた人々がわっとざわめく。

「なにあれ」

「天音様が出仕するってこと？」

「この下町から？　ええ……いま、蒼月様っていってなかった？　どうなってるの？」

家の中を覗き込もうとする近隣の住民に、静宇はにっこりと笑いかける。

「すいません。これから家族会議なので」

ぴしゃりと家の戸を閉めて鍵をかける。

彼の顔から笑いは消えて、こめかみにぴくぴくと筋が立っていた。

「どういうことですか？　天音様……」

天音は昨日の出来事を説明した。届け物の仕事で神殿跡に行ったら、妖術師の放った異形に遭遇して龍力を使ってしまったこと。本来なら牢に入るところを、蒼月が助けてくれた――。

「それでどうしていきなり皇子の従者という展開になるのですか？」

「わからない。俺が気に入ったそうだ。刀剣を所持するなら小姓では駄目だから従者になれといわれた」

「わからないって……貴方、自分の立場をわかっているのですか？　龍名をもつ皇子が、他国の龍名をもつ皇子の従者になるなんて馬鹿げている」

「俺もそう思う。でも、決まったものは仕方ない。向こうは下町の家も、静宇と彩火のことも突き止めて詳細を知っていた。いまさら逃げられない」

「尋問されたのですか?」

「いや。俺たちの出自の偽装は細部まで徹底しているだろう? 戦乱を逃れた流れ者という点は怪しまれていないと思う。陽華国の悠華だとわかっていたら、従者にはしないだろう」

「だからといって月龍国の皇子に仕えるなんて賛成できません」

「もう龍の使者もきてしまったし、断ることはできないのだから、腹をくくるしかないだろう」

天音は「まかせておけ」と自らの胸を力強く叩いた。

「どうしてそんなに乗り気なのですか? 嫌々でもなく望んでいるかのように」

「だって良い仕事じゃないか。もぐりの退魔師のままだと、稼げる金はたかが知れている。龍の骨も買えるし、龍術師としての資格もとれるようにしてくれるそうだ」

「戸籍もないのに?」

「それはどうにでもなるといっていた」

実際、皇子の権力と、役所を回っていたときの柔軟な口八丁手八丁の様子から、どうにでもしそうだと思う。

「天音様。貴方はつい先日、脳みその皺を増やしたいといっていませんでしたか。前よりツルツルになっていませんか」

「そんなことはない。昨日一日で何本か皺は増えたはずだぞ。刺激的な体験もしたし」

静宇は衝撃を受けたように固まる。

「まさか第二皇子に無体な真似を……」

「いや、夜伽の相手はいらないといわれた。それよりも俺の強さが欲しい、と」

あっけらかんと答える天音に嘘があるとは思えないのか、一気に拍子抜けした顔になる。

「なにもされてない？　でも噂では……」

「ああ。別邸には綺麗な小姓が大勢いた。だから覚悟していたが、なにもされなかった。強いのだから、龍力のほうが欲しい、と」

昨夜、「金なら稼がせてやる」と告げたあと、蒼月は具体的な報酬を提示してくれた。

一年後には龍の骨が余裕で購入できる額を保証して、入手も手配してくれるという。従者としては破格の待遇だったが、人前では愛人の振りを続けるのが条件だった。表向きの演技だけで夜伽はしなくていいといわれたが、一緒の寝台で寝ることは強要された。

添い寝をして、朝起きたときには抱き枕のように身体を密着されていたが、それ以上の行為はなかった。準備した尻は未使用のままで無事に解放されたのだ。

「そんな……天音様ほど美しい少年に、なんの不満があるというのか」

一連の経緯を知って、静宇は悔しげに唇を震わせた。

「静宇はどっちなら満足なんだ。伽の相手にされたほうがよかったのか」

「そうではないが……納得がいかない。なにか引っかかるというか、もやもやします」

たしかに捉えどころがなくて食えない皇子だと思ったから、その印象は間違っていない。

「『男として異常なのではないか』――そこだろう？　違和感をもつのは」

彩火の指摘に、静宇は「それだ」とすばやく同意した。

「第二皇子はおかしい。男色の気があるなら、天音様の魅力の虜になるはず。龍母だぞ。手をださないなんて身体に欠陥でもあるのか」

珍しく意見が一致する保護者ふたりに、天音はあきれた。

「それは親馬鹿というものだろう。俺なんてたいしたことないぞ。別邸の小姓はみんな可愛い顔をしていたし、ああいう弱々しいほうが男は保護欲をそそられるのではないか。その可愛い子に、俺は怖がられていたみたいだしな」

「天音様が負けるわけはない」

「好みではなかっただけの話だろう。俺も他人の手を借りて準備した尻が無駄になったのは不本意だが……いいじゃないか。結局、俺の得意分野で金を稼がせてくれるというのだから」

望み通りに金蔓と懇意になれて、天音としては不満があるはずもない。ただ静宇たちの説得が難しいとわかっていたので、わざわざ龍の使者をたててもらったのだ。

「本当に出仕する気なのですか？」

「この国にいる限りはそうしなければならないだろう。ほかにどこに行ける？」

断れない状況だとしても感情的に受け入れ難いのか、静宇は無言のままその場を離れた。

追いかけて説得しようとする天音を、「放っておいたほうがいい」と彩火が止める。

「彩火も反対か？」

「龍の使者まできて出仕を拒むなら地方か、国外に逃げるしかない。だが、得策ではない」

彩火は少し考え込んで唸った。現状では月龍国よりも安全な国など存在しない。地方では天音たちは目立ちすぎる。

「貴方の人相や容姿の特徴などは陽華国でさえ秘密とされているから、月龍国の宮廷の人間に外見から特定されることはないと思う。花街で身体を売るよりは、皇子の従者になったほうがましだと俺は思うが……どうせ貴方のことだから、単純に強さを認められてうれしいのだろう。他国の皇子に仕える葛藤などよりも、強さが生かせる場を与えられるのが喜ばしい」

「――そ、そんなことは……いや、そうだ」

天音はあきらめて認める。彩火は「俺も同じだからわかる」と深く頷く。

「だが、静宇には無理なんだ。あいつは俺たちとは違うものを見ている。それは俺たちには見えなくても、たいていは重要で大切なものだ。だから時間をやってくれ」

龍の使者が訪れたので、周囲にもあっというまに天音が蒼月の従者になると伝わった。

皆がおめでとうと祝福してくれて、天音は通りに出た途端、瞬時に女たちからの餞別の贈りもので両手をふさがれるはめになった。

「これ、わたしが縫った下袴なんだよ。上等な絹だ。出仕したら綺麗な服着るんだろうけど、下袴なら何枚あってもいいだろう?」

「めでたいけど、天音様の麗しい姿を見られなくなるなんて残念だわ。静宇様も彩火様も淋しいだろうねえ」

従者としての仕事は基本的に宮廷や別邸に詰めることになる。休みをもらえても頻繁に帰るわけにはいかないし、生活はかなりの変化を求められる。静宇にいきなり納得しろというのも無理な話かもしれなかった。

明後日には出仕する約束になっていたので、天音は世話になった者たちへの挨拶に回った。花街の秋風の茶屋を訪ねたが、生憎留守だった。蒼月をパトロンにしろと最初に助言してくれたのは彼なので、一言礼をいっておきたかった。戸籍の偽造の件もことわる必要がある。

その旨をしたためた手紙を茶屋の人間に預けた。

最後に飴屋を訪ねると、無影は天音の顔を見るなり揶揄するように笑った。

「天音様、うまくやったね。皇子様の従者だって? 大出世じゃないか」

「まだ雇われただけだ。俺が使いものになるかどうか判断されていないし」

「またご謙遜を」

「ほんとうのことだ。無影……いままで若輩の俺に仕事を回してくれてありがとう。静宇にいわれて、条件に合うものだけを斡旋するのは手間だっただろう。あらためて礼をいう」

天音が頭を下げると、無影は「うわー」と口許を押さえた。

「先日、俺に刃を突きつけた人の台詞とは思えないんですけど」

「それもすまない。無影をどうこうする気はなかったんだ。ただ俺は考えるよりも先に刀剣に手が伸びてしまうというか……。未熟なのだ。猛省してる」

「いえいえ、俺は飴と書物より重いものを持ったことはない青もやしだから、おっかないのは勘弁してほしいけど。まあ、許しますよ。静宇さんからあんたが無茶するのは龍の骨のためだって聞いたし。それに、陽華国の濃い血は根っからの戦闘狂ですからねえ……」

無影が陽華国の話題をさりげなく口にするのはいつものことだった。

情報屋の彼がどういう立ち位置にいるのか、疑問に思う場面はいままでも多々あった。しかし無影から仕事を請け負うのは静宇の指示だし、その一点において信用していたのだが……。

わずかな焦りを気取られまいとする天音に、無影は少し含みのある笑いを見せた。

「天音様、貴方のその血の気が多いところは、国境の妓楼で亡くなったっていう母親からのものですか。陽華国の出身？　孕ませた男は、どこの国の貴人ですか？」

「知らない。ただ母は、上客専門の妓女だったから。俺も彩火も静宇も、父親はべつだ」

偽造の出自は細部まで工作済みだ。静宇は幼い頃に人攫いにあって辺境の神殿に売られた。

彩火は武人の父親の庶子として引き取られたが、本妻に疎まれて追いだされた。ふたりが成長して妓楼を訪ねたとき、母はすでに亡くなっていたが、幼い弟の天音が残されていた。それからは三人で助け合って生きている——そういう設定だ。

「……その後、戦乱を逃れて情勢が安定している月龍国の都の下町にやってきたんですよね。静宇さんが神殿育ちで教養があるのも、彩火さんが正統な武術の心得があるのも説明できる。あなたの龍力が強いのも、父親が身分の高い貴人だったのだろう、と。よくできている。形跡を追えば、神殿に売り買いされた静宇という神官の記録もある。彩火という庶子の記載がある戸籍をもつ武官も存在する。もっとも辺境の神殿は廃神殿になって、彩火さんの親父とされる男も鬼籍で書類上で確認できるだけですけど。母親がいた国境の妓楼は現在も営業中で、貴方たちを覚えてる証人も複数いた。ただあそこの人間は金でなんでもいうこときくけどね」

無影はそういいながら店の戸を閉めると、背後を気にするように鍵をかけた。

もやしと自称するだけあって細身でも上背はあるので、いつにない威圧感を覚えた。それは本来猫背である無影がすっと背すじを伸ばして、立ち方からして変えているからだと気づく。

「……そうだ。なにがいいたいんだ？　無影は静宇に世話になったって、静宇も信用して——」

いつも無害そうに飄々（ひょうひょう）としている無影が、初めて険しい表情になった。

「そう。静宇さんには恩がある。だから、俺は貴方を問い詰める気なんてないですよ。正体をいわせてやろうとは思っていない。陽華国は戦乱の最中で、生きてるのか死んでるのかわからない誰かさんの捜索をするほどの余裕はないし、追手もそう簡単には辿り着けないでしょうしね。だけど第二皇子のところに行ったら、俺みたいに興味本位で質問する人間もでてくると思っただけです。これぐらいでうろたえてはいけない」

痛いところを突かれて、唇を引き結ぶ天音に、無影はふっと表情をゆるめた。いつものように猫背になって肩をすくめる。

「俺がいいたいのは静宇さんと彩火さんが作り上げた偽造の出自はたいしたものですよってことです。たぶん第二皇子たちが追跡調査してもボロはでない。貴方は年齢のわりに落ち着いていて、表情に動揺がさほどでないのは素晴らしい。俺がチクチク揺さぶってもいつも平然としてた。だけど、貴方に誰かに仕えるなんて真似ができるんですかねえ。屈辱があっても耐えられますか。綻(ほころ)びがでるとしたら、貴方からですよ」

「……覚悟してる」

「なら、いいんですけど」

正体をいわせようとは思っていない。それはやはり無影は天音の素性を知っていて、あえていままで触れないようにしていたということだ。

「俺は気楽な飴屋のままでいたいので、深く立ち入る気はないんですが……ひとつだけ聞いていいですか？　第二皇子の件、秋風が口を利いたんですか？」

「秋風？　いや、違う。神殿跡で異形が出現したとき、偶然皇子が居合わせたんだ」

「ほんとですか？」

「無影が秋風を紹介したんだろう。秋風に身売りの件で話を聞きにいったけど、茶屋には出禁だっていわれたんだ。それでも金を稼ぎたいといったら、宮廷の小姓になって蒼月をパトロンにしろといわれた。だが、その件は考えさせてくれといったんだ」

無影は「なるほど」と渋い顔つきになった。

「あいつも胡散臭いから、気をつけたほうがいいですよ」

「親しいんじゃないのか？」

「親しいというか、あいつなら天音様が茶屋を訪ねても卑猥な下ネタでもいって追い返すと思ったから名前をあげただけですよ。女衒としてはまだ良心があるほうなので」

無影は「やれやれ」と先日と同じく、見かねたように一枚の風呂敷を差しだしてきた。

「帰るなら、これどうぞ。山ほどもらって持ちにくいでしょう」

天音は「すまない」と受けとって、両手にかかえていた餞別の品を丁寧にひとつにまとめた。

「……ほんとに手のやける御方だ。静宇さんの苦労がしのばれる。気をつけなさいよ、天音様」

「わかってる」

綻びがでるとしたら自分——天音はあらためて気を引き締めた。

静宇は自室に引きこもっていたが、彩火に説き伏せられたのか、夕餉の席には姿を現した。

食卓には天音の出仕を祝う近所からの差し入れの料理が並んでいる。静宇はそれらを一瞥し、

「差し入れをいただいた方の名前を帳面につけていってください」と嘆息した。

「天音様。いままでもらってばかりだったのだから、次に帰ってくるときにはお土産をみなさんに買ってくるのでしょうね」

「もちろんだ」

「短慮はしないでくださいよ。貴方は仕える身になるのだから、好き勝手はできない。些細な言葉、迂闊な行動が死につながる。それと宮廷で彩火の真似をしてはいけない。脳筋の思考もそうですが、あれの態度は名家の坊ちゃんだから許されただけで、近衛時代も先輩には生意気だと陰口を叩かれていた。あくまで謙虚に振る舞わなければいけない。できるんですか？」

「頑張ろうと思う……」

「思う？　自信ないのですか？　俺は無理だと思いますよ。『ヤバイ、刀剣で斬って逃げるか』は通用しないのだから。そこをちゃんと理解できてるんですか。貴方の皺の少ない脳みそで？」

「は、はい……」

助けを求めて彩火をちらりと見ると、「今日は全部黙って聞いておけ」という顔をしている。

「それと——良い機会だから、天音様に俺の気持ちを伝えておきたい」

天音への駄目出しを終えると、静宇はおもむろに切りだした。

「あなたには直截なものいいしか通じないから、はっきりといいます。俺は貴方が誰かに仕えるのが単純に嫌なのです。なぜなら、貴方は俺の主君だから。他国の皇子に頭を下げるのは見たくない。彩火はそれも場合によっては仕方ないという。でも、俺は嫌だ」

いつになく感情的になる静宇に、彩火が隣で困った顔をしている。

「嫌だって……静宇、この期に及んで駄々っ子のようだぞ」

「駄々っ子にもなるさ。俺の皇子が……陽華国の皇子が、月龍国の皇子に跪くところは見たくない。天羽龍様だぞ。本来なら多くの龍を従える龍母だ。嘆いて悪いか？」

彩火に嚙みつかんばかりに怒鳴ってから、静宇は表情をゆがませる。

「……なによりも貴方がそうする理由が、俺の身体のせいだというのが耐えられない。俺のことはいい。華龍神殿の神官になったときから覚悟していた運命だ。短い人生でも貴方を戦乱の祖国から連れだせたことで意義は十分あった……でも、そう訴えても貴方は聞きやしない」

「そうだ」

天音は即座に応えた。

「おまえが覚悟していても、俺は納得しない。俺を主君だというのなら従え。あきらめるのは許さない」

主従とはいえ、祖国を離れてからは三人で家族のように暮らしている。

天音が上からものをいうのは珍しく、静宇はふっと笑ったあとに神妙に目を伏せた。

「だから、おおせのままに——貴方が出仕するというなら、不本意でも無事を祈って送りだしましょう。俺も力の限り生き延びられるように努める。そもそも貴方に祖国を出ても生きろといったのは俺なのだから」

静宇は天音が幼い頃からの教育係。陽華国に残っていれば、今頃華龍神殿で神官として重要な役職に就いていたはずだった。

華龍神殿は、龍の神殿の総本山であり、花と緑に囲まれた美しい場所。人界にあって光界に一番近いといわれ、華龍神殿に仕えることは神官たちのあいだでも最も栄誉とされる。

静宇はその輝かしい神官としての人生を捨てた。龍母を救うのは華龍神殿の神官らしい行動とはいえ、神殿を長く離れれば寿命が短くなるのを承知の上で、天音を連れて逃げた。

静宇自身は、龍の骨で寿命を延ばしたいとは思っていない。手に入れられなければそれで良いと考えているのだ。

最後まで龍に仕えた神官の骨——そんな同胞の骨を喰らう行為など彼の信条に反する。

でも天音にはまだ静宇を失う覚悟は到底できない。

「おまえたちが皇子だと思ってくれるなら、俺はどこにいても、なにをしていても皇子だ。それに、皇子である前に天羽龍だといったのはおまえだろう」

「わかっています。これについては彩火のほうが正しい。俺がどうかしてる。でもこの気持ちは伝えておきたかった」

静宇は自らの失態を恥じるようにうつむいた。

「どうかしてるなんてことはない。静宇は俺が可愛いのだろう。おかしくない」

真面目に諭すようにいう天音に、静宇は当惑したように目許を赤くした。

「い、いや……俺は天音様を可愛いとは──畏れ多い」

「悪いことではない。昨日も俺が伽の相手にされなかったと憤慨していただろう。俺が可愛いから、相手にされなかったと知って悔しかったんだろ？　静宇も彩火も俺に家族としての気持ちが入りすぎているのだ。それとも、なにか？　俺は実際のところ可愛くないのか？」

静宇は即座に首を横に振った。

「いや、大変お可愛らしい。誰よりも美しい皇子だ。俺がお育てした龍母なのだから」

「おまえもいえ」とばかりに静宇から視線を向けられて、彩火も「美しく可愛い皇子だ」と追従する。天音は「よし」と頷いた。

「仕えることで、俺が月龍国の蒼月に負けたわけではない。おまえたちの臣下としての誇りが傷つくのは承知している。だが、目的のための手段と割り切ってほしい。俺は静宇が大事だから金を稼ぎたいし、彩火に流怜国には行ってほしくない。それに……」

天音は彩火に視線を移した。

「現状を見れば、ほかに選択肢はない。俺がもし皇子として相応しい場に戻ったとして、どうなる？　彩火……悠華が生きていたとわかって、陽華国ではなにが起きる？」

「いまより混乱する。第二皇子と第三皇子の勢力はいまだに二分されて拮抗している。ほかの皇子たちも争っている。貴方は殺される。もしくは、どの陣営かを選ぶしかない」

反乱事件が起こった当初、天音は兄たちの争いに巻き込まれないように祖国を逃れた。戦況が落ち着くのを待って帰国しようと考えていた時期もあったが、混迷が長引き、もはや見通しは立たない。

「どの兄上が敵になるのか味方になるのか。いずれにせよ、謀や戦上手の兄上たちをうまく出し抜ける才覚や技量が、現時点で俺にあるとは思えない。俺はいま兄上たちに殺されるわけにはいかない。龍母が死ぬことがあっては大地の混乱は収まらない」

静宇は渋い表情で「……わかっています。俺がそういった」と頷いた。

「戦乱続きで国土は荒れて、貴方にもしものことがあったら、陽華国の大地の龍脈は枯渇してしまう」

「そうだ。陽華国だけの問題ではなくなる。龍脈の力は人界の防波堤でもあるのだから。神殿の力は保たれなければならない。俺が野に埋もれたままだとしても、最優先すべきはそれだ」

どこか遠い目をしてから、天音はあらためて静宇たちに向き直る。

「俺は陽華国の皇子として祖国に戻ることは叶わないかもしれない。でも、おまえたちの主君であると忘れたことはない。月龍国の皇子に仕えたからといって、嘆くな。どこで生きようとも、俺が龍母である事実は変わらないのだから」

なにもかも捨てて異国に流れ着いた臣下たちは、「は――」と深くこうべを垂れた。

天音は外廷の殿内省の配属となり、蒼月の十二番目の従者として正式に登録された。

従者といっても、公務では上級官人である第一従者の昊天がおもに任務に就く――と殿内省の長官である楓柳は説明した。

「貴公は蒼月様が都の外に視察に出るときや、個人的な外出時に付き従うことが役目になると聞いている。それ以外の時間は殿内省の雑用をこなしてくれ。それから来年の資格をとるために龍術寮で指導を受けることだ」

長官室の立派な机の椅子に腰かけている楓柳はまだ二十代に見える青年だった。この若さで高官の地位に就いているというのは、優秀かつ名門の家柄ということだ。

楓柳は神経質そうで、女人が男装しているのかと思うほどに美麗な風貌をしていた。美形は似るのか、蒼月に少し面差しが似ている。

冷たくすましていたので最初はわからなかったが、よくよく見ると先日役所回りをしていたときに蒼月に「手を握ってください」と頼んできた青年だと気づいた。蒼月相手のときの「はわわ」と乙女のようなあたふたした態度と、天音を前にしたときのいかにも貴族の高官といった高慢な人物の印象がまるで別人だった。

「二重人格か？」と思いながら、天音は「かしこまりました」と返事をする。

楓柳はねめつけるような視線を向けてきた。

「……おまえが蒼月様の新しい愛人なのか？」

愛人設定はそのままにしておけといわれていたが、この場で肯定したらなにやら殺意を抱かれそうな気がした。

「俺の口からはなんとも申し上げられませんが……」

「……へー、あ、そう」

先ほどまで高官らしくすましていたのに、いきなり楓柳はその仮面をかなぐり捨てたようにガラリと口調を変えた。

「勿体(もったい)ぶらなくたっていいだろう。おまえが新しい相手だってわかってるんだ。だいたい従者なんてまともに仕事してるのは昊天だけで、残りは趣味枠なのだから」

感情に連動してか、黒い瞳が赤紫に色を変える。龍力のある証拠だ。月龍国の貴人の龍眼は、色が変化するタイプが多いらしい。

「趣味枠……？」

「そうだよ、もしくは愛人枠。おまえは十二番目。上級の三人の従者は蒼月様と縁の深い貴族の出身だから、一応ちゃんとした従者。残りはおまえみたいに蒼月様が『なんとかならないか』って連れてきた愛人で埋められているんだ。おまえのほかにも複数いる」

どうも既視感があると思ったら、昊天と同じ反応なのだった。貴族の官人としては、どこの馬の骨とも知れない者を重用する蒼月の行動が理解できずに心配になるのだろう。

「いい気になるなよ。そのうち十三番目が連れられてくる。そのあとにおまえがどうなるのかは知らん。ほかのやつらもいまはほとんど宮廷で見かけないしな」

別邸で囲われているのだろうな――と思う。

「余裕でいられるのもいまのうちだ。おまえは龍力があるのなら、蒼月様に媚など売らずに龍術寮に頑張って通ったほうがいいぞ。捨てられたあとを考えてな。少なくとも資格はとれる」

「はい。楓柳様の助言通りにいたします」

あっさりと返答されて、楓柳は拍子抜けした顔をした。すぐさまあわてた様子になる。

「待て。いまの言葉を……おまえ、蒼月様に訴える気だな？　この楓柳が、蒼月様に媚を売るなといったと――俺を悪者にして愚痴る気だろう？」

「まさか。とんでもありません。楓柳様が親切に教えてくださったのだと感謝しています」

静宇の助言どおり、天音は「謙虚に。彩火とは正反対に」と己にいいきかせて笑みをつくる。

「もともと俺がこの職に就けたのも、蒼月様の慈悲深さゆえです。心から興味をもたれているとは思っていません。気まぐれとは申しませんが、尊い方の寵愛など夢のように儚いもの……。楓柳様は俺があとで傷つかないように忠告なさってくれたのですよね。優しい御方です」

歯が浮くような台詞がつらつら出てくるのも、静宇の教育の賜物だった。静宇が神殿育ちのあの綺麗な顔と物腰で、男も女もいうなりに操縦してきたのを幼い頃から何度も目撃している。

楓柳は毒気の抜かれた顔でためいきをついた。

「おまえ、顔に似合わず殊勝なことをいうな。そうか、己の立場はわかっているのだな。悪かった……出仕初日に突っかかるようなことをいって。十六歳の子供を相手に俺も大人気なかった。そうなのだ……蒼月様は慈悲深いのだ。だから、色々なものを拾ってくる……」

育ちの良い者は、嫌味をいっても性根は素直だ。

殿内省の上司が楓柳のような人物で助かった。天音になにか思うところがあっても、彼ならば蒼月の迷惑になることは避けるはずだ。

「俺は、あくまで龍力を気に入られただけですから」

「――やっぱり違うな。おまえ、いままでの愛人たちとはタイプが違う」

楓柳は検分するように目を細めた。感情が落ち着いたのか、瞳の色は普段の黒に戻っていた。

「どういうふうにですか」

「うまくいえんが、いままでのやつは苛立たしくなるほど『蒼月様、大好き』って態度だったんだ。ガラが悪いというか、浮ついているというか。そういうのは困るんだ。……俺だって蒼月様のおそばにいたいのを我慢してるのに」

楓柳は悔しそうにぶつぶつと呟いた。

歴代の愛人枠に同じ演技をさせているのか、もしくはほんとの愛人もまぎれているのか。

「……まあ、わからないことがあったら俺に聞け。愛人枠をよく思ってない者もいるから、下手にほかの官人にすり寄ろうなんて考えないほうがいいぞ。足もとを掬われる。『蒼月様以外の男に色目を使ってる』などの中傷付きでな。それは蒼月様の名誉も汚す。もっとも避けなければいけないことだ」

「は――」

親切な忠告までくれる。これは蒼月が出血サービスして「貴方に龍の加護を」と手を握ってやるのも納得だった。

楓柳は「龍術寮に挨拶に行け」と指示した。

「今日は蒼月様が待っているはずだ。それと、愛人枠の先輩が龍術寮にひとりいる。おまえと同じように龍力が強いといって連れてこられたやつだ。いまは龍術師として所属している」

龍術寮とは、龍術師の国家資格を管理する部門である。

国家資格を得た龍術師は、国営の機関、もしくは民間の組合に登録して妖魔の討伐にあたる。神力としての龍力の調査研究、龍の顕現の観測や予測も担当しており、龍術寮所属の官位をもつ龍術師も複数在籍している。この官位もちの龍術師たちと、兵部省の武官たちの仲が微妙だというのは噂として知っていた。

武官には龍力で戦闘する者がいる。天音の刀剣のように龍力使い用の武器を使用するのだ。軍閥の名家の多くは強い龍力を受け継ぐ家系だ。だが、龍術寮に属する術師たちは己の力は神の恩寵と考えていて、神事関係の秘事として扱うべきとして中務省が管理している。

龍術は神祇の管轄だ、いや神技とはいえ兵力だ、では兵力としての龍力はどこが統括するのか――といういかにもお役所らしい縄張り争いで長年揉めているのだった。

外廷の一番奥に龍術寮の役所はあった。天音が挨拶にいくと、「ああ、蒼月様の……」とすぐに話が伝わった。

「蒼月様は詰所でお待ちです」

役所の隣の棟に案内される。外廷、内廷ともに妖魔の脅威に備えて龍術師が警備にあたるので、待機しながら訓練するための場所として設けられているらしい。

「――きたか」

蒼月は詰所の一室にいた。そばには昊天が控えている。

「楓柳には会ったか?」

「はい」

「宮中でなにか疑問があったら、彼にまず質問するといい。俺もそうしていた。彼は宮廷人のなかでは裏表がないし、兄のように頼りになる存在だ」

「兄のような……裏表がない……」

　蒼月に見せる乙女のような顔と、エリート官人としての怜悧な顔と、蒼月の愛人に対して嫉妬を剝きだしにする顔。全部あからさまに見せているから、正直ではあるのだろうが……。

「楓柳様は、蒼月様にとって兄のような存在なのですか?」

「ああ。楓柳は女顔のせいか若く見えるが、俺よりかなり年上だ。幼い頃はよく遊んでもらった。三十路を軽く超えている」

「それは……かなりお若く見えますね。てっきり蒼月様の少し上ぐらいかと」

「そうだな。だが妻もいるし、子もいるぞ。五人な」

　三十路というだけでも驚きなのに、妻子までいたとは……しかも子が五人も——情報が渋滞して、なかなか頭に入ってこなかった。

　皇子の遊び相手だったというのなら、やはりかなりの名家出身なのだろう。

　よけいなことだが、兄のような妻子持ちの男に「手を握ってください」と乙女のような要求をされて平然と応える蒼月の心理はどんなものなのかと気になった。

「以前、お見かけしたときは、あの御方は蒼月様の手を……」

「……ああ。楓柳は俺をものすごく可愛がっていたからな。元服のときに一人前になってしまったら、いままでのように親しくおそばにいられないと泣かれたくらいだ。『嘆くな。楓柳のことはいつでも兄だと思ってる』と俺が手を握ったら、また泣かれてな。それ以来、たびたび手を握るのが絆の再確認のようになってるんだ」

自分と静宇たちとの関係に近いのかもしれないと考えると納得だった。あのふたりも天音が伽の相手にされなかったといったら、感情を荒ぶらせていた。なぜそこなのかと沸点が謎だが、天音を大切に想っていることには変わりがない。

「――なるほど。楓柳様は忠義にあふれた、優しい御方なのですね」

「そうなんだ。楓柳は誤解されやすいところもあるんだが……わかってくれるか。彼とはうまくやってくれ」

食えない皇子だと思っていたが、天音は初めて蒼月が身近に感じられた。忠義を向ける者には情が深いのだ。

後ろで黙ってやりとりを見ていた昊天が「蒼月様、そろそろ――」と声をかける。

「わかった」と蒼月は立ち上がる。

「天音。今日は出仕初日だ。指導役の龍術師に資格試験を受けるまでの流れの説明を受けてくれ。それが終わったら、楓柳のところで宮中での振る舞いについて教えを請うように」

「かしこまりました。俺はこちらの詰所で寝泊まりすればよろしいのでしょうか」

「いや。別邸に帰ってこい。きみが寝泊まりするのは、俺の寝所だ。決まってるだろう」

「……はい」

そこは愛人設定を貫くのだな——と天音はこうべを垂れた。

蒼月はふいに天音を抱きよせると、耳もとに囁いた。

「わかっているだろうが、俺のいないところで龍力を暴走させてはいけない。異形が現れても、ここには対処できる龍術師が複数いるから、資格をとるまでおとなしくしているように。きみは血の気が多そうだから。もしものときのために、俺とつないでおく」

「——え?」

なにをするのかと問う暇もなく、蒼月は天音のうなじから背中をそろりと撫でる。「ひっ」と思わず声をあげそうになるほど、強力な龍力が叩き込まれた。傍目には愛撫に震えたように見えただろうが、実際は全力で殴られて痛みに痺れている状態だ。

「敏感だな」

おおげさだとでもいいたげに蒼月は驚いた顔をする。

この野郎、乱暴すぎるだろうが、加虐の趣味でもあるのか——と思っても、天音に口答えは許されない。

健気な少年の芝居で泣こうかと思ったが、残念ながら頑張っても涙はでてこない。しかしわずかに瞳が潤んで見えたのか、蒼月が再び耳もとに口をよせて小声で聞いてくる。

「……痛いのか？　弱く力をつなげたつもりだが」

「痛いです。すごく。この前よりはマシだけど。神殿跡で動かなくされたときは、心臓が止まるかと思いました」

向こうから聞いてきたので、この機に堂々と被害を訴える。

「……そうなのか。すまない」

蒼月は心から動揺しているように見えた。子供にするみたいに「よしよし」と天音の頭を撫でてくる。

わざと乱暴に力で押さえつけているわけではないと知って、天音のほうが面食らった。自らの力の強大さに自覚がないのか。

「つないだってことは、蒼月様の龍力の監視がつくってことですか。離れてても、有効なんですか、これ」

「月龍国の大地の上ならば。邪魔が入らない限りは」

やはり化け物——そう思ったのが伝わったのか、蒼月はにっこりと笑う。

「いい子でいてくれ。お兄さんたちを哀しませないように」

前言撤回。自分の力をいやというほどわかっている者の発言だった。

「龍の骨を手に入れるまで、俺は逆らいませんよ」

そこで、蒼月は無言のままなにかいいたげな笑みを向けてきた。

「な、なんですか」

「いや――きみみたいに意志の強そうな子に、切り札でこっちのいうことをきかせるのって最高だなと思って」

「……そうですか。良い趣味ですね……」

意地の悪いところがあるのだけはたしかだった。

「じゃあ別邸で夜に一緒に食事をしよう。美味しいものを用意しておくから」

「は、はい……」

迂闊にも「美味しいもの」の一言に表情がゆるむ。

蒼月はおかしそうに微笑むと、再び天音の背中に腕を回して抱きよせてきた。

愛人設定のおかげで、もはや接触自体にはなんの抵抗もない。人前で欺くためなら、むしろ積極的に「蒼月様、大好き」と演技に協力するぐらいの覚悟はある。

しかし芝居の必要がない場面でも、こうしていちいち抱擁される理由が謎だった。貴人なのに不用意に距離が近すぎる。龍力が最強だから、暗殺を警戒する必要もないのか……。

「きみにふれていると、なにか癒されるんだよね」

蒼月が天音の疑問を読みとったように呟いた。

「癒される？」

「疲れがとれるというか……どちらかというと粗野だしガサツだし、癒し枠ってタイプでもないのに、なんでだろうな。気を遣わないでいいからか」

失礼なことを堂々といってくれる。天音は口許をひくつかせた。

「は……お役に立ててよかったです……」

「そういう顔をするところがいいのかもな。あと一回追加で癒してもらおう。おいで」

蒼月は天音の背中に腕を回して引き寄せると、頭を撫でながら囁く。

「いい子でいるんだよ。お兄さんたちのためにもね。夜にごちそうを食べさせてあげるから」

その態度は愛人枠の従者に対するというより、まるでなにか物珍しい小動物でも拾って飼いはじめたことにはしゃぐ子供のように見えた。

——俺は遊び道具か。

気がつけば、部屋に入ったときはポーカーフェイスだった昊天が、あきらかに蒼月と天音の抱擁に不快そうに表情をゆがめていた。

「蒼月様。お急ぎください」

「ああ、すまん——」

昊天に急かされて蒼月はやっと部屋を出て行った。しばらくして昊天がひとりで駆け足をして戻ってくる。

「天音、いい気になるな。分をわきまえよ」

わけもわからないうちに、天音は「は――」と頭を下げる。

「寵愛を受けたからといって、調子に乗るな。本来、蒼月様がおまえのようなものを可愛がるのは歓迎されないのだ。たとえ蒼月様ご本人の望みだとしても評判を落としてしまう。人前ではベタベタ甘えずに、おまえのほうから離れるように促せ」

「申し訳ありません」と謝罪しながらも、理不尽すぎると思った。蒼月から抱擁されたら、天音にはどうしようもない。とくに龍力を流されているときは、逆らったら死ぬ。

「まったく蒼月様も物好きで困ったものだ」

昊天はいいたいことだけをいって出ていった。

できれば昊天とも良好な関係を築きたかったが、楓柳よりも手ごわそうだった。

指導役がいるはずの部屋の扉を開けると、大きな円卓があるだけで無人だった。

間違えたかと確認するために外に出ようとした途端、背後の人とぶつかりそうになった。

「おっと……どこ行くの？　資格試験の説明を聞きにきたんだろ？　この部屋で合ってるよ」

龍術師らしい青年が微笑む。

天音は「はい」と室内に戻り、あらためて青年に向き直った。

「天音と申します。蒼月様の従者ですが、龍術師の資格をとるようにいわれていて……」

「——知ってる」

青年はやけにニコニコしながら距離を詰めてきた。

どこかで見た顔だと思った。だが、きちんと髪を結い上げて、外廷の官服を着ているから、すぐには記憶が一致しなかった。

色っぽい泣き黒子がある美貌——先日、胡月宮殿で天音の風呂の世話をした青年だった。使われることはなかったものの、尻を準備してくれた……。

「……夜華？　貴方は小姓頭とかじゃなかったのかっ」

仰天して、震えながら指をさす天音に、夜華は悪戯っぽく微笑む。

「小姓だったこともあるよ。遥か大昔な。いまは龍術師」

「愛人枠の先輩って……夜華のことか？」

「楓柳様はそう呼んでるね。あのひと情緒不安定だけどなかなか偉い人だし、喧嘩しないように頑張ってね。俺は思い切り嫌われてるから手遅れだけど」

「………」

愛人枠の従者は別邸の人間だろうとは思っていたが、まさか自分の尻を弄った相手が職場の先輩として現れるとは予想していなかったので、受け入れるのにしばし時間がかかった。

夜華は天音の困惑を見透かしたようだった。

「あー……男の尻なんて山ほど見てるから、意識しないでも大丈夫……って、俺がいっても仕方ないか。蒼月様とうまくやれた？」

「未使用だ。準備してもらって申し訳ないが」

夜華は一瞬の沈黙のあと、「ふふふ」と堪えきれないように笑いだした。

「そうなんだ……未使用か。よかったね」

「俺はよっぽど伽の相手としては魅力ないのだろう」

「ははは」

色気のある顔立ちなのに、笑い声だけが悪童みたいに弾けている。夜華は天音の背中をバンバンと思いきり叩いた。

「大丈夫。蒼月様が変わり者なだけだから。俺でよかったら、いつでも使用済みにしてあげるよ。ん？　今夜にでもしてあげようか？」

「……え、遠慮しておく」

「いつ蒼月様の気が変わるかもしれないから、少しでも閨事に慣れておいたほうがいいと思うけどな。粗相があるといけないし」

「そうなのか……？」

天音が「ふむ」と考え込んでいると、背後から「こら、夜華」と咎める声がした。

「冗談でもやめとけ。蒼月様のものに勝手に手をだそうとするなよ……ったく」

どこかで聞き覚えのある声だった。部屋に入ってきた男を見て、天音は仰天した。

「……秋風」

花街の女衒の秋風だった。いかにも堅気じゃない風情の優男は、「また会えてうれしいねえ」とすました顔で笑いながら拍手をした。

「おめでとう、天音様。あんたは出来る子だと思ってた」

「なんでここにいるんだ？」

「仕事だよ。内廷への人材調達も請け負ってるから。いわなかったっけ？」

たしかにその話は聞いた。でもタイミングがよすぎる。無影が秋風を「胡散臭いから気をつけろ」といっていた台詞が脳裏に甦った。

「もしかして……最初から？」

「ん？　なにが？」

「おかしいと思ったんだ。なんで下町の家とか静宇たちのことがあんなに早く知られているんだろうって。秋風は、蒼月様に仕えているのか？　神殿跡に書簡を届けろと頼んだのは……」

秋風は「はて」ととぼけた顔をする。

「女衒じゃないのか？」

「女衒だよ。無影に止められなきゃ、あんたを花街で売って儲けてた。ただ、元神官のお兄さんのために身を売ってでも龍の骨を手に入れたいなんて話をするからさ。俺、そういう人情

「感動したからさ、蒼月様に『龍力あって良い子いるけど、夜の相手にどうですか？　金のためならなんでもするっていってるし』って推薦の手紙を書いただけ。神殿跡の神官は、蒼月様との連絡役なんだ。いっておくけど、襲撃があったのは俺の想定外だよ」

神官が中身も見ないうちに天音の顔を見て待っていてくれといった理由。帰り際に蒼月となにやら話していた光景――すべてがつながった。

「俺はハメられたのか」

「世間知らずがなにいってんだか。結果的によかっただろ。あんな気前の良い皇子様はいないよ。いっとくけど、龍の骨を一年以内に買える金を稼ぐなんて、あんたが下衆な上客の奴隷になって四肢を切断して売ったたって無理だ」

えげつない事例をだされて、天音は一瞬言葉をなくす。

「……説明してくれればよかったのに」

「小姓になる気はなかったろ？　でも、俺の推薦がなくたって、蒼月様は天音を買ってたよ。神殿跡で大暴れしたんだろ？　あれが気に入ったらしいから」

黙って聞いていた夜華が「なるほど」と納得したように頷いた。

「なにか毛色が違う子だと思ったら、そういう事情か。あれか……天音は戦乱でお屋敷が略奪

でもされて、月龍国に流れてきたとかかな？　貴方、ほんとは育ちいいだろ」

夜華は天音の顔を「ん？　当たってる？」とさぐるように覗き込む。ぎくりとしたが、顔にはださないようにつとめた。

「夜華……そういう事情は聞かないのがお約束だろ。おまえも過去は訳ありだろうが」

「いいじゃないか。俺たちはみんな蒼月様の愛人なんだ。たまには腹を割って話そうよ」

「みんな愛人……？　秋風も……？」

秋風が口を開く前に、夜華が「そうだよ」と応える。

「秋風は愛人一号か二号ぐらいか？　古参だよな。俺は七号ぐらいかな。順番的には」

衝撃を受けて、天音はふたりをまじまじと見つめた。どちらも美形には違いないが、貴人の伽をするのは若年層だと認識していたので、そういう意味では薹が立っていた。両者とも蒼月より確実に年上だ。

「そうか。蒼月様は……趣味が幅広いのだな」

「おい、待て。なに気色悪い想像してるんだよ。自分ですら一晩一緒に寝てなにもされなかったんだろ。俺たちが伽の相手にされるかどうか、少し考えればわかるだろ」

秋風があきれるそばで、夜華は「ふふ」と笑った。

「俺はしてもよかったけどな。それに、天音には本気で伽もさせると思ってた。昊天様の反応も面白かったし」

「あの坊ちゃん、なんていってたんだ？」

「絶望してた。愛人枠が増えるのは慣れたけど、『今回は蒼月様の目が違う。珍しく子犬を見るような目で可愛がってる』って。自分も犬タイプだから対抗意識あんのかね。でも未使用かー。絶対に好みだと思ったけどな。本気で気に入ったから焦らしてんのかね。どうなの、そのへんの伽事情は」

秋風は「さあ」と肩をすくめる。

「伽はさせても贔屓の相手はつくらない。寵妃も妾ももたない。そこは徹底しているから。情が移る関係にしたくないんだろ」

「それで俺たちみたいな悪どい人間しか、そばにいないのね」

夜華は気の毒そうに嘆息した。

ふたりとも夜伽はしていない。天音のように仕事に就けるために名目上そうしているだけなのか。でも、秋風は女衒をして下町で暮らしている。愛人の定義とは——天音は混乱した。

「ほかの……従者として登録している貴族以外の愛人枠はみんなそんな感じなのか？」

「ん？　いま何人いるんだっけ。でも公務に就いてる上級従者の貴族の坊ちゃんたちも愛人だよ。蒼月様大好きだから。とくに昊天様なんて、あれが真の愛人一号というか、終身名誉愛人になるんじゃないか？」

終身名誉愛人——新しい称号までできた。

「あと、別邸で働いてる小姓や兵士やその他の職人のなかにも……」

「何人いるんだ？」

「数えてないな。あとで名簿見せてやるよ」

夜華はにやにや笑った。ここまでくると、さすがにからかわれているのだと気づく。

「つまり、みんな本来の意味の愛人ではないんだな？」

「………」

夜華と秋風は顔を見合わせて黙り込んだあと、「いいや」と首を振った。

「愛人なんだよな。大勢いるんだ。なにせ蒼月様は月龍国一の美男だからな。休む暇もなく、皆を平等に可愛がるべく奮闘しておられる」

真面目な顔でいいきる夜華の隣で、秋風も「そうそう」と頷く。

もはや説明する気がないのだと判断して、天音は追及する気力をなくした。


月龍国は帝が統治しているが、諸侯が領土を与えられてそれぞれ管轄している地区がある。都のすぐそばの陥没穴の神殿跡がある東湖州(とうこしゅう)は、第二皇子の蒼月の所領だった。異例ではあるが、飛び地として都の一部——例の古代の月龍宮殿跡の区画も蒼月のものとされていた。理由は彼の龍力であの一帯を鎮めているからだ。そうでなければ、光界や深界からの降臨で異形が多数出没する地域になるのだという。都の中心近くにそんな魔境ができるのは危険という理由で、管理させるために直轄領から切り離したとのことだった。

東湖州にしても都から近いし、豊かで美しい場所だ。天音からしてみれば、かなり優遇されて良い所領を与えられているという印象だった。

その東湖州の視察に天音は同行することになった。

「——仕事には慣れたか？」

軒車のなかで蒼月が聞いてきた。

出仕してからすでに三週間近くが経っていた。公式の行事には昊天らの上級従者が同行するため、天音が従者としての仕事をするのは週に一度あるかないかだ。

日中のほとんどは殿内省の雑用をこなし、それがないときは龍術寮で試験勉強する日々だ。

「毎日楓柳様に小言をいわれて、夜華には失望されています」

「楓柳が小言をいうなら大丈夫だ。気に入らない者とはしゃべらないから。夜華にどうして失望される？」

「俺の頭があまり良くないからでしょう」

「賢そうに見えるけどな」

「夜華もそういいます」

　静宇が「脳筋では駄目だ」と粘り強く教育したおかげで、天音にはかろうじて一般の貴族の子弟ぐらいの教養はある。下町ではそれでも十分に賢いといわれるが、国家資格試験はその程度の能力では歯が立つものではなかった。龍術師は五級から一級までに分かれていて、民間の組合で仕事をするためには三級でよいのだが、天音は一級合格を厳命されている。

「蒼月様……。試験は三級では駄目ですか。あれは実技の点数配分が多いし、過去の試験問題を見ましたが、筆記も満点をとれると思います」

「それは民間で働く者のためだからな」

　難易度は二級から一気に跳ね上がる。龍術寮や国の機関の配属になるには、最低二級が必要資格となるからだ。龍力の強さや実技が優秀かはもはや関係ない。官職に就けるか否かの振り分けなので、筆記試験は落とすことしか考えていない鬼畜な問題構成になるのだった。

「一級は俺には無理な気がしてきました」

「駄目だ。一級をとれ」

　蒼月は容赦ない。静宇より厳しい。

「せめて二級を目指したほうが現実的ではないかと思うのですが」

「二級に合格する者は、次に必ず一級を目指す。だったら最初から一級をとるべきだ。それに一級龍術師になれば、官職じゃなくても金がいい」

「そうなのですか？」

「大きな討伐のときに必ず呼ばれるからな。余裕のある生活ができる。危険な仕事もあるが、きみはそれが怖いとか苦手とかないだろう？」

「異形に対してはないですね」

即答する天音に、蒼月は「……頼もしいな」といささか引いた顔を見せた。

「なら、いまは我慢して勉強しろ。少し頑張るだけで、きみの得意分野で暴れられるんだから。一級になって討伐で活躍したら、俺が特別褒賞をだしてやる」

天音は俄然（がぜん）やる気になった。

「一級を目指しましょう」

うまいこと乗せられているのはわかっていたが、金策につながるというのなら大歓迎だ。

「よしよし。それに一級龍術師になっておけば、いざ困ったときに俺みたいな男に身を売ろうと考える必要がなくなるからな」

「いま、すでに買われていますが。抱き枕として」

「だから次は買われないように。頑張ることだ」

蒼月はすました顔で笑った。

次は――いまは静宇のために龍の骨を手に入れる目標しかなくて、その先など考えられなかった。だが、蒼月が「一級をとれ」と頑（かたく）なにいうのは、天音がこの先困らないようにとの配慮らしい。夜華と同じように龍術寮の所属になってほしいのかと思ったが、いまのくちぶりでは官職になるのにこだわっているわけでもなさそうだった。

龍の骨を手に入れたあと、天音がどこに行こうとかまわないのか。自分の手駒にするつもりで面倒を見ているのかと思っていた。そうでないのなら、どうしてここまでするのか……。

蒼月は小さくあくびをして「少し寝る」と目を閉じた。

蒼月はよく眠る。人前では絵物語の主人公のように美しい微笑みを浮かべているが、わずかな空き時間ができるとぐったりとなって椅子があれば椅子に、なければ従者にもたれかかって眠る。

先日は昊天などにも当然のように「肩を貸せ」と寄りかかって身を預けているのを目撃した。昊天は「はい。お寒くないですか」と慈母のような目をして甲斐甲斐しく世話をやいていた。

巷では月龍様と崇められているのに、蒼月は身近にいる者に対しては時折あきれるほど無防備な姿を見せる。

さすが終身名誉愛人の称号を与えられるだけはあると天音は感心した。偉大な星海龍の龍力との差がありすぎるので、その高低差にやられてお守りしなくてはならないと心酔する者がでてくるのはよく理解できた。

立ち入り禁止の区域を龍力で鎮めていると知ってから、蒼月がいつも眠そうにしている理由にも納得がいった。あれは莫大な龍力を消耗しているはずだ。討伐で異形を倒すのではなく、異形が湧かないように年中無休であの地区に龍力を張り巡らせているとしたら、普通に動いて生活できているのが不思議なくらいだった。

強すぎる。人間離れしている。実は人間ではなくて、龍が人形として降臨しているのではないか。もしくは先祖返りか。死んだら龍になるという。

そんな偉大な龍力があっても、蒼月は偉ぶるところもなく、お付きの昊天に嫌な顔をされても下町出身の天音を平気でそばに置いている。別邸で働いている者の多くが似たような出自だ。

出仕すると決めたとき、天音はどんなに屈辱的なことがあろうとも耐えると誓っていた。だが、そもそも蒼月は身分差があっても相手を無下に扱ったりしない。天音が特別なのではなくて、別邸で働くほかの者たちへの態度も一貫していた。

可愛い顔の小姓たちに話を聞いたところ、花街で商売させるのにはあまりにも幼いと判断された場合、秋風が別邸に連れてくるらしい。客から酷い目に遭わされたり、病気になった子たちの避難所としても機能しているのだという。

女は胡月宮殿には置かないので、悲惨な境遇で助けを求めてくる場合は内廷への下働きを斡旋している。それも蒼月の口利きがあってこそ可能という話だった。自分の趣味で美少年を集めていると噂されているのに、実態は苦界の幼い少年少女たちの救世主みたいなものだ。

では小姓にいっさい手をだしてないのかというとそういうわけでもなくて、夜伽をする者はいるらしい。ただし、その場合は小姓が蒼月に恋焦がれてどうしても侍りたいと志願するという話だった。

一度伽に呼ばれたら、二度目はない。特別な贔屓をつくらないためだそうだ。

全員が同じ扱いだとわかっているから、揉めごとも起きず、蒼月のために力を合わせて皆が別邸で働き続ける。合理的かつ優しい世界が形成されている。

夜の事情をさぐると、小姓は真っ赤になって神でも拝むように瞳を熱く潤ませた。

「僕は、あの一夜を思い出に生きていきます。蒼月様はとてもお優しくて……」

──聖人か。

せめて性癖に変態要素のひとつでもあってほしかった。でも、普通に性衝動はあるのだな。二十歳の男性なので当然だが、天音は結局趣味ではないから夜伽の相手にされないのだと再認識させられて複雑だった。

いまも毎日のように寝所に呼ばれて添い寝を強要されているが、依然として尻は未使用だった。伽をしたいわけでもないが、負けず嫌いの性分なので自分だけ拒絶されるのも気になる。

それに、添い寝で人肌のぬくもりにふれていると、性的な意味がなくても距離が縮まる。最初は蒼月を前にして話しかけていいのかといちいち考えていたのに、いまでは緊張感自体が欠如している。警戒心をなくすなと己を戒めるのだが、気がつけば自分の肩にずるずるともたれかかって呑気(のんき)に寝息をたてている蒼月を目にするのだから気を引き締めようがない。

「──そろそろか」

蒼月がぱちりと目を開けて小窓を覗く。

目的の視察地に着いたらしい。今日の軒車には龍紋はなく、別邸の近衛団が二名騎乗して付いてきている。皇子としては簡素な護衛だが、蒼月にはそれ以上必要ないのも理解できる。

視察の目的は「龍の苦情」だと聞かされていた。それだけでは意味不明だったが、詳細を説明しないスタイルにも慣れてきていたので、天音は追及しなかった。

軒車が止まったのは、山のふもとだった。

辺りはのどかな田園風景だ。村の代表らしき人物が出迎えて、状況を説明する。

「いまはご指示通りに立ち入り禁止にしています。山の上の木々が薙（な）ぎ倒された。真夜中だったので姿は見えなかったが、龍の咆哮（ほうこう）を聞いたという者もいます。山だったからよかったですが、もし稲に影響があったらと……」

自然災害が起こっても龍が顕現したと騒動になる事例は多い。

「山の頂上に祠（ほこら）があったと聞いているが」

「はい。月龍様をお祀りしてます。つい先日、皇太子様の記念式典に蒼月様がうちの米を献上するといってくださったので、それを記念して祠を新しくしたばかりなのに……」

龍を祀る祠があったから気にしているのか。現地調査は近くの神殿の神官か龍術寮の官人にやらせればいいことだ。皇子がわざわざ出向いて対応するのが意外だった。

「――確認しよう」

山道を登ろうとする蒼月を、村人があわてて追いかけた。

「足場がよろしくないかと……」

「大丈夫だ。ついてこなくてもよい」

蒼月は村人に余所行きの麗しい笑顔を見せたあと、護衛に「誰もこないように見張っていてくれ」と命じた。天音には「ついてこい」と手招きする。

「俺が見てくるので、蒼月様は下で待っていたらどうですか」

天音が役立つのはこういう場面しかない。だが、その提案を蒼月は却下した。

「いや、俺が見ないと判別できないんだ」

村人も茸を取りによく登るというので、山道は踏み固められていて歩きやすかった。

聞いたとおりに、中腹から無残に多くの木々が薙ぎ倒されていた。嵐が起きたとしても、なかなか見ない光景だ。都に近いから、直近で荒れた天候の記録がないのもわかっている。

奇異ではあったが、皇子が従者ひとりだけ連れて山歩きする案件なのか。

「いつもこんな現場を見て回るのですか」

「東湖州は俺の所領だからな。それに、ここの米は美味いんだ。きみもがつがつ食べてる。収穫できなくなったらどうする」

「それは困りますね」

別邸の食卓にだされる米の産地、しかも献上品になるほど上物だったのか。天音は表情を引き締めて足を早めた。

山頂まで登りつめたが、村人の証言通りにすべての木が薙ぎ倒され、巨大な鉤爪でえぐったように地面が削れていた。

龍の祠は消えている。祠の一部と思われる木の破片が散らばっていた。

龍が暴走した形跡がある——。

大地の龍脈が連動して、いまだに乱れているのが伝わってきた。このままにしておいたら、この山は崩れるかもしれない。

「龍……顕現したのですか」

間違いなく顕現している。もしくは龍像が出現している。龍像は物質的に作用できないはずだが、龍脈を操作したのかもしれない。

だが、えぐるような爪痕は——。

たかが下町のもぐりの退魔師が確定的な発言はできないので、天音は蒼月の様子を窺った。

蒼月は驚いてもいなかった。最初から龍の顕現の形跡があると知っていたみたいに。

「どうだろう。龍の降臨は観測されている。異変は三日前だ。その日に降臨の記録はない」

龍の降臨とは、空に円形の光の出入り口が浮かんで、光界からなにかが堕ちてくる現象だ。龍でない場合でも異界からの降臨と呼ばれる。

「見逃したのかもしれません」

「ないとはいわないが、真夜中だったら目立つ」

たとえ夜であっても円形の光の出入り口はきらびやかに浮かぶ。昼間よりも目立つので、誰も気づかないとは考えられず、見つけたら大騒ぎになる。

しかし天音には顕現だとわかる。なぜなら、全身がひそかに総毛だっているからだ。内なる天羽龍がここに龍の実体がいたと教えてくれている。おそらく天羽龍の系統の龍だ。

蒼月に異変が感じとれないはずがないのに、どうして顕現だといわないのか。

「……降臨は三日前じゃなくて、ほかの日だとは考えられませんか」

「それまでどこに潜んでいたというんだ。一番近い降臨は一週間前。しかもここから遠い。西碧州(せいへきしゅう)の神殿の降臨の間に龍像として出現したことがわかってる」

「その龍が寄り道したのではないですか」

「人界でそこまで長く留(とど)まれない。神殿には滞在できても、帰りに顕現できるパワーがないだろう。もしそんなことができるなら、その神殿は龍に喰いつくされて潰されている」

「……神殿は無事だったのですか。神官に犠牲者は……」

「いない。確認済みだ。通常通りお帰りになったといっている。奉仕はきちんと行われた」

天音は納得がいかなくて考え込む。

「——きみは、なぜ顕現だと確信できる?」

何気なく問われて、心臓がひやりとした。

「確信はないですが……地面のえぐられかたが、鋭い爪で引っ掻(ひか)いたみたいに見えるので」

「ああ。これか。そうだな……そう見えるよな」

蒼月は荒らされた地面に目を凝らしていた。なにか紙の切れ端のようなものを拾いあげる。

「なんですか？」

「いや――」と紙片を掌のなかに握り込む。

「現状はわかった。整えよう」

整えるとは――と首を捻る天音の前で、蒼月は屈み込み、地面に手を置いた。

「星海龍の名において命じる。ここはわが大地、わが力の源泉、わが分身――すべての乱れを正し、われにのみ従え」

蒼月の龍力が大地に吸収されていく。乱れていた龍脈が反応し、本来の流れに戻る。

天音は息を呑んだ。龍力のない人間にはなにが起こったのか判然としないだろう。しかし大地に流れる力が見える者にとっては、とてつもなく恐ろしい奇跡の御業が目前で行われた。

蒼月が言葉にしたとおりに大地が整えられたのだ。これで山が崩れる心配はなくなった。

「とりあえず帰ろう。対策はまたあとで考える」

「はい」

帰る前に、天音は先ほど蒼月が拾い上げたような小さな紙切れを見つけた。引き裂かれてちぎれたようで、小指の先ほどの大きさしかなかったが、龍紋の一部が見えた。

蒼月が訪れるのは村の代表者と一部しか知らされていない隠密行動だったが、帰りに集落を通りかかった際、村の人々が道に鈴なりになって集まっていた。

この手の騒ぎを避けるために知らせなかったのだろうが、人の口に戸は立てられない。

蒼月は軒車から降りて、村民たちの前に姿を現した。村長は「申し訳ありません」と恐縮していたが、蒼月は麗しい笑顔で持ち前のサービス精神を発揮していた。

人々は蒼月を一目見ようと集まり、収穫の作物や鹿や猪の肉が献上される。護衛ふたりの馬に積みきれないほど大量だった。

村民たちはうれしそうに笑っていた。中には生き神様に出会ったごとくに「ありがたや」と拝んでいる老人もいた。女たちは老いも若きも人気役者でも目にしたかのように見惚れている。

皆が遠巻きに見ているなか、突如蒼月の前にひとりの女が走りだしてきた。

「蒼月様、どうぞ娘に……娘に声をかけてやってくれませんか」

母親らしき女は幼い娘を抱いていた。

都で貴人に対してこのような振る舞いをしたら、男女問わず如何なる理由があろうとも拘束される。しかし、別邸の護衛ふたりは微動だにしなかった。

天音は「失礼」といって、さすがに女の前に立ちふさがるように入った。

若い母親が胸に抱いている幼女は、あきらかに病を患っているように痩せていて、白すぎる顔をしていた。ゼーゼーと浅い呼吸が苦しそうだ。

その様子を見たらとても「下がれ」といえず、天音は固まった。蒼月が「いいんだ」と前に出る。

「――この子の名前は？」

「杏花(あんか)です……。去年の収穫祭の神事でお姿を拝見してから、蒼月様のことが大好きで……」

「そうか、可愛い名前だね。杏花、すぐに良くなるから頑張るんだよ。……きみに龍の加護を」

蒼月が額にふれると、幼女の白すぎる顔が無邪気に微笑んだ。母親は泣きだす。

「神殿跡の医官をあとで寄こすように手配する。相談するといい」

「ありがとうございます……」

母親は何度も礼をいって頭を下げた。村人の女たちはもらい泣きをしていた。

軒車に乗ってから、天音は「申し訳ありません」と謝罪する。

「俺はよけいなことを……」

「いや、いいんだ。きみは反応してくれて。飛びだしてくる者が悪事を企んでいる場合もあるからね。別邸の護衛はもうそこらへんが麻痺(まひ)してるんだ。俺が悪いんだけど」

あの場面で動かないのは、蒼月が庶民の訴えを気軽に聞くのを何度も目にしているからか。

女児の容態が気になったせいで、天音は山頂に散らばっていた紙片についてたずねるのを失念してしまっていた。

その後、蒼月は神殿跡に軒車を向かわせると、ひとりで降りた。天音にはついてこなくていいという。

「きみはこのまま別邸に戻れ」

「先ほどの子供の件ですか」

「いや。その件は医官を向かわせるように頼むだけだから。あの子は医官の薬を飲んで養生すれば大丈夫だから心配いらないよ。それとは別件で用事がある。昊天に神殿跡にいると伝えてくれ。村でもらった肉とかは料理長に渡せば料理してくれる。夜華たちと食べるといい」

「蒼月様は……」

「少なくとも二、三日は神殿跡にいる」

具体的な説明がないのはいつものこと――天音はひとりで軒車に揺られて帰るしかなかった。


「おーい、東湖州で貢物もらったって？　肉食わせろ、肉」

その夜遅く、秋風が酒を手土産に別邸を訪ねてきた。

村からの恵みの品の料理を肴（さかな）に、夜華の部屋で酒盛りとなった。夜華は別邸に立派な二間続きの部屋を与えられている。

「天音はまだ部屋もらってないのか」

秋風に問われて、天音は頷く。

天音は蒼月の寝所に呼ばれるとき以外は、小姓たちの大部屋で寝ている。大部屋の小姓たちは十歳前後が多く、可愛いし優しいし、居心地はすこぶる良い。

「天音はまだ一か月も経ってないもんね。もう少ししたら、蒼月様に『パパ、広いお部屋欲しい～』っておねだりしてごらんよ」

「いや。いまのところは十分だ」

「貴方がよくても、大部屋の小姓の子たちがよくないだろ。なにかと遠慮するかもしれないし。いまは大部屋にいることも少ないとはいえ」

「あの子たちに邪魔だと嫌われたら、龍術寮の詰所に移ろうと思ってる。駄目だろうか」

「そりゃ蒼月様が口添えすれば許可は下りるだろうけど……あんなの仮眠所だよ。一部屋もらえばいいだろうに。欲がないな。というか、蒼月様は自分が別邸にいるときは天音を寝所に呼んでるから、部屋を手配するのを忘れてる気もするな」

秋風が鹿肉を頬張りながら「え」と意外そうな顔をした。

「まだ寝所に呼ばれてんのか？　続けて？」

天音はこくりと頷く。

「……へえ、蒼月様とやった？」

首を横に振る。

秋風はからかうように「またまた」と天音の頬をぐりぐり指でつついてきた。

「とぼけんなよ。照れてんのか？」

「照れてはいない。夜伽はいいといわれている」

「なんで？　俺から見てあんたはイチオシの上物なのに、お茶引かされるなんて納得いかねえな。女衒として見る目がないと、俺まで貶められた感じで面白くないわ。そんな扱いされるなら、俺が直に色んな性技を仕込んだあとで、ほかの上客に売って儲ければよかった」

「綺麗な尻してるのにね」

ふたりとも酔っているのか、今夜は一段と口が悪い。

「俺は好みではないんだろう」

「じゃあなんで寝所に呼ばれてるんだよ」

理解しかねるように首をかしげる秋風に、夜華は「ふふふ、へへへ」と嫌な笑いを見せた。

「それがね、可愛いんだよ。添い寝してるんだって。蒼月様、天音のこと清らかに抱きしめて寝てるらしいよ。天音は嘘つけないし、部屋係の子も寝具が汚れてないっていってたから、マジでまだ綺麗な身体だよ」

「本気か？　添い寝だけさせて、楽しいことあるのか？」

秋風は衝撃を受けたように天音を眺めた。服の下まで値踏みするように凝視される。

「勿体ねえ。茶屋ならいろんなプレイさせて高額つけられるのに」

「理由は俺が知りたい。ぬくもりが欲しいだけなら、もっと抱き心地よさそうなのもいるのに」

「皇子様、なんていってんの？」

「明確には告げられていない。ただ気が楽だからとか、疲れがとれるとかなんとかいってる」

「ああ……龍力の相性がいいのかな」

秋風はやっと合点がいったふうに頷く。

「相性とか、そんなのあるの？」

夜華は疑わしげだった。

「眉唾(まゆつば)だけど、夜の商売してると、時々聞く。龍力使いの武官とかが抱いて疲れがとれる子がいるって。蒼月様は龍力の消耗が激しい仕事してるからな。別邸に龍力のある人間を多く置きはじめたのも、囲まれてると負担が軽くなる気がするからとかいってたし」

「心理的なものじゃなくて？」

「まあ、そっちが大きいのかな。蒼月様にしても感覚的なものらしい。龍力の作用として証明されたりはしてないってよ。疲労に効く気がするかもって、おまじないみたいなものだろ」

神殿の構造と同じかもしれないな――と思う。

龍力の貯蔵は防衛になる。あるだけで害をなすものを近づけない作用が働く。天羽龍は龍力量だけは豊富だ。蒼月は本能的に天音を神殿のようなものだと感じているのかもしれない。

「蒼月様、よく疲れて寝てるものね」

「そ。天音の尻が未使用なのは、単に疲れが理由かもな。そりゃあれだけ毎日龍力使ってたら、下半身の元気もなくなるだろうよ。昔から小姓に伽をさせる回数も決して多くないしな」

今日も崩れる危険性のある山の龍脈を修正していた。あんな生き神様みたいな行為は生命を削らなければできないのではないだろうか。なぜ可能なのか。

本物の先祖返りかもしれない。陽華国でも先祖返りだと称される者はいたが、総じて気性が荒かった。荒ぶる龍の魂に引きずられるせいで、それすらも美徳という扱いだった。

蒼月の性格はとてもそうは見えない。別邸の人間にすら本性を隠しているのかもしれないが、偽っている素振りも見受けられない。

「今日、蒼月様は東湖州で村人の母親にいきなり話しかけられて、普通に対応していた。いつもあんな感じなのか？」

「ああ……息子が優秀だから上の学校に行かせたいとか、またお願いごとされてた？」

夜華は容易に想像がつくようだった。

「病気の娘に声をかけてくれと頼まれていた。蒼月様は神殿跡の医官を手配する、と」

「東湖州は所領だし、神殿跡もあって特別な場所だから。都ではさすがに護衛もそばに近づけないけどね。基本的にあんな感じだよ。天音だって初日から好き勝手に話してたでしょ」

「そうだが……わかってはいたが、ほんとに日常的にあんな感じなのだと思って」

「星海龍は、〈最初の龍の子〉だからね。人に対して情けが深いんだよ」

釈然としないことが山ほどある。

放蕩者だと聞いていたのに、実際の蒼月と噂の蒼月が乖離しすぎている。

それとあの山の顕現跡――蒼月に感じとれないはずはないのに、なぜ龍の顕現だと認めなかったのか。天音が間違っているのか。

「秋風……。蒼月様はほんとに女が駄目なのか？」

最初に聞いていた話との食い違い。なにが嘘でほんとうなのか。別邸で過ごすうちに自然と見分けがついてきたものもあるが、まだ不明な点が多い。

天音の問いかけに、秋風も夜華も一瞬奇妙に押し黙った。

「――抱かないね。別邸にも女はいないだろ。でも、まあ嫌いではないいんじゃない」

「嫌いではない……？」

「死なれるのが嫌なだけで」

秋風は酒の杯を一気にあおった。夜華は「ああ、いっちゃった」という顔をしている。

「どういう意味だ。だって……秋風が最初に俺に話したんだろ。蒼月様は男が好きで、美少年を集めてるって。別邸に囲って財を注ぎ込んで放蕩してるとか、なんであんなこと……」

「――そういう設定なんだよな」

心臓が落ち着かない音をたてる。

偽造されたもの。天音の出自もそうだ。だが、蒼月になぜそんな嘘の設定が必要なのか。

「別邸で暮らしてればわかるだろ。でも、噂がまるきり嘘ってわけでもない。可愛い小姓たちはいるし、天音みたいな子を無理やりねじ込んで出仕させてる。お気に入りを力技で周囲に侍らせてるのはほんと。愛人で放蕩三昧云々は、周囲にそう思わせておいたほうが都合がいいからな」

「なぜ？　俺も噂話を広めるために一役買ってるんだよ」

「なぜ？　わざわざ蒼月様の評判を落とすような真似をするんだ……？」

秋風と夜華は顔を見合わせる。

話すべきか、まだやめておくか。視線でそんなやりとりをしているのがわかった。

「すまない。新入りが聞くことではなかったか」

「いや、別邸にいれば、どうせそのうち知ることだ」

秋風は再び酒をあおる。

「財を別邸に注ぎ込んでるのも事実だしな。この胡月宮殿は、蒼月様が廃墟になっていた昔の宮殿を修復させて、七年かかっていまの形につくりあげた。歴史的な価値があっての国の修繕事業とかじゃないんだ。私財だよ」

七年前といったら、現在二十歳の蒼月は十三歳ではないか。そんな年齢の皇子が、なぜ私財を投じて廃墟を修復しようと思うのか。

「蒼月様の従者になって、天音はどう思った？」

「どう、とは？」

「一緒にいれば、なかなか立派な皇子様だって評価になるだろ。だけど、蒼月様は自分の株があがりすぎるのを望まないから、少し悪い噂があるくらいで丁度いいんだよ。人気があると騒がれるのはいい。でも、皇子のなかで一番といわれるのは困る」

途中から、これは聞いてはいけない話だ――と後悔した。

自分は龍の骨が欲しいだけだ。関わってはいけない。

「別邸と聞いていたのに、まさかこんな広大な宮殿だと想像もしてなかっただろ？　まるで都にもうひとつの帝が住む宮殿があるみたいだって思わなかったか？　胡月宮殿は、本来ならば帝位の守護龍となるはずの星海龍の怒りを鎮め、感謝を捧げるためのもの。立ち入り禁止区域だし、蒼月様の所領で私財でやってることだから、帝や皇太子は鎮魂の神事として現在のところは目をつむってる。愛人っていうのは――つまり蒼月様が自ら集めた臣下のことだ」

己の出自を暴露される。それとはべつの方向で関わってはいけない話題だとわかっているのに、話を止めることができない。

聞かないほうがいい。月龍国のややこしい事情だ。深入りするな。

「そもそも問題の発端は、第二皇子の蒼月様に建国の〈龍の子〉である星海龍の守護がついたことだ——」

しかし、もう遅い。

秋風は話しはじめてしまった。

そして、天音はあの捉えどころのない蒼月がなにを考えているのか——あれほど人間離れした龍力を持つ皇子の生い立ちを知りたいという好奇心には抗(あらが)えなかった。

四章　強さを追い求めるもの

月龍国の皇子は五人いる。

皇太子の彰武は現在二十六歳。生母は皇后で、〈原初の龍〉である夜行虎龍の守護を受けている。夜行虎龍は夜の大地を支配する荒々しい獣の名をもつ龍で、父龍に分類される。

彰武は叡智に富み、体格にも恵まれて、容貌も美しかった。

しかし皇子がひとりでは、皇統の存続という観点からは決して安泰ではなかった。

皇后は病弱だった。彼女を心から愛していた帝はほかに妃を迎えはしたが、あくまで政治的な配慮で形式的なものだった。

皇后が若くして亡くなったあと、名家から若い妃が新たに娶られた。彼女は待望のふたりめの男子を産む。

第二皇子の蒼月の龍名は星海龍。星の海——つまりは宇宙をも支配するといわれる龍。〈原初の龍〉としては、〈最初の龍の子〉とも呼ばれる子龍の長子だ。

月龍国の建国の龍といわれる龍名の皇子が、次男として誕生してしまった。

本来、月龍の皇子が生まれるのは喜ばしいのに、国全体に困惑と緊張が広がった。

これは彰武様と蒼月様、どちらが後継者になるべきなのか?

帝は派閥間の対立を防ぐために、彰武が皇太子である事実は揺るがないと宣下する。蒼月の生母も、その外戚らも帝の意向に従った。

その後、帝は両陣営の勢力の分散を図るために積極的にほかの妃や妾のもとに通った。作戦は功を奏し、母の違う三人の弟皇子が誕生する。

奇跡的にどの皇子も〈原初の龍〉といわれる龍名がついた。現在の帝自身が若いときには東の大陸一の美男子と評されただけあって、皇子たちは全員美しい容姿に恵まれていた。

当初の「どちらが跡継ぎに?」という国を二分するような世論は薄れ、「月龍国の五人の皇子は優秀で美しい。龍の恩寵だ」という祝福ムードに変貌を遂げる。

帝は国の安定を望み、皇后の産んだ皇太子を跡継ぎだと折にふれて明言し、ほかの皇子たちも異議を唱えることはなかった。

彰武は王者にふさわしい統率力のある気質で、四人の弟たちを気にかけて可愛がった。

新月の夜は、夜行虎龍のものとされる。弟たちは、新月の日、もしくはその前後に、兄に恭順の意をあらわすのが慣わしになった。彰武も積極的に弟たちと会う機会をつくった。

誰よりもその意思を明確にしなければならない蒼月も兄とともに過ごし、夜ならば酒を酌み交わし、昼ならば狩りなどをして過ごした。

彰武と蒼月の兄弟は穏やかに語らいあう。

「蒼月、おまえのように美しい弟がいて、俺は幸せだ。おまえの姿を見れば、誰もが龍の奇跡を信じる。皇帝の一族が民に尊敬されて愛される」

「すべては兄上あってこその話です。俺は兄上を尊敬しています」

兄を尊敬している。それは蒼月の本心だった。

亡き母と約束したことがある。

「蒼月……お願いです。決して野心など抱かないで。皇太子様を支えて差し上げてください。貴方の兄上です。母は貴方に生きてほしいのです」

母の春花(しゅんか)妃は、その切なる願いと引き替えに自らの命を差しだすようにして、蒼月が七つになる前に息を引きとった。蒼月の弟となる赤子をその身体に宿していた。

そんな宮中の悲劇はよくあることで、詳細は謎(なぞ)のままで公にされない場合も多い。

月龍国はいまや周辺国のなかでもっとも安定して繁栄を享受しており、いっときは後継者争いで世論が割れそうになった事態ももはや昔だった。

過ぎ去った出来事は忘れられてもかまわない。ずっと平和が続けばいいと誰よりも蒼月は願っている。

妃や妾は持たないと決めていた。

十一歳のときに閨房(けいぼう)の指南役として年上の女人が就いたが、蒼月が姉のように慕った彼女は半年後には不慮の事故で亡くなった。母方の親族でもある楓柳の姉だった。

その次に寝所に侍った指南役も三か月後に亡くなった。その後も同じようなことが何度も続いた。やがて蒼月は夜伽を断るようになった。

女を寄せ付けずに男色だと噂されるのはむしろ好都合で、そう思われるように振る舞った。

兄の彰武には妃も妾もいたが、姫ばかりが三人生まれている。

兄に皇子さえ誕生すれば、蒼月もその周囲も肩の力を抜いて生きられる。それまでは誰かを孕ませてはならない。もし蒼月に男子が生まれて、それに〈原初の龍〉でもついたときには宮中に再び良からぬ策謀が蠢くだろう。

いくら月龍様と崇められても、子孫を残せない皇子ならば、権力闘争において警戒されない存在ですむ。

それでも蒼月と懇意になろうとして、寝所には多くの女たちがあの手この手で送り込まれてきた。蒼月の寵愛を得れば、宮中の政敵から抹消される運命だというのに。

失われる命を減らすために、蒼月は自らが選んだ忠義のある男たちで周辺を固めるしかなかった。宮中の者は限られた家の者しか信用できない。では、ほかから才能のある者をさがそう。

愛人枠の従者も別邸の使用人たちも全部そうやって集めた。

秋風も夜華もそのひとりだ。野に埋もれている人材は多い。戦乱を逃れて、かつては身分も家柄もあった能力のある人間たちが多く月龍国に流れ着いていた。

陽華国では第二皇子が、兄の皇太子と父の帝を弑逆したという。その後は第三皇子と対立し、ほかの皇子たちも小競り合いを起こしている。

陽華国の皇族は、ほかの龍の末裔といわれる国々と比べても、近親婚をくりかえしてきた歴史があって、神人としての血は濃い。好戦的な龍の性質は戦闘民族と昔から揶揄されていて、その特性ゆえかいまだに両陣営は互いに一歩も譲らず、混乱は治まりそうもない。

陽華国の例を見れば、強い龍が二体争うだけでも大惨事なのだ。月龍国の〈原初の龍〉がついている五人の皇子は、はたしてほんとうに恩寵といえるのか。

初陣で龍を顕現させて帰還したあと、英雄として賞賛されるなか、蒼月は立ち入り禁止区域の古代の月龍宮殿の再建に取りかかった。

幸いなことに所領の東湖州には豊かな自然とともに莫大な財源となる鉱物資源が眠っている。とくに神殿跡の陥没穴は伝説通り金の鉱脈だ。

父も兄も蒼月の所領を取りあげて国の直轄領としたいのだろうが、その土地だけは奪えない。古代の月龍神殿と宮殿があった場所だからだ。手をだせば星海龍の怒りをかうとわかっている。良い所領を与えられていると周囲に思われていても、実情はこんなものだ。

鎮まれ、星海龍――。

蒼月はそう呼びかけながら宮殿を修繕していく。

おまえが国龍とされていた頃の宮殿を俺が蘇らせて捧げよう。だからおとなしくしてくれ。

誰も争う気などない。皆が平穏を願っている。だが、この月龍国の大地を支配する力――内なる龍は暴れだしたらいうことをきかない。


「蒼月様、起きてください」

天音は寝台に丸まっている蒼月の肩を揺らした。

すでに外は陽が出ており、従者は夜明け前には起きるのが決まりなので、天音は支度をすませている。

蒼月は布団のなかでかぶりを振った。

「……起きない。今日はなんの予定もないはずだ……俺は自由に眠る権利がある……」

「公務はありませんが、来客の予定があると昊天様が仰ってました」

「午後からだろ……」

「でも、そろそろ起きないと昊天様が心配します。俺が叱られます」

「なぜ？」

そこで、蒼月はやっと目を開けて振り返った。

「蒼月様を誑かして、俺が寝床に長く引き留めているると思っているからです。どんな凄い技を使っているのか知らないが、淫らな行為に耽溺させるのは良くないと注意されています」

「……ふうん……」

蒼月は関心なさそうに呟いてから、遅れて意味を理解したように唇の端に笑みを浮かべた。

「きみがどんな凄い技を使って、俺を淫らな行為に溺れさせているって？」

「知りません。昊天様の頭の中なんて」

「――おいで」

蒼月は天音の腕をつかんで寝台に引き込んで抱きよせる。

「どうせあいつの頭の中ですごいことになってるんだから、想像に少しでも現実を近づけよう
……俺は眠る……」

皇子の腕をはねのけるような無礼はできないので、天音は不本意ながらも蒼月の腕に抱かれるしかなかった。

蒼月の愛人枠の従者となってから、瞬く間に三か月が過ぎようとしている。

仕えて一か月を過ぎた頃、夜華が天音の部屋はもらえないのかと打診してくれた。夜華の予想通り、蒼月は昊天がすでに手配していると思い込んでいたらしい。だが、昊天は命がないかぎり何事においても差しでた真似はしない。それで扱いが宙ぶらりんになっていたようだった。

事実が判明したあと、天音には胡月宮殿に自室として一室が与えられた。

部屋が与えられたあとも、当初のように毎日ではないが、現在でも蒼月が別邸の寝所で休む

ときには天音が頻繁に呼ばれる。

決まりごとだというので、手順通りに毎回自分で尻を清めているが、一度も使用されたことはない。一緒の寝台で休んでも抱き枕にされるだけで、それ以上の接触は皆無だった。

秋風の台詞ではないが、ほんとになにが楽しいのか。

宮中では愛人枠として振る舞わなければならないのは承知しているが、別邸にいる人間は愛人枠が実際の愛人ではないと知っているので演技は不要だ。

なぜ執拗に添い寝を要求されるのか理解できなくて、天音は二か月を過ぎた頃に「これは必要なことなのでしょうか」と真剣に問いただした。

「――龍の骨」

蒼月の返答はその一言のみだった。

天音は「わかりました」と頷いて、いそいそと蒼月の隣に身を横たえるしかなかった。ちらりと見上げたとき、蒼月の目に愉悦の色が浮かんでいたのはいうまでもない。

かなり良い趣味をしている。つまりは伽の相手にはならないが、粗暴な天音が「龍の骨」の一言でいいなりになるのが、この皇子様にとっては楽しい悪戯なのだ――と解釈した。

蒼月は近寄りがたいほどの美しい外見にそぐわず、宮中では多くの人間に対して愛想がよく、ほがらかに振る舞う。それでいてつかみどころがなくて、誰に対してもある程度の距離を置いている。無防備になるのは別邸の人間に対してだけだ。

なぜ別邸が安らぎの場所なのか、天音のような者をそばに置くのか。月龍国の宮廷において、蒼月がかなり複雑な立場にいると知ってから、何気ない行動や言動のひとつひとつを当初とは違った意味で捉えるようになった。

星海龍を守護龍とする、月龍国の麗人。美男と騒がれ、戦場では奇跡的に龍を顕現させる。庶民に慈悲深く、非の打ち所がない大人気の皇子様。

だが、蒼月はおそらく孤独なのだ。

兄弟が敵なのか味方なのか判断しようがない。今日は殺されなくても、明日は殺されるのかもしれない——。

従者として仕えるうちに、天音は時折、蒼月に自らの境遇を重ねることがあった。そのせいで妙な情がわきつつある。なるべく無関係でいなければならないと己にいいきかせてはいるのだが……。

「蒼月様、ほんとに起きなければ困ります」

再度天音が訴えると、蒼月は面倒くさそうに目を開けた。無言で天音の額に嫌がらせみたいに額をこつんとぶつけてくる。天音はめげずに「起きてください」といいつのった。

蒼月は面白くなさそうな顔をした。

「……きみは俺が顔を近づけても、まったく動じないね。最初からそうだった」

「なにか必要があって、そうされていると思うので」

何事にも動じないように訓練されているのは、祖国を捨てた身だからだ。

「そのとおりではあるけど、嫌がられないというのも複雑だな」

やはり嫌がらせが目的なのかと再確認する。

「蒼月様に逆らったら、龍力で殴られるみたいな衝撃がくるじゃないですか。あれ、怖いですよ」

「……悪かった。二度と力の加減を間違えない。きみは俺の龍力をなんなく受け入れるから、それほど苦痛を与えているとは思わなかったんだ」

天音が「龍の骨」の一言で犬がお手をするがごとく従うように、蒼月にも弱みがある。龍力で縛られたのがつらかったと訴えると、彼は何度でもひどく申し訳なさそうにするのだ。

「もう痛い思いはさせないから」

蒼月は「よしよし」と天音の頭や背中を撫でてくる。幼子をあやすような仕草は気に入らないが、唯一やりかえせる瞬間なので、天音としては気分がいい。

「いま、俺がいうことをきかずに逃げたら？　どうするんですか？」

「痛くはしないよ。でも動けないようにする」

微笑みながら返されて、ぞっとする。

それは痛みを感じさせる間もなく、あの世に逝かせるという意味なのか。

やはり化け物――と天音は情にほだされそうになっていた己を戒める。

「だらだら過ごしたいのなら、昊天様にはっきりと俺に夜伽はさせてないといってくれませんか？　でないと、寝所に長くいる理由が、全部俺の幻の凄い技のせいにされるんです」

「いいじゃないか。誤解させておけば」

「よくないですよ。ほかの愛人枠と違って、昊天様はなぜか俺だけは夜のお相手もしていると思い込んでるんです。夜華とかも面白がって昊天様に否定してくれないし……」

「それはほかの誰も続けて寝所に呼んだことがないから、昊天がきみを本物の愛人だって思うのは無理ないんだ。我慢してくれ。愛人の振りは続けるって約束だろ？」

「昊天様に嘘つく必要あるんですか？　あの御方は、蒼月様が『未使用だ』って宣言してくれないと絶対に納得しないですよ。部屋係の子に寝具が綺麗だと証言されても信じないんだから」

蒼月は目を丸くした。

「え？　なにが未使用？」

「俺の尻がです。夜華は、昊天様に俺の尻を見せれば、経験がないと一発でわかって解決するというけれど、昊天様にそんな真似はできませんし」

「………」

蒼月は口許を押さえて顔をそむけた。肩が小刻みに震えているのがわかる。

「笑ってないで、昊天様の誤解をといてくださいよ。俺は昊天様と仲良くしたいんです」

「は――」

珍しく唇の端で笑うのではなく、蒼月の口から笑い声が洩れた。

「そんなことの真偽を証明しようとしてるのか。どういう争いをしてるんだ。駄目だよ、昊天に尻を見せたりしたら」

「しませんよ」

「ほんと？　きみはなにをするか、予測できないからな……退屈しない。無茶苦茶やるかと思えば、意外に楓柳に気に入られたりしてるし。俺としては助かるけど」

「昊天様とも是非うまくやりたいので、誤解をといてください」

「いいじゃないか。昊天がきみの件でうるさく子供みたいに騒ぐのを見るのが、俺は好きなんだよ。やきもち妬いてるみたいで可愛いし」

意地が悪すぎる――昊天が気の毒になった。

「賑やかでいいだろ。楽しくていい。昊天にはまだ若いのに苦労させてるから、笑いを提供してやってくれ」

「俺の存在は怒らせているだけだと思いますけど」

「気晴らしになってるから構わない。昊天はもう夜華あたりには知識や経験で敵わないから、きみを指導するのは楽しいはずなんだ」

昊天をからかって面白がっているというより、言葉の端々に気遣いのようなものを感じた。

「でも……そうか。いまも毎回、添い寝するだけなのに昊天にいわれて夜伽の準備をしてるのか。小姓に身体を清めさせてる？」

「いいえ、初日だけ夜華に教えてもらったけど、あとは自分でやっています」

「自分で？」

「綺麗にして……こう、陽物を模した張形を入れて、香油で慣らしてですね……」

張形の長さと太さを手で表現する天音を見て、蒼月は複雑そうな顔をした。

「あー……」

困ったように眉根を寄せて、ためいきのような声を洩らす。

こわばった顔で見つめられて、最初は下品な内容を話したことを咎められるのかと思った。張形を入れる動作を再現中の手をつかまれて、天音は「申し訳ありません」といいかける。

蒼月はそのまま覆いかぶさってきて、天音の首すじに顔をうずめた。

武人として名をあげているだけあって、着痩せして見えるが、筋肉質の身体には重量があり、のしかかられて身動きがとれなかった。

蒼月の寝衣の布越しに硬く脈打っているものの存在を感じて、天音は目を瞠った。

「蒼月様……？　張形よりもかなり大きなものが……」

「――――」

蒼月はぴたりと動きを止めて、深く息を吐いた。そしてのろのろと身を起こす。

「――すまない。少し興奮した……」

最悪の失態を犯した、と懺悔でもするような表情だった。

「蒼月様、俺でも反応するんですか」

「きみとは情緒の方向性が一致しないというか、いくら綺麗な子でも犬の子を抱いてる気分なんだけど……さすがに張形を自分で入れてるところを想像したらね」

前半部分は、随分ないわれようである。

すすんで伽をしたいわけではないが、こうまでいわれるとさすがにやり込めたい気になる。

「蒼月様、俺でお役に立てるならどうぞ遠慮せずに――」

「いい」

渾身の台詞をいいおわらないうちに、にべもなく断られた。

「……きみはなにもしなくていい。すぐ治まるから」

ここまで強固に拒まれると、己に重大な欠陥でもあるのかと不安にさえなる。

天音は貴人にとって閨での行為が欲望や色恋だけで行われないと知っている。それは義務であり、子孫を残す機能を維持するための健康管理の一環でもある。

添い寝させるのなら本来その役目も担う。高額の報酬をもらうのに職務を全うできないのは落ち着かないし、単純に疑問だった。どうしてそこまで拒むのか。

「もう起きる」

いままでのんびりしていたくせに、蒼月は逃げるように寝台から立ち上がった。

「蒼月様、なんで俺に夜伽をさせないんですか？　一緒に寝るのは強要するくせに」

「――――」

蒼月は返答に困ったように動きを止めた。

ここで再度「犬の子だから」と暴言を吐かれたら、さすがに自分にも魅力はあるはずだ、これでも兄たちには可愛いと思われていると抗議するつもりだった。

だが――。

「龍の骨」

蒼月はその一言だけをいった。それで天音はなにも聞けなくなった。


「御前試合ですか」

外廷の兵部省（ひょうぶ）が蒼月がらみでなにやら騒いでいるとの噂が流れてきて、楓柳が忌々（いまいま）しそうにその理由を教えてくれた。

「そうだ。おまえはいま兵部省の役所には近づかないほうがいいぞ。蒼月様の愛人だからな、いちゃもんをつけられる」

蒼月が宮中で正規の公務についているときは、天音に従者としての出番はない。今日は殿内省の長官の楓柳の執務室の書架の整理をするように申し付けられていた。

最初は虫けらでも見るような目を向けられていたが、下町の恵まれない少年を追い詰めてはいけないと自省したのか、育ちの良い楓柳の態度が軟化するのにさほど時間はかからなかった。

加えて天音が文字の読み書きと算術ができ、それなりに教養があるとわかったときには、彼は感動したように目を輝かせた。

「おまえ、意外とやればできる子ではないか……！」

「いや、勉強は苦手です。夜華にもこれじゃ一級龍術師の試験は駄目だといわれています。下町にいたときも上の兄にいわれたから仕方なくやっていたけれど、学んでも稼ぎにはつながらないからサボってばかりで、いつも怒られていた」

「そうか、苦労したのだな。病弱な兄のためにもぐりの退魔師をやっていたと聞いた。ほんとうは賢いのに勉学よりも稼ぎを優先しなければならないとは……憐れな……」

天音は話していないが、下町出身で兄たちがいる家庭環境がいつのまにか周囲に知れ渡っているようだった。しかも細部の設定が微妙に違っていたりする。なぜこんな話が広まったのだろうと夜華に相談したが、「そのまま放置しておけ」といわれた。

「きみは目立つ。どこから湧いてきたのか正体不明よりも、下町で苦労してた子だって認識させたほうがいいよ。どうせ訳ありなんだろ？　俺たちはみんなそうだから」

そのくちぶりから、どうやら夜華や秋風あたりが噂の出所なのだと推測できた。たしかに楓柳も天音の噂の境遇を知ってから、出仕初日に「おまえは愛人だろ？」と突っかかってきた姿はどこへやら、あれこれと気遣って面倒を見てくれるようになった。貰い物の珍しい菓子を天音だけにこっそり渡してきて、「子供は甘いものが好きだろう？　食べなさい」と綺麗な女顔で微笑んだりする。

蒼月が「兄のように頼りになる」といったときには、「どこの誰が？」と疑問だったが、いまならばその意味が理解できる。

夜華は「楓柳様は情緒不安定だ」と評したが、名家出身の気位の高さゆえに尖った部分はあるものの、楓柳は自分が庇護すべきだと認識した対象にはとことん甘いのだ。

そして、その手の人物と天音の相性は良い。静宇と彩火に似たタイプだからだ。

「御前試合が開催される予定があるからといって、どうして兵部省の武官たちがざわつくのですか？　彼らの腕の見せどころではないですか。蒼月様が関係あるのですか？」

「大ありだ。蒼月様は今回出場されない。皇太子の彰武様が月龍国軍の総司令官に就任したことを記念する式典のひとつなのだがな。武官たちは蒼月様に出場されると困るくせに、出場しないと『皇太子様のお祝いに華を添えないとは、第二皇子は不遜だ』といいだす」

天音は軍部と蒼月の関係性がいまひとつ把握できていないので、頭が混乱する。

「武官たちは、蒼月様に出てほしくないのですか？　でも、蒼月様は武人としても戦功があると聞きましたが……」

「以前は毎回出ていたんだよ。今回も蒼月様と一緒に出陣した経験がある武官なら試合に出てほしいだろうが、軍部全体の意見としては拒絶反応がでる」

「どうしてですか？」

「──強すぎる」

簡潔な答えだった。

「蒼月様の初陣の話は聞いたことがあるか？」

「龍が顕現したという……」

「そうだ。蒼月様ひとりで戦況をひっくり返した。誇張した話ではない。すべて事実なのだ」

当時十三歳の皇子の初陣は異例だった。

奪還が悲願の土地だったとはいえ、敵勢から本土に攻め込まれたり、差し迫った危機があったわけではない。あらゆる意味で、年若の第二皇子を戦場に担ぎだす必要はなかった。

蒼月の外戚である楓柳の一族は大反対した。

一時期は皇太子派と第二皇子派の対立は激しかったが、その後三人の皇子が生まれたことによって収束しつつあった。五人も〈原初の龍〉の加護がある立派な皇子が誕生したのだから、次の御世は素晴らしいものになるとの考えが民には広まったからだ。きっと四人の弟皇子たちは皇太子を支えるために生まれてきたのだと──。

宮中も融和路線に流れはじめたが、運悪く再び各派閥の対立が深まる大事件の報せが届いた。

「ちょうどその頃、陽華国で帝と皇太子が殺されたんだ。第二皇子が反乱を起こして……おまえは兄たちから聞いて知ってるかもしれんが」

まさかその話題を出されるとは思わず、天音の背中に緊張が走った。

「……俺はまだ幼い子供でしたが、俺たち兄弟が月龍国にきたのはその戦乱が原因で……」

「そうだな。わが国に異国からの流入者が増えたのは、あの反乱事件以降だから。とにかく同じ龍の末裔である陽華国で大事件が起きた。しかも、〈原初の龍〉を守護にする第二皇子が、野龍の守護しかもたない兄と父を力で叩き潰した。あれで……各国の宮廷に激震が走ったんだ」

祖国の余波がこんなところにも――さすがに天音も声の震えを堪えるのが精一杯だった。

「でも、月龍国は現在の帝も、皇子も全員〈原初の龍〉がついています。陽華国とは状況が違う」

「他国ならな。〈原初の龍〉ならば同格だと考えるが、ここは月龍国だ。我が国の守護龍は月龍の別名をもつ星海龍だ。たとえ立場的には皇太子様が上でも、龍としては蒼月様の星海龍を上として敬わなくてはおかしい」

「…………」

「蒼月様が誕生したときから、その矛盾は存在していたのだ。だから、蒼月様は幼い頃から苦しく辛(つら)い立場に置かれていた。せっかく弟君たちが生まれて、平和な共存共栄の空気になりかけていたのに、陽華国のせいで事態が変わってしまった」

蒼月が陽華国の第二皇子のように反乱を起こすのではないか——。

宮中では再び皇太子派と蒼月派の対立が顕著になった。

「陽華国が混乱しているうちに、先帝の時代に奪われた領土を取り返そうという動きになった。それは軍部としては正しい判断だ。でも——なにも、蒼月様の初陣にする必要はなかった。皇太子の元服すら十五歳だったのに、いきなり十三歳で元服して即出陣することになった。俺はそのときおそばにいたが……この理不尽な扱いを止められなかった」

楓柳が蒼月の元服の際に泣いていたのは、そういう裏事情があったからなのだと察する。

「なぜ止められなかったのですか。その時機に先帝の悲願を果たすという名目なら、皇太子様が旗印になってもよかったのに」

「その皇太子様が——兄上の彰武様が命じたのだ。『蒼月、忠義を見せてくれ。宮中がざわついて治まらぬ。俺を助けてくれ』と」

まだ少年だった蒼月はふたつ返事で了承したという。「先帝の悲願を、兄上の代理として果たすために、必ず戦果を勝ち取ってまいります」——と。

帝も皇太子に同意していた。そうなると、外戚の一族にできることは残されていなかった。

「……結果的に、蒼月様はご自身の宣言通りに先帝の時代に陽華国に奪われていた領土を奪還した。おまけに龍まで顕現させた。毎回戦場で龍が加勢してくれるとは限らないが、それでも顕現すれば、戦場の敵兵を一気に薙ぎ倒す。その威圧効果は戦において有利に働く。蒼月様が総大将となっているだけで、敵は逃げるようになった」

「……月龍国は不安定な地域を蒼月様の龍の顕現効果で平定したのですね」

「そうだ。武官でも蒼月様に心酔している者は多い。一緒に戦場を駆けた者ならな。龍を顕現させなくても、あの御方の龍力を操る武芸は見事だ。武人ならば一目見ればわかる。……だからこそ脅威なのだ。いまは他国に攻め込まれでもしないかぎり、月龍国の治める領土に戦乱の芽はない。差し迫って蒼月様を頼りにする必要性がなく、その存在が却って怖くなったのだ」

「勝手すぎませんか？」

下手に口を挟まないほうがいいと思いつつも、天音は蒼月の肩をもたずにはいられなかった。

「そうだ、よくいった……！　勝手なのだ」

楓柳は同意を得て興奮したように叫んだ。彼の目が感情を映すように赤紫に色を変える。

「蒼月様を利用するだけ利用して……今度は要らないとばかりに軍部から切り離そうとしているのだ。蒼月様の強さを誇示させたくない、とな。武人のくせに姑息すぎる」

「蒼月様を遠ざけて、そのあいだに強敵が現れたらどうするつもりなのですか。俺は蒼月様の龍力を神殿跡で見ましたが、あんな人間離れした力はほかの誰も持っていない。あの力を知っているのに、そのような愚かな判断に至るのですか？」

大地の龍脈をも支配する強大さだった。天音は蒼月の龍力が身体に流れ込んできて、踊らされるように刀剣を振るったときの感覚を思い起こす。あの大地との——蒼月の龍との一体感。

「蒼月様は龍そのものだ。先祖返りだといわれても信じます。それなのに都合よく扱われる理由が、俺には理解できない。俺だったら……」

俺にあの力があったら——立ち塞がるものを容赦なく薙ぎ倒す。そうせずにはいられない。蒼月の龍力とひとつになった陶酔が身の内に甦ってきて、天音は荒ぶらずにはいられなかった。

しゃべりすぎたと我に返ったときには、楓柳が感激したように瞳を潤ませて天音を見ていた。

「おまえ……愛人の鑑だな。そこまで熱弁するとは感心したぞ。今度、小遣いをやろう。そうなのだ。蒼月様はすごい御方なのだ。ただ、蒼月様は第二皇子ということもあって、自らはたいした存在ではない、という態度を貫いておってな」

——そう思われなければ、殺されるからか。

「兄上の彰武様とは、どんな御方なのですか?」

「知らないのか?」

「宮中に出入りしても、俺のような下っ端がまともにお姿を拝見する機会はありません。ほかの皇子様たちもお見掛けしませんし。下町でも蒼月様の名前が一番あがっていた印象なので」

蒼月と出会った日に、外廷で皇太子とも遭遇している。だが、あのときは蒼月の胸に顔をうずめていたので会話は聞こえたものの、姿は見られなかった。

　楓柳は少し考え込んで言葉を選ぶように口を開いた。

「とても優れた御方だ。龍としては星海龍のほうが上だとしても、わが国が平和であるために彰武様が皇太子であることに異論は唱えられない。臣下たちにそう思わせるくらいには。……俺は、あくまで蒼月様側の人間なので、評価は難しいが」

　さすがに皇太子なので、天音相手でも迂闊なことはいえないというくちぶりだった。

「蒼月様よりも優れているのですか？　守護龍以外は」

「蒼月様ご本人が、皇太子様より高く評価されるのを避けておられるからな。俺がどれほどすごいと讃えたくても、蒼月様はそれを喜ばない」

　楓柳としては、自慢の推しの皇子の素晴らしさを喧伝したくてたまらないのだろう。それが許されないことが嘆かわしいというように視線を落とした。

「いまは一番の難局なのだ。皇帝陛下は体調が優れず、公務でも姿を見せない状況が続いている。そのために皇太子様の勢力は拡大し、蒼月様は耐えるしかない。月龍国が平和を享受しているのは、蒼月様の功績だというのにな。十三歳の少年を一度は死地に追いやっておいて――平和になったあとは、彰武様が軍の総司令官に就任するのだ。世の中はままならぬ」

　その記念式典のひとつの御前試合に蒼月は出場しない。

「出場するなと命じられたのですか？」

「いや、辞退したのだ。だから軍部は文句をいう。本音では出場しなくて万々歳だというのに」

「なぜ……？　自分から？」

「出てほしくないと思われていると察しているからだ。今回の御前試合には袁氏の末息子が武官として出るのでな。袁氏というのは軍部で勢力をもつ一族だ。武功のある蒼月様よりも皇太子様を支持している。可愛い末息子の晴れ舞台だから、あの爺も蒼月様には出てほしくないのだ。数か月前に、おまえもその場にいたという神殿跡の襲撃があったろう。あれは警告だ。月齢十五の満月の蒼月様の神事に合わせて行われた嫌がらせだからな。第二皇子が公にでる行事は邪魔をすると——皇太子様の晴れ舞台を穢したくなければ出場するなということだ」

袁氏とは、初日に外廷で嫌味たらしく話していた大臣か。

神殿跡の襲撃は宮中の政敵の犯行なのか。

「どうしてわかるのですか？　あれだけで……他国の刺客の可能性もあるのではないですか。ほかの脅威だって……」

「——ない。おまえも知っているように、蒼月様の龍力を敵に回そうとするなら、あんな中途半端な襲撃はしない」

「でも……もし間違っていて辞退したら、よけいに皇太子様を祝福しないとか、文句をつけられるのでしょう？　いっそのこと出場して武芸を見せつけたほうがよくないのですか？」

身内に脅される。そんな現実は祖国で嫌というほど見てきたはずなのに、天音は考えすぎではないかと主張したかった。逃げてきた先でも同じ光景を見たくなかったのかもしれない。

楓柳はふいに厳しい表情になった。

「御前試合は新月の日に行われる。月は出ない。彰武様の記念日は新月なのだ。満月の蒼月様と真逆だ。今回も、暗に蒼月は引っ込んでいろと命じられている。それを偶然だとか考えすぎだとか思っているようでは、宮中では生き延びられない」

「──────」

天音は息を呑(の)む。

「考えすぎて、引くくらいで丁度いいのだ。違っていたら、また状況を窺(うかが)って進めばいいのだから。いったん進んでしまったら引くのは難しい。迷うときは動かないほうがいい」

楓柳は微笑んで、机の引き出しから菓子の包みを差しだしてきた。

「おまえは蒼月様がよほど好きなのだな。良い子だから、砂糖菓子をやろう。蒼月様は御前試合には出場しないが、式典には出席する。それで祝福してないと文句をつけられることはない。御前試合の雄姿が見られないのは残念だが、がっかりするな」

「……ありがとうございます」

なにか偏った方面で楓柳の評価があがっていくのに困惑しながら、天音は素直に菓子を受けとった。

「ああ、御前試合ね。そりゃ楓柳様の意見が正しいんじゃないの。出てほしくないのは誰でもわかる」

夜華は楓柳の意見に同意した。

殿内省の雑用を終えたあと、天音は龍術寮で試験勉強の指導を受けている。

夜華は一級龍術師の筆記試験で歴代一位の得点記録をもつという秀才だ。別邸では書庫の管理を任されており、使用人たちに読み書きの指導もしている。ついでにいうと、小姓たちに夜の作法を教えるのも彼だ。

いったいどういう出自なのだろう——夜華に限らず、そう感じる人物が別邸には大勢いる。

「しかし、天音はよく楓柳様と仲良くできるね。尊敬するな」

「なぜだ？　良い上司だと思うが」

「あのひと、たまに感情的になるだろ？　高圧的に嚙みついたかと思ったら、次の瞬間には蒼月様相手に娘っ子みたいに騒いだりさ。それでいて優秀な官人として結構まともな仕事したりもするから。あの形態の変化というか乱高下についていけない。どうやって対処してんの？」

「どうって……感情豊かなところは、普通に可愛らしい御方だと思ってるが」

夜華は大仰に目を見開いた。

「すごい。さすが天音様だ」

「は？」

「秋風に聞いた。天音様って呼ばれて、下町の女に大人気だったんだってね。いやあ、負けたわ。俺もひとを誑し込むのに結構自信あったけど、楓柳様には通用しなかったからな」

「楓柳様は俺を子供だと思ってるから、点数が甘いだけだ。俺に優れたところがあるわけじゃない」

「おや、どうしたの？　謙虚じゃない」

自分はなんの力もない。宮中の出来事を知るたびに思い知らされるのだ。

それで正解なのだとも思う。どうせ積極的に関われはしないのだから。そう思っても、蒼月のことを気にせずにはいられない。

「蒼月様と――兄上の彰武様は仲が悪いのか？」

「微妙」

その一言は的確な回答とも思えたが、天音が知りたいのはもっと具体的なことだった。

「どのくらい微妙なんだ？」

「えー。それ俺にいわせる気？　誰が聞いてるかもしれないのに。意地が悪いねえ」

天音は「あ」と辺りを見回す。部屋にはふたりきりだが、一応扉のところまで確認した。誰もいない。

「あはは。大丈夫だって。こんな下っ端たちの会話、わざわざ聞いてるやついないよ」

笑われて、からかわれていたと知る。

「真面目に聞いてるんだが……ほんとのところはどうなんだ？」

「真面目に答えるけど、俺にはわからないよ。皇子様たちの仲の良さなんて。だいたい蒼月様の本音も知らないからね。五年ぐらい仕えてるけど、知ろうと思ったこともないし。知らないほうがいいんじゃない？」

「なぜ……？」

愛人は臣下の意味だというのに、随分薄情に聞こえた。

「むしろなぜ天音が興味もつのか知りたいな。蒼月様に惚れちゃった？」

「どうしてそうなる？」

「だってそうでもなきゃ、俺らの立場であのひとの本心とか知っても、どうしようもないだろう。興味もつってことは、好きになったんだねえ……計略に嵌ったか」

しみじみ呟かれて、天音は「違うぞ」と否定する。

「なぜ興味をもっただけで好きということになるんだ。それに、計略ってなんだ」

「天音は寝所に呼ばれるのに、尻が未使用だろう？　あれって蒼月様が天音を気に入ってるから、わざとやってるのかと思ってた。可愛いことするよね。焦らして堕とす計画かなって」

「焦らして堕とす？」

「普通の子はさ、あの皇子様を前にしたら、ぽーっとなって舞い上がるんだよ。娘っ子だけじゃなくて、男の子でもね。色恋で惚れなくても、神人だって畏怖して恐縮したりさ。でも天音は蒼月様のそばにいても顔色ひとつ変えないだろ？　珍しいから、反応を引きだしたくてかまいたくなるんだろうなって」

「ああ……！」

天音はやっと疑問が解けた気がした。

「それなのか。蒼月様が俺に嫌がらせをしてくる理由って」

「……気づいてなかったんだ？　まあきっとそういうとこ含めて気に入ってるんだろうけど。好きな子はいじめたくなるからね」

「そんな子供のようなこと……悪戯をする遊び道具のようなものだろうとは思ったが」

「子供だよ。だって蒼月様って二十歳になっても初恋もまだなんじゃない？　好意をもった相手は気がついたら死んでるんだから。そんなことが続いたら、初恋を経験する間もないよね。ホラーだわ、怖すぎる」

夜華は「あはは」と笑い飛ばした。不謹慎ではないかとさすがに天音は顔をしかめた。

「まあ天音と違って、閨の経験はそれなりに豊富だろうけど、お気に入りもつくれないし淋しいよね。女は孕ませる危険があるから、そもそも抱かないし。トラウマなんだろうね。弟君を宿した母上が亡くなったのも、ほんとは事故じゃないって噂だから」

「ほかにも弟皇子は生まれてるのに……。なぜ？」

「みんな母親が違う。蒼月様と同母の弟なんて脅威だろう。これにまた〈原初の龍〉がついたら厄介だし、そうでなくても徒党を組まれる。楓柳様の一族っていうのはほんとに名家でさ……昊天様もそこの分家の出身なんだけど。あそこの家は古くから皇后を代々輩出して、殿内省をとりしきって、神祇の管轄もまとめる、皇帝一家とともに生きているような家なの。外戚として強大だから、同母の弟が生まれていたら勢力図が変わってた」

「……生まれてないのに、どうして弟ってわかったんだ？」

「公に語られていないけど、妊娠がわかったときに星海龍が顕現したんだってさ。月龍国では星海龍の神話が多くある。星海龍が風浪龍のつく皇子を祝福するために顕現したっていわれていて——実際、風浪龍って龍名があるんだけど、その龍は星海龍の弟龍だっていわれている。すでに性別もわかるほど育っていたらしい。御遺体を調べたら男児だったと」

風浪龍——その名に、天音のなかの天羽龍が反応するのが感じられた。

風浪龍は〈原初の龍〉であり、天羽龍の系統の龍だ。父龍が星海龍と同じなのか。

「知りたくないっていったわりには、蒼月様に詳しいじゃないか」

「こんなのはみんな知っている。事実だからね。ただあのひとがその事実をどう捉えて、なにを考えているのかは誰も知らない。下手に踏み込まないほうがいいってだけだよ」

すべては龍の骨のためだ。蒼月の事情に、天音は決して深入りできない。割り切っているつもりだったのに、最近そう考えられない自分がいる。

「でも、夜華は蒼月様のもとに五年もいるし、これからもいるんだろう？」

「蒼月様が『もういい、生きるために逃げろ』っていうまではね」

「それは……」

絶句する天音を、夜華は「子供だなあ」と微笑ましいものを見るように眺める。

「あのひとは『最後までお供します』なんて臣下は求めていない。だから俺らみたいなどこの馬の骨か知れないやつらを集めている。埋もれている原石を磨くのが趣味なんだよ。龍力だけで人を集めているわけでもない。学者になりそうなやつとか、商売が上手いやつとか、絵や音楽の才能があるとか、才能はなくても悲惨な境遇で身を売るしかなかった子供とか、色々な人間に投資してる。平和なうちはそれがあのひとの道楽だし、いざとなったらなんのしがらみもなく『ご苦労だった。あとは自分の力で生きていけるね』っていいやすいから」

「そんなこと……わからないだろう。考えは知らないっていったくせに」

「行動を見ていれば、それだけはわかる。別邸の関係者で道連れになるのは昊天様ぐらいだ。別邸には最大の後ろ盾である楓柳様の一族ですらあまり関わらせないようにしてる。昊天様も拒否されたはずだけど、それでも駄々こねてついてきた信奉者だから。昊天様が嫁でももらったら、理由つけて別邸からは遠ざけるよ。でもそんな一寸先は闇みたいな状況でも、口にしないほうがいいだろ。蒼月様がそう望んでいる。深刻になるより、いまを楽しんだほうがいい」

「な?」と肩を叩かれて、天音は気まずくなって目をそらした。

だから昊天を終身名誉愛人などと評したのか。

薄情だと感じるのは早計だった。夜華は蒼月の意図を汲んでいるだけなのだ。

「――『皇子様、お気の毒に』と思ったろ?」

夜華はにっと笑った。

「でも蒼月様の前で『お可哀想に』とか顔にだしちゃ駄目だぞ。まあ、貴方は面の皮が厚そうだから、大丈夫か」

「それは……自分の立場は心得ている」

「賢いね。とりあえずは来年の国家試験に合格しろ。蒼月様が三級じゃなくて一級合格にこだわる理由も、貴方ならわかってるんだろ?」

夜華は新たな試験問題集を天音の前に積みあげた。

「みんな自分の役目を果たすだけだ。蒼月様に興味があるなら、あとは気が向いたら初恋の相手でもしてあげなよ。悲惨なことはなにも知らないって顔して、甘えて遊びにつきあってさ。それが皇子様は一番喜ぶよ」

悲惨な出来事を知らないわけではない。

父と長兄は、二番目の兄に殺された。自分も殺されかけた。

ただ天音と名乗りはじめてから、陽華国の悠華としての人生はどこか切り離して考えるようになっていた。悠華に戻ることはおそらくないのかもしれない。天音として生きて終わる。

悠華として死ぬよりも、天音として生き延びるのが龍母としての使命だと静宇にいわれた。天羽龍を宿しているのなら、大地に混乱があるうちは死んではならない、と。

蒼月を前にしていると、切り離しているはずの悠華としての感情が湧き上がる瞬間がある。つい蒼月寄りで考えてしまうのだ。自分がその立場だったら――と。そのたびに、いまは下町の天音なのだとあわてて気持ちを引き戻す。

「天音、一緒についてきてくれ」

ある日突然命じられて、蒼月と一緒に軒車に乗った。

軒車には龍紋がついておらず、おしのびの外出の際に使用するものだった。どこに行くのか告げられないまま天音は隣に座らせられる。

蒼月は基本的に説明をしない。最初に出会ったときも天音は自分がどういう状況に置かれているのか把握できないまま引っ張りまわされた。

天音ごときにいちいちしゃべる必要がないと判断しているせいだろうが、いまでは他人に自分の考えが伝わらないように制御する癖がついているのかもしれないと推測できる。

気苦労が多いのだろうな――と思う。美男でも早く老けてしまうかもしれない。よけいなお世話と思いつつも、天音は蒼月の鼻すじの通った端整な横顔をじっと観察するように眺めた。

「――なんだ?」

「失礼しました。蒼月様はとても綺麗な顔をしていらっしゃるのだと感心して……」

蒼月は瞬きをくりかえした。

「いまさらか? 三か月もそばにいて」

さすがに顔面を讃えられることには耐性があるようだった。

「はい。実感がようやく伴ってきたというか、最初の頃は畏(おそ)れ多くてお顔をまともに拝見できていなかったものですから」

天音がしおらしく目線を落とすのを、蒼月は薄気味悪そうに見た。

「もうそういう性格じゃないと知られているのに、なんで時々その手の返しをしてくるんだ?」

「……一応皇子様に仕える身ですから」

「必要のないときは演技しなくていい」

そういわれても、どれが素だと思われているのか疑問だった。陽華国の話題で動揺しないようにしている以外は、とくに演技している意識はない。

「無礼がないように気をつけているだけで、演じてはいないですよ。少し気どったいいかたをしましたが、ほんとに美男子だなと思って見てたんです」

「ふうん……」

返事に困るように、蒼月は視線をさまよわせた。

「蒼月様は老けたら白髪になるタイプか、禿げあがるタイプのどちらなのだろうって。皺が深く刻まれそうな場所はどこだろうなどと色々想像していました」

「――おい、俺をほめる話ではなかったのか」

「なぜですか？　賛美しているではないですか。いまは美男子だなと感心して、年をとったらどんなふうになるんだろうと興味をもったのです」

「………」

そこで蒼月はなぜか沈んだ表情を見せた。

軽い悪戯心だったつもりなのに、予想外の反応に天音はとまどう。

「申し訳ありません。お気にさわったなら、俺が爺になったときの顔でも想像して……」

蒼月はふいに腕を伸ばしてきて、天音を抱きしめた。

「蒼月様……？」

「――」

胸に抱え込むようにされたので、蒼月がどんな表情をしているのかは見えなかった。

愛人の芝居が必要ないときにふれられるのは寝所で抱き枕にされているので慣れていたが、そのときの抱擁とも異なっていた。

どういう衝動なのか。切羽詰まったような感情が、彼の置かれている境遇が――のしかかってきて、飲み込まれそうになる。堪えきれずにあふれたように流れ込んでくる龍力。心が痛い。だが、愛人枠の従者ごときが皇子の心の内など察してはいけない。

「蒼月様……痛いです」

「――すまない」

腕をゆるめたときには、蒼月は落ち着きを取り戻していた。天音が「俺は抱き枕じゃなくて人間ですよ」とじろりと睨むと、その反応に救われたようにいいわけをする。

「きみは犬の子みたいだから……つい癖になって」

正直、犬の子といわれるのは愉快ではなかった。その場の微妙な空気を変えるためにも、天音は反撃を試みる。

「蒼月様、犬の子は可愛いですか？　好きなんですか？」

「え？」

「嫌いだったら、抱いて寝ませんよね？」

蒼月は困惑したように一瞬くちごもる。

「――夜華あたりに、なにかいわれた？」

「なぜですか？」

「ちょっといつもと攻撃の仕方が違うから」

鋭い。だけど、夜華にけしかけられたからではなくて、蒼月がどういう気持ちで自分をそばに置いているのかを知りたかった。

それが蒼月にとって「いまを楽しむ」ことになるのなら。

「単純に疑問なんです。なんで犬の子っていわれるんだろうって。蒼月様は、俺を人間扱いしてないんですかね。たしかに俺は粗野ですし、獣と同等の存在だと認識してるのかなって……」

「違う……！」

蒼月はすばやく否定した。

「そんなふうに思ってはいない。犬の子っていうのは、ただ……」

「所詮畜生だから伽などさせないと牽制してるんですか？」

「そんなわけがないだろう。ただ可愛いから、犬の子って表現してるだけだ——！」

叫ぶようにいってから、蒼月ははっとした表情になった。天音は「そうですか」と満足して頷く。

「俺はやはり可愛いのですね」

「……なにをいわせるんだ。まったく……」

「だって畜生扱いなのはいやですよ」

それは侮辱だと心から感じているのが伝わったらしく、蒼月はあらためて動揺したようだった。

「すまない。ほんとにそんなつもりはなかった。そばにおいて、普通に可愛いと思ってる。その、人間として……」

「それならいいのです。蒼月様と寝所をともにして手をだされなかったといったら、俺の兄たちが『うちの弟は魅力がないのか』と大変傷ついていたので……先日も『添い寝はしてるけど、まだ無事だ』と便りを書いたら、『何故そばに置かれているのか、隠された真の目的があるのでは』と陰謀の心配すらされて、俺もつい感情的になりました」

「お兄さんたちに報告してるのか……」

蒼月は複雑そうに唸った。

「わかった。弟さんの働きは素晴らしいと書状を出そう。なにか贈り物もつけて」

「兄たちが喜びます」

天音はすまして答えた。蒼月はうなだれて息を吐く。

「疲れた……きみはなかなか手を焼かせてくれるな」

「兄ほどじゃないけど、俺も相手にされないのは結構気にしてるんですよ。昊天様には凄い技の持ち主として睨まれてるし」

「嘘つけ。きみが気にするものか。俺をやり込めたと思って楽しいんだろう?」

見透かしたような笑いを向けられて、天音は「とんでもない」とかぶりを振った。

「ご不快なら、『龍の骨』と一言いって、黙らせればいいじゃないですか」

「いや、不快ではないよ。面白いから構わない。そういう駄々はいくらでもこねてくれていい」

余裕ぶっているわけでもなく、蒼月は心から楽しそうに表情をほころばせた。

金蔓として付け込む隙がありすぎる――と思いながら、天音はどこか切なくなった。

連れていかれたのは神殿跡だった。

どうして神殿跡にくるのにおしのび用の軒車を使うのか。しかも、今日は参拝客の姿がひとりも見えない。それでも目立たないようにするためか、軒車は裏門に止められた。

管理棟の一室に入ると、秋風からの書簡を渡した神官の雨蘭がにっこりと出迎えてくれる。

蒼月は天音を残して部屋を出ていこうとした。

「あの……俺はなにをすれば」

「ここで待っていてくれ。ひとと会う約束がある」

「護衛はいいのですか」

「必要ない。むしろ出てきてはいけない」

　では、なぜ連れてきたのだろうと首をひねる。

「用があるのは、そのあとだ。今日は龍紋のついた軒車ではないから、帰りに街に寄る」

「おしのびで散策ですか」

「そうだ。楓柳がいっていた。きみが喜んで美味しいといっていた菓子があると。俺も食べてみたいから買いに行こう」

　それが散策の目的なのかと反応に困る。献上させればすむ話ではないか。

「……ほかには？　どこか行くのですか」

「ほか？　とくに考えていないが……菓子のほかにきみの欲しいものを教えてほしい。それを一緒にさがそうと思って連れてきたんだ」

「なぜ？」

「買ってあげようと思って。なにが欲しい？」

　天音はさらに困惑せずにはいられなかった。もしや、これが正しいパトロンと愛人の関係というものか――！　衝撃を覚えつつ、おねだりに慣れていないせいで頭の中が真っ白になる。

　かろうじてひとつ思いついたので、「りゅ……」といいかける。

「――龍の骨は駄目だよ。あれは一年頑張ったらね」

蒼月は即座に却下した。

とはいえ、天音が欲しいのは正直それしかない。それにしても、なぜ唐突な「欲しいものを買ってあげる」発言に至ったのか、状況がつかめない。

「いきなりどうしたのですか？」

「楓柳がほめていた」

「はい？」

「楓柳がきみは良い子だからご褒美をあげたいといってきたんだ。いままでも、菓子などをよく貰っているのだろう？　小遣いをやるなら、どの程度の額が適切だろうかと相談されたんだ。仲良くやってると聞いてはいたけど、まるで自分の子供のように小遣いまで……」

そういえば先日そんな会話をしたと思い出す。楓柳は蒼月の熱狂的なファンだから、天音が彼の肩を持つ発言をしたのがよほどうれしかったのだろう。

「楓柳様はとてもお優しい方なので……蒼月様が頼りになるといった意味がいまではよくわかります」

そこで、蒼月はなぜか眉をひそめた。

「楓柳が色々あげていて、主君の俺がきみになにもあげてないのは変だろう。欲しいものがあったら、俺にいってほしい。なにが欲しい？」

「……前もって教えてくだされば、考えてきたのですが」

「ああ、そうか。楓柳に昨日いわれて……今日ちょうど外出だからきみを連れてくればいいと思ってしまったんだ」

そんなに急がなくてもいいだろうに――しかし、従者としては申し出をことわるのも失礼だった。ならば、龍の骨の購入資金に足しになるようなものを……。

「いっておくけど、換金目的で品物を選ぶのも駄目だ」

「そ、そんな無礼なことは……」

少し考えかけただけに声が上擦（うわず）る。蒼月は「やはりな」と顔をしかめた。

「……ちょうどいい。俺がひとと会う用事をすましてくる間に考えておいてくれ」

「はい」

蒼月が部屋を出て行ったあと、部屋に控えていた雨蘭がくすくすと笑いだす。

「珍しいこと。蒼月様があんなふうにご機嫌が悪そうなところを見せるなんて」

「あれはやはり怒っているのですか？　楓柳様には可愛がっていただいているのですが……蒼月様にとっても兄上のような存在だと仰っていたから、俺などが楓柳様を慕うのはお気に召さないのでしょうか」

「まさか。むしろ楓柳様に貴方をとられるのが嫌なのだと思いますよ。楓柳様が一度気を許した相手にとても情け深いのをご存じですから。周囲の方々は誰しも蒼月様に夢中になりますからね。いままで仕える者に余所見（よそみ）をされる経験などなくて、焦っているのでしょう」

「そのようなことを気にされるとは……俺が仕えているのは蒼月様なのに」

最初に楓柳と仲良くやってくれといったのは自分ではないか。

「貴方はかなり気に入られているのですよ。楓柳様が貴方にお小遣いをあげる前に、贈り物をしたかったのでしょう。でなければ、今日ここに連れてこようとは思わないはずだから」

雨蘭は天音に茶と菓子をすすめてくれて、小一時間ほど待つようにと告げた。

「用事はそれほど長くはかかりません。そのあいだに欲しいものを決めなくてはね。蒼月様は気前が良い御方ですから。この機を逃さずに高価な品をおねだりしたほうがよいですよ。宝石とか金銀細工とか。どちらも形を変えてしまえば、あとで売れます。表では流せませんが、蒼月様の龍紋が付いた品も闇市場で高値がつく。龍の皇子様マニアがいるので」

「……参考になります」

悪魔のような助言を残して、雨蘭は「ふふ」と微笑みながら部屋を出て行く。

蒼月は所領が豊かな土地だから金持ちのようだが、神殿にも良いカモにされて利用されているのではないかとにわかに心配になった。

それにしても、おしのびで誰と会うのだろう。龍紋をなぜ隠す必要があるのか。

もしや逢引きなのではないか——と思いつく。

健康な二十歳の男性ならば、この数か月、天音と一緒に寝ていて伽をさせないほうが不自然なのだ。龍の皇子の希望を叶えるためならば、神官も協力するかもしれない。

陽華国では、まだ幼い天音に龍の交合がどれほど尊いのかと性教育を学ばせたのは神殿だった。月龍国の事情は知らないが、龍を祀る神殿は女人禁制なだけで、性に抑圧的なわけではない。降臨の間で龍に奉仕することを考えたら当然ではあるが……。

その可能性が浮かんだら、相手の顔を見たくてたまらなくなった。天音は夜伽を頑なに拒絶されている。いったいどんな相手ならば満足するのかと純粋な興味があった。

部屋の扉を少し開けると、隙間からあわただしく神官たちが移動しているのが見えた。外が騒がしくなってきて、新たな客人が到着したと察せられる。

天音は管理棟の裏口から外に出た。今日は参拝客もいないのに、蒼月の軒車は裏門に止められた。それはつまりあとで正面の門から入ってくる来訪者がいるからだ。第二皇子の蒼月よりも格上の人物――。

天音が裏門から回って様子を窺うと、予想通り豪華絢爛な軒車と御付きの近衛兵たちが正面の広場に見えた。神官たちと蒼月が並んで出迎えている。

軒車から降りてきた人物はまだ若かった。蒼月と並ぶ長身で、堂々たる体軀をしていた。

蒼月のように詩人に讃えられる繊細な美しさはないものの、彼と血のつながりを感じさせる面差しの美丈夫だった。蒼月が月の都人と形容される浮世離れした美形なら、彼は現実的な男前といえる。

皇太子の彰武――初めて目にした。以前、外廷で間近にしたときは、天音はその姿形を見ることは叶わなかった。

「――蒼月。元気そうだな」

鷹揚な態度からも、皇太子そのひとであると間違えようがない。

「兄上もご健勝の様子でなによりです」

「よせよせ。宮中ではないのだ。堅苦しい挨拶は抜きだ」

彰武は笑いながら蒼月の肩を抱く。

「今回は予定が詰まっていてな。ゆっくり語らう時間はないのだ。許せ」

「はい――」

ふたりが並んで管理棟に入っていくのを、天音は建物の陰から見送った。皇太子が来訪するから、天音に出てくるなといったのか。

あれが夜華にいわせれば「微妙」な兄弟仲の彰武。

なぜおしのびで会うのか。彰武と蒼月は対立していて、複雑な関係ではないのか。

管理棟に下手に戻るわけにもいかず、天音はしばらく外にいることにした。

ふと、蒼月と出会った日――神殿跡の陥没穴で感じた異様な龍力を思い出す。

あの龍力はなんだったのか。蒼月が現れたあと、彼の龍力に圧倒されてすっかり忘れていた。

まるで穴に龍が潜んでいるようだった。東湖州での龍の顕現騒ぎが脳裏をよぎる。嵐でもないのに薙ぎ倒された木々。木っ端微塵にされた龍の祠。紙片の龍紋。あれは……。

なにかに引き寄せられるように、天音は神殿跡の陥没穴に向かった。復元された古代の神殿の奥にある巨大な穴。

前回は近づくにつれて足が重くなる感覚に襲われたが、今回は無かった。その代わりに馴染みのある蒼月の龍力が漂っているのを感じる。

吸い込まれるようにして陥没穴を覗き込んだところ、そこにせつなげに悲鳴をあげる龍がいるのに気づいて、天音は戦慄した。

なぜ蒼月の龍力を感じたのか。それは穴に潜む得体の知れない龍を、彼の龍力で拘束して陥没穴から飛びださないように制御していたからだ。顕現していないだけで、いつ実体化してもおかしくないエネルギーが穴底に溜まっている。

なぜ……？　これは誰の守護をしている龍なのだ？

聖域として龍力があふれている場所なのかと思っていた。だが、やはりこれは大地の自然な龍力ではなく、光界からの龍がどういうわけか穴の底に形をとらないままで沈んでいるのだ。

どうしてこんな目に――。

ずっと沈黙していた内なる天羽龍が動揺するのが伝わってくる。天音が鎮めているので気配を消しつつも、陥没穴の鳴き声に心を痛めている。そこにいる龍に語りかけたいと訴えているかのようだった。龍母として……。

「――誰だ？　今日は人払いをして、参拝者もいないはずではなかったのか」

茫然としていたあまり、天音は背後から近づく足音に気づかなかった。振り返ると、蒼月と彰武が並んで立っていた。

管理棟で会食でもしているのかと思ったのに、兄弟で神殿跡に散策にきたのか。

蒼月の表情がこわばっているのが見えた。出てくるなといわれたのに失態を犯してしまった。

天音はあわてて片膝をついてこうべを垂れる。

ふたりきりのようでいて、離れた場所にいる護衛がこちらに駆け寄ってくるのが見えた。

「兄上。無作法で申し訳ありません。俺の従者です」

「へえ、初めて見る顔だな。同行したのは昊天ではなかったのか」

彰武は手をあげて、護衛たちに「控えよ」と命じた。

「顔をあげろ。今日は無礼講だからな。兄弟水入らずで散歩しているだけだ。名はなんという?」

天音は顔を上げて「天音と申します」と答えた。

彰武は興味深そうに天音を眺めた。

「……美童だな。あれか、宮中で噂になっているという……。最近、おまえが贔屓にしている子だな。こういうのが好みか」

彰武は悪戯っぽく笑って蒼月の腕に肘をあてる。

「龍術師にするつもりで引き取っただけです」

「嘘をつけ。可愛がっているからと、ごり押ししたと聞いてるぞ。……思い出した。何か月前に外廷で、おまえが抱きよせて連れ回していた子だな」

「ご存じならもういいでしょう」

「いいや。弟の恋人には挨拶をしておきたい。話をさせろ」

彰武の蒼月への態度は想像よりも親しげな兄弟関係を窺わせた。

意外に仲はいいのか……？

聞いていた話と若干印象が違うので、天音は内心とまどっていた。

「さあ、天音。弟はどういうふうにおまえに接しているのか教えてくれ。存分に可愛がってもらってるか？」

蒼月が眉をひそめて制する。

「悪趣味ですよ」

「いいじゃないか。減るものではなし」

「その者は出仕したばかりで礼儀も教えていない。失礼があってはいけないので……」

蒼月はさっさと天音を引っ込めてしまいたいようだが、彰武は「かまわない」と近づいてきた。会話をしないで下がってほしいとの意図は伝わってきたが、もはや逃げようがない。

「天音。どうだ？　蒼月は優しくしてくれるか？」

「――はい」

「満足か？　余計なお世話だが、蒼月はいまだに妃も妾もいなくてな。おまえのような美しい男ばかり囲っていて困るという意見も多いのだ。俺も手を焼いていてな。どうしたものかな」

背筋に冷たいものが流れる。

無礼講だとからかう素振りで話しかけてきて、いきなり男色の愛人の存在を否定するのか。どうしたものかと問われても、蒼月相手のように、皇太子に自らの意見など述べられない。天音のような存在を「困る」といっているのに、満足かと問われて「はい」ともいえない。

楓柳にいわれた「迷ったら動かないほうがいい」との言葉が脳裏をよぎる。

天音は唇を固く引き結び、わずかに震えるようにしながら無言でこうべを垂れた。正解がわからないが、こうするしかない。

「――蒼月が好きか？」

彰武の声がかすかにやわらかくなった気がした。

「はい。お慕い申しあげております」

天音はこうべを垂れたまま答えた。

「可愛い子だな。……大事にしてやれ。可哀想に。怖がらせてしまったようだ」

彰武が「天音、すまないな。許せよ」と笑った。

その場の緊張が一気にとけるのがわかった。

「美童もいいな。俺も欲しくなった」

「やめてください。俺の悪影響だと周囲にまた悪くいわれます」

「その子でもいいぞ」

蒼月は表情を変えずに「ご冗談を」と返した。

「そうだな。おまえのお気に入りでもあるが、殿内省の楓柳も可愛がっていると聞いた。あれが騒ぐと厄介だ。やめておこう」

いつ皇太子に引き渡すといわれるのではないかと冷や冷やして、天音は蒼月と彰武が目の前から立ち去るまで身じろぎひとつできなかった。


なぜふたりが隠れるように会っているのか。

くわえて陥没穴の奇妙な状態——誰も気づかないのか。いや、神官が見過ごすはずはない。だが、皇太子の彰武は異変を察知している様子はなかった。どういうことなのか。

天音は混乱したまま、陥没穴の近くに座り込んでいた。ほどなくして蒼月がひとりで戻ってくるのを見て、弾かれたように立ち上がる。

「皇太子様は？」

「……いま帰られた」

蒼月は明らかに不愉快そうな顔をしていた。

「出てくるなといったはずだ」

天音は「申し訳ありません」と頭を下げるしかない。

もし蒼月の愛人が皇太子の不興をかったとなれば、どれほどの大事になるのか。蒼月の兄弟だからと、どこかで甘く考えていた。蒼月は寛容でも、あの皇太子は違う。

生まれは陽華国の皇子とはいえ、下町で長く過ごした天音は、宮中の複雑な人間関係を理解して立ち回るには未熟だと痛感せざるをえなかった。

「……もういい。今日ここに連れてきた俺も悪い。だが、次からは俺のいうことは聞いてくれ。下手な一言が命とりになる場合もある」

「はい。ご迷惑をかけないようにします」

「兄上の目に止まるところには出てくるな。ほかの貴族もだが……俺のいないところで会話をするような状況になってはいけない。みんなが楓柳のように優しいわけではないのだ。あれは例外中の例外だ」

たしかに彰武とは短い会話をしただけなのに、ひどく心身が消耗した。明日、殿内省に行ったら、楓柳の肩でも揉んであげようと本気で思った。

「結果的にはよかった。兄上はきみを可愛くて無害な少年だと判断したようだから。しおらしい演技も大事だな」

「それくらいはわきまえています。皇太子様が俺に『満足か？』と聞いて、蒼月様が妃ももたずに『困ってる』という話を振ってきたとき、どう答えるのが正解でしたか」

「きみの態度で正解だ。答えられなくていい。もし『満足か？』の問いに『はい』と答えていたら、皆が困っている状況なのにおまえだけが満足なのかと叱責された。逆に『いいえ』と状況は把握している前提で返答したとしても、ならばおまえはすべて承知のうえで図々しく愛人の座に居座るのかと激しく責め立てられただろう。だから答えなくていい。なにも答えられないきみを卑小な存在だと見なして、兄上は幾ばくかの憐れみを感じた」

「………………」

天音のような下町出身だとされる少年に対しても、容赦なく罠のある会話をしかけてくる。さすが皇太子という威圧感だったが、良い印象は持ちようがなかった。

天音の顔がこわばっていたからか、蒼月は和ませるように笑った。

「だけど、あれは聞いていて気持ちよかったな。きみが可愛らしく『お慕い申し上げております』っていったのは」

「本心からの言葉ですから。皇太子様に譲り渡されたらどうしようかと思いました」

「まさか。兄上は俺の反応を見たいだけで、本気できみが欲しかったわけじゃない」

なおさら質が悪い気がする。

兄弟同士でいざこざがあっても、国によって全然違う。陽華国はもっと単純だった。反乱をりくどい。

起こした次兄は普段から長兄に対してわかりやすく不遜だった。月龍国は圧力のかけかたが回

「ところで、あれは本心なんだ？　再現してもらっていいかな？」

「なにをですか？」

「『お慕い申し上げております』って。さっきは兄上がいて、俺も気が張っていたから。穏やかな気持ちで聞いて、あらためて堪能したい」

なにを馬鹿なことをやらせるのかと天音はあきれた。

「本心というか、そりゃ皇太子様より蒼月様のほうがいいに決まっているではないですか。こうやって自由にしゃべらせてくれますし」

「兄上よりも俺のほうがいい？」

「はい」

「じゃあ、もう一回いって」

嘘ではないが、要求されていうものでもないので、天音は唇をへの字に曲げた。

「――龍の骨」

最終手段の一言をいわれて、天音は降参するしかなかった。

「俺の目を見て、きちんと真面目にいって」

注文が多い。しかし、望みに応えるのが仕事だと割り切った。

「……蒼月様。お慕い申し上げております。皇太子様よりも、貴方にお仕えできたこと、心から感謝申し上げます」

天音は蒼月の目を見ながら真剣な声で告げた。

てっきり揶揄されるのだろうと思ったら、蒼月は静かに微笑んだ。

「ありがとう。心が鎮まった」

その瞬間、陥没穴からふわりと金色の粒子のようなものが舞い上がった。粒子は空中に散らばり、龍の頭のような形をつくる。

「――駄目だよ。勝手に出てきてはいけない。うれしいのか？」

天音が目を丸くしている横で、蒼月は驚いたふうもなくそれに話しかける。

金色の粒子は再び散らばり、巨大な陥没穴に吸い込まれるように消えていく。

「……そこになにがいるのですか？」

「龍だよ。きみにはわかるんだね。だから陥没穴を覗き込んでいたのか」

蒼月はこともなげに答えた。

「なぜ、こんなところに……顕現するわけでもなく、地上にとどまっているのですか」

「わからない。光界に戻したいけれども、気がついたらここにいる。俺が引き寄せているのかもしれない。ここは古代神殿が埋まっているから、降臨の間と同じように滞在できるのだろう」

「では、東湖州の……」

東湖州の山の視察のあと、どうして蒼月がひとりで神殿跡に寄ったのか。

この陥没穴の龍の仕業だと知っていたからか。顕現を公にせずに秘密にしている……？

蒼月は困ったように微笑んだ。否定しないのは、天音の推測が当たっているからだろう。

庇護する相手のいない龍が降臨するのは、たいてい神殿の神官の霊魂を喰らうためだ。復元された神殿にも降臨の間はあるのに、なぜ龍は陥没穴に降りるのか。餌が目的でないのなら……。

「いったい誰の守護龍なのですか」

「――もういない。俺の弟。そこにいるのは風浪龍だ」

現存する弟皇子たちではなく、蒼月の生母が宿していたという男児か。

亡き者の龍が守護を目的に人界に降りてくるなど聞いたことがない。内なる天羽龍が陥没穴に反応する理由もこれで判明した。風浪龍ならば、龍母の眷属だからだ。

「母の胎にいるときから、弟に龍の守護がつくとわかっていた。神殿の天啓石に龍名が刻まれなくとも、俺は知っていた。星海龍が縁の深い龍が弟の守護につくと教えるために顕現したから。臨月で母が亡くなったとき、弟だけでも救えないかと取りだされた。……無理だったよ。俺は会わせてもらえなかったけれど、埋葬される前に弟の臍の尾をもらった」

蒼月は穴を見下ろしながら淡々と語った。

「生まれてから亡くなれば命名の儀式もされて手厚く葬られるけど、弟の場合は死産でもなく流産と同じ扱いになった。だから名も付けられず、俺に記録上の同母の弟はいない。でも不憫だったから、神殿跡の神官に頼んで、母方の身内だけでひっそりと命名の儀式をしてから葬った。名前は俺が『心月』と名付けた。俺の心の内にずっと共にあるようにと願いを込めて」

不思議な現象が起こったのはその直後だった。

龍の降臨――神殿跡の陥没穴に吸い込まれるように、光界から流れ落ちてくるものがあった。

心月はすでにいないのに、神殿跡の天啓石に「風浪龍」の龍紋が刻まれた。

関係性の深い星海龍を宿した蒼月がいるせいで、その存在に引っ張られて降臨するのだろうと神官たちは推測した。

守護対象のない龍が地上に在るのは厄介だ。神殿で神官の奉仕を受けないまま――彼らを喰らいつくすこともなく、欲望を発散せずに解き放たれたら人界でなにをするかわからない。龍は神なる存在とはいえ、制御できなければ残虐な暴力性の塊といっても過言ではない。

陥没穴にとどまっているうちに鎮魂の儀式を行い、光界に戻ってくれるように祈りを捧げた。

心月の臍の尾はそのときに陥没穴へと沈めた。蒼月が手にしていることで、守護相手がまだ存在していると勘違いしているとも考えられたからだ。

鎮魂の儀式は成功し、穴から風浪龍の気配は消えた。

だが、しばらくすると再び陥没穴に異常な龍力が満ちている。まるで神殿跡の穴を守護する相手と認識したかのようだった。聖域とはいえ陥没穴に龍を制御する力はない。あふれださないように、蒼月が定期的に様子を見にきていた。

「――本来なら心月様の内に宿る龍力が、穴にとどまっているのですね。それで問題が起きなかったのですか？」

龍の本体は光界にいる。守護されている人間は龍力によって、つねに光界の龍とつながれている。己の内にも龍がいると感じるのはそのせいだ。

「いままでは年に数回様子を見にくれば間に合った。強い龍力があふれているせいで、より聖域らしい場所となっているくらいで特に問題視しなかった。いつのまにか満ちて、また光界に戻ったのか消えていたから。龍力でがんじがらめに押さえつける必要もなかった」

前回も龍の本体がいると思うほどの龍力を感じたが、蒼月が拘束している様子はなかった。

「なぜ、いまは押さえつけているのですか？」

「――……」

蒼月の返答にやや間があいた。

「さっきも陥没穴から浮き上がってきただろう。守護する者もいないのに、放っておくと勝手に顕現する状態になる。顕現したら、守護する相手も、制御する人間もいないのに、圧倒的な龍力がなにをするか予測できない。だから可哀想だけど縛り付けている」

説明しているあいだにも、再び金の粒子が舞い上がってきて、空中に瞬く。

「——風浪龍。鎮まれ。俺の頼みだ」

蒼月が声をかけると、返事をするように金の粒子は穴にするすると吸い込まれていく。

「蒼月様のいうことはきくのですか?」

「どうなんだろうな。そう見えるだけなのかもしれない。きみが俺のところにくる少し前だったかな。龍の降臨があって、久々に陥没穴に龍力が満ちた。今回は数か月経っても、なかなか光界に戻ろうとしない。穴の中に龍が潜んでいるのと同じような状態になっている」

「……あ」

そういえば蒼月と関わり合いになる前、商店街を歩いているときに龍の降臨が騒がれていたのを思い出した。あの龍はどこにいくのかと思っていたが、神殿跡の陥没穴だったのか。

「公にしていないのですか。東湖州の龍の顕現騒ぎの件も——」

「神殿跡の神官たちだけは把握している。そもそも心月と名付けたことも、その龍の存在も一部の者しか知らないしな」

自分などが聞いても良い話なのだろうかと天音は落ち着かない気持ちになった。

「……でも、このままにしておいて良いのですか。心月様の件はともかく、得体の知れない龍が陥没穴にとどまっているとして公表されたほうが……」

「時々、人の形をとるのだ」

蒼月は陥没穴を凝視しながら呟いた。

「神官は降臨の間で人の形をした龍と交わることもあると聞いた。龍像か実体なのかわからないが、俺は何度か風浪龍が人形になるのを見た」

「……どんな姿を？」

「俺によく似た少年なんだ。生まれて無事に育っていたら、心月はこうだったであろうという姿で……今日は金の光でふわふわ浮いてるだけだが、少年の姿でまとわりついてきて笑っているときもあるんだ。それを見てしまうと、このまま穏便に消えてくれないものかと……」

龍も残酷なことをする。蒼月の弟のような容姿を見せる。それは憐憫なのか。

風浪龍は子龍のなかでもとくに情け深いのか。龍が降臨の間以外で人形になるのは現在では珍しい。

「公にされていないのなら、今日、皇太子様がいらしたのは、陥没穴の視察ではないのですね」

「違う。参拝中止にしているから、人目がなくて丁度よかっただけだ。それと、風浪龍に俺と兄上が仲睦まじく語らうところを見せたほうが良い気がしてな。目論見は失敗に終わったが」

天音は再度「邪魔をしてしまい、申し訳ありません」と恐縮するしかない。蒼月は「いいんだ」とどこか苦い笑いを見せる。

「今日は新月――兄上はどんなに忙しくても、弟たちに会う時間をつくる。兄上が妃を娶って家族ができるまでは、新月の前後には兄弟揃って兄上のもとを訪ねた。一緒に遊んで、食事をして狩りをして……いまも、ああやってほんの少しの時間でも俺の顔をわざわざ見にくる。御前試合に出ないことを、『武官たちの顔を立ててくれたのか。すまないな。おまえが出たらほかが霞んでしまうから』と却って気を遣っていただいた」

「……実際は仲がよろしいのですか？」

「仲良しに見える？」

にっこり笑って問われても、こちらは顔がひきつって笑えない。

「先ほどのやりとりだけではよくわからないですが……」

「俺にもよくわからない」

蒼月は冴えた横顔で呟く。

皇太子との仲で本音など迂闊に漏らしていいのかと、天音は思わず周囲を窺ってしまった。

「大丈夫だよ。この神殿跡は、古代の月龍神殿だ。ここの神官は俺の——月龍の味方だから。この場所では誰も俺に害をなさない」

「はあ……」

場所は安全でも、天音が聞いていい内容なのかと先ほどから気が気ではない。

その困惑も蒼月は見透かしているようだった。

「きみは龍の骨を手に入れるために、俺に買われた。あと一年も経たずに、俺から離れていく子だ。金目当てで俺のそばにいたっていえば罪に問われることはないよ。馬鹿な皇子からたくさん毟り取ってやったっていえば、むしろ賞賛される。俺が穴に向かって独り言をいっているだけだ。聞いたら忘れなさい」

胸が落ち着かない鼓動をたてた。

夜華がいうとおりだった。蒼月は己の運命を受け入れている。すべてを覚悟した上で、つねに最悪の事態を想定して生きている。

「兄上を尊敬している。強いし、賢い人だ。父上の跡を継ぐのは兄上で良いと思っている。だが、どんなに俺が恭順の意を示しても火種がなくなったとは認めてもらえない。俺が反逆するのか、しないのか。俺の本心など関係ない。ひとは自分の信じたいものを真実にしてしまうから」

蒼月は陥没穴をじっと見つめていた。きらきらと再び金の粒子が舞い上がってくる。

「兄上は兄弟をとても気にかけている。おまえが頼りだ、ともに助け合おうという。会えば、笑って楽しそうに会話をする。実際、楽しんでいるのだと思う。だけど、同時に首すじに小刀を突きつけられているような気分になることもある。十三歳で初陣を命じられたとき、実質的には父上と兄上に『陽華国のようにはしたくない。おまえはこの戦いで死んでくれ』と頼まれているのだと感じた。到底こんな数では勝てないというほどに兵士の数を削られて送りだされて――龍の顕現がなければ、俺は死んでいた」

巷では初陣で龍を顕現させた蒼月は英雄といわれていた。だが、本人に語らせると実際の経緯は悲惨なものだった。

「俺と兄上の仲が良いのか悪いのか——みんなそれを気にするけれど、俺はもちろん兄上もどちらなのかわかっていないだろう。俺は仲が良いのだろうと信じて行動しているが、いつまで続くのか知らない」

陥没穴から金の粒子が舞い上がってきて、蒼月の頭上をくるくると回る。

「——嘆くな。風浪龍。大丈夫だから、おまえは早く光界に戻れ」

なんとも奇妙な光景だった。降臨の間に降りる龍たちは人間たちの感情を理解できるような振りはするが、実際は無慈悲なことが多い。

「その龍は、蒼月様の感情に呼応するのですか?」

「そういう気もするが……あくまで心月の龍だからな。神官は心月の魂が陥没穴に残っていて、それに連動しているといっていた。赤子だから兄に盲目的に寄り添うし、感情的なのだと」

「皇太子様は陥没穴の近くまできても、異変に気づいていませんでした。なぜですか?」

「——この神殿一帯は、星海龍の土地だから。兄上は自分の龍をつねに鎮めている。月龍国内ならば強弱はあるにせよ、全土を星海龍が支配している。ほかの龍の好戦的な気配とは衝突してしまう。だから、兄上は俺の近くにいるときは龍力を限りなく抑えて無いものにする。この国にいる限り、強い龍力はすべて星海龍のものだと考えるから、区別がつかない」

「わからなくなるのですか?」

「足元の大地そのものが星海龍だという認識だから、少し色の違っている土が混ざっていても普通は気づかない」

自分が陽華国の人間だから違和感を覚えるのか。それにしても大地そのものが星海龍とは――皇太子でさえ常時鎮まれと命じているなら、蒼月は月龍国内では無敵ではないか。

天音も内なる天羽龍にはずっと鎮まれと命じている。天羽龍は戦闘を好まないからおとなしくしているのは苦もないと理解できるが、蒼月の星海龍とまったくぶつかろうとする気配もないのはなぜなのか。この地では敵わないと最初から白旗状態なのか……。

蒼月がどこかさぐるような目をして天音を見ていた。

「なんですか？」

「いや――欲しいものは決まった？」

彰武が来訪する前は、そんなことを呑気に話していたのだと思い出す。

「それどころじゃなかったです」

「だろうな。今日決めなくてもいい」

蒼月が陥没穴から離れようとすると、再び金の粒子が大量に舞い上がり、龍のかたちをつくって追いかけてきた。行かないでくれ、とせがむように――人々が「降臨だ」と騒ぐときに目にする流れ星のような光の龍だ。

蒼月は微笑みながらその光の塊の先頭を撫でた。

「――おとなしくしてくれ。風浪龍。また会いにくるから」

龍のかたちをした光は頷く仕草を見せてから、すうっと穴のなかに舞い戻る。蒼月の龍力の一部がそれにからみつくようにして、一緒に穴に沈んでいくのがわかった。

自分の守護龍でもない龍をペットみたいに――。

天音がいるのも影響しているのだろうか。天羽龍の気配は消しているから、龍母がいると風浪龍はさすがに気づかないか。どちらにせよ、龍母でもないのにほかの龍を手懐ける蒼月が規格外というしかない。星海龍も情け深い龍なのか。

その力を目にしたら、誰もが畏怖する。先祖返りなのではないか。人間ではない。化け物だ――と。それは龍に近いという意味で、神人としては賛辞ですらある。

そもそも大地のすべてが星海龍だと表現される国で、なぜ蒼月が帝位を継げないのか。たしかに彰武は皇太子らしい皇子といえる。あの堂々たる威圧感と十三歳の弟皇子に死地へ行けと命じられる非情な豪胆さは、上に立つ者には時には必要とされる要素だ。

でも圧倒的な力を持っているのは――。

「――蒼月様は、一度も考えたことがないのですか?」

「なにを?」

愛人枠の天音がたずねていいことではない。でも聞かずにはいられなかった。

「俺はいま、穴に向かって独り言をいおうとしています。すぐに忘れてください」

くのが見える。

天音は陥没穴に向き直った。穴の底へと亡き弟の心月と蒼月の龍力が絡まりあって沈んでい
「考えたことはないのですか？　俺のほうが強い、と。……慈悲深いし、ほかの面でも優れている。ひとの上に立つには相応しい、と。いまの立場とは違う可能性を……」

蒼月の顔を見る勇気はなかった。

天音が口にするのはおかしいと承知している。皇太子の彰武をよく知らない。数か月そばにいたせいで、蒼月に情がわいているだけで、統治者としては彰武が向いているのかもしれない。

でも、蒼月のような人物が権力闘争で追いやられるのは理不尽だった。

かつて祖国で慕った長兄の運命を見ているかのようだった。蒼月は長兄と違って、〈原初の龍〉の強ささえ持ち合わせている。それなのに……。

「――母にいわれたのだ。野心を抱かずに生きてほしい、と」

思わず横を振り向く。蒼月は微笑を返してきた。

「それに、強さは正義ではないよ。俺はたまたま星海龍が守護龍だっただけだ。もし星海龍の皇子が帝位につくのが運命なら、俺は長子として生まれたはずだ。でも違った」

天音は納得がいかない。逆に長子の彰武に星海龍がつかなかったことが問題ではないか、と。

「きみは俺が強いと認めてるんだな」

「あたりまえです。俺をさんざん龍力で殴りつけておいてなにをいってるんですか。正直、羨

ましくさえ思う」

もし、あの圧倒的な力が自分にあったなら――祖国を出るときに龍が顕現して咆哮していたら、反乱軍を壊滅できた。天音は逃げずにすんだはずだ。

「でも、強さだけで支配しようと考えてはいけない。俺に強さ以外で兄上を上回るものがあるかどうか、それは簡単に判断できるものではない。不可視かつ不確定な部分があるときは、序列におとなしく従ったがほうが賢明だ。死人が少なくてすむ」

死人がでない、とはいわない。

この状況が続けば、蒼月は遅かれ早かれ死を賜る立場に追いやられると認識しているのだろう。

十三歳で初陣に行かされたような場面が再び必ず訪れる。次はおそらく逃れられない。帝が回復しないまま譲位にでもなれば、いずれ帝位を脅かす危険分子として粛清される。だが、彼は自らの死はすでに覚悟しているのだ。その瞬間まで犠牲者をなるべくださないようにして、周囲を守りながら生きることだけが望み……。

「それは……避けられないのですか？」

穴への独り言だとしても、蒼月は質問に答えてくれなかった。

「――龍の骨」

お決まりの台詞で拒まれる。もうこの話はするなという意味だ。

この場を離れたら二度と真意を問えないと判断して、天音は「……でも」といいかけた。次の瞬間、引き寄せられて、抱きしめられる。「黙れ」という代わりかと思ったが、それにしては伝わってくる腕の力はやわらかく、それでいてすがりつくように感じた。意識してか無意識なのか、蒼月の龍力が流れてくる。殴りつけるのではなく、甘すぎる拘束。蒼月の龍力が入っているせいで、陥没穴のなかの龍が共鳴して泣いているのがわかる。

蒼月は天音をゆっくりと離した。

「楓柳じゃないけど、きみにご褒美をあげたくなったな。お兄さんのために龍の骨が少しでも早く買えるように取り計らおう」

五章　龍の怒り

〈原初の龍〉とは、神殿の『龍の秘録』に名が記されている龍を指す。

それは光界と人界が近しい存在だった頃に人々とともに在って、君臨した龍たちだ。

最初に人界に訪れた龍たちは人間と同じような姿をしていた。美しい容姿の龍たちは人々を魅了し、神人として知識を神託として授け、大地の豊かな恵みを約束した。

父龍と呼ばれた彼らは与えもしたが奪いもした。女も男も好きなだけ犯したが、いくら交わろうとも種が違うために実は結ばなかった。しかし龍と交合をくりかえすうちに、人間の身体に異変が起こった。

〈龍の子〉を孕む者が現れたのだ。

その者は〈神胎〉もしくは〈龍胎〉をもつ者といわれた。最初に妊娠したのは、龍を祀る神殿の若い神官だった。〈神胎〉のなかで子は育ち、三か月で臨月を迎えた。出産の際には腹を切り裂くしかなかったが、外見は人間の子と同じように生まれた。

父龍たちはその子を愛した。龍にとって人間とは実のところ霊魂を喰らう餌でしかなかったが、自らの血が流れている〈龍の子〉には情を感じるらしかった。

　神殿が龍力の溜まる苗床となり、神官の身体を変化させたのだと考えられた。

　龍たちは信心深く見目の麗しい神官たちを好んで種付けをくりかえしたが、〈神胎〉は滅多にできるものではなかった。くわえて異種の子を孕むのは世の理をねじまげる行為であり、腹の傷をどんなにうまく縫合したとしても、神官の多くは一回の出産で死亡した。

　当時から神殿は女人禁制だった。市中の女と交合しても、〈龍の子〉を妊娠しないことはわかっていた。神殿で龍を祀って、苗床として一定期間過ごさなければ駄目なのだ。

　神に奉仕する女を用意するようにと父龍たちは命じた。もとから出産機能のある女に〈神胎〉ができれば、自分たちの子を多く産ませられると考えたのだ。

　命じられた神官長は、孕まされては死んでゆく若い神官の末路を見ていた。犯され続けても〈神胎〉ができるとは限らず、激しい凌辱の末に絶命した者も多かった。

　この要求を呑んだら地獄が待っていた。人の女たちが龍の餌食になる。すべて奪われ、やがて人の子は生まれない世がくる、と——だが、逆らっては生きていけない。

　神官長を救ったのは、最初に生まれた〈龍の子〉だった。

「父上。私はここの神官たちのように、自らを犠牲にして神に身を捧げるような、美しくも儚く憐れな者たちを母としたいです。ほかは兄弟と認めたくない。女の股から生まれては、人の子と同じではありませんか。それは耐え難い」

人間と同じでは龍ではない。

その主張は父龍らの自尊心を満たして、女を神職に就ける事態は回避できた。

〈最初の龍の子〉は生まれてすぐに言葉を話し、三年も経った頃には美しい青年の姿になった。人の胎から生まれたとはいえ、あきらかに人間ではなかった。しかし神官たちによって育てられていたため、龍の血を引いていても人間寄りの思考を持ち合わせていた。

「あのとき、父上たちのいうことを聞いていたら、私が抱くための女すら地上にひとりも残らなかったよ」

のちに〈最初の龍の子〉は笑ってそう語ったと伝えられている。

〈龍の子〉は人間との交配が可能だった。人間の血が入っているとはいえ、彼らは龍そのもので、死後は龍の姿になって光界に戻っていったという。〈龍の子〉が死したのちに龍になったものが子龍と呼ばれる。

父龍は基本的に欲望のままに奪いつくす荒魂として振る舞うことが多いが、子龍は荒魂でありながらも人間に慈悲を与える和魂としての二面性を持つ。

神官長を救った〈最初の龍の子〉は、弟龍たちの国をまとめあげて帝国とし、賢帝として長くその地を治めた。人の子の三倍の寿命があったと伝えられている。死して龍となったあとも、残した民が心配で仕方ないというように国土の上空を何度も飛び回る姿が見られたという。

月を背にして優雅に旋回する龍。その構図がよく絵に描かれたために、月龍とも呼ばれた子龍である星海龍。

〈最初の龍の子〉が築き上げた帝国――それが月龍国の建国神話である。


天音は出仕してから仕事に慣れるまでは下町の家に帰るつもりはなかったが、一度休みをとるようにと蒼月から命じられた。

「なぜ？　解雇ですか？」

時機的に、天音が神殿跡でよけいな話を聞きすぎたために暇をだされたのかと考えた。

「違うよ。お兄さんたちが心配してるだろう。顔を見せてきなさい。龍の骨を早めにあげてもいいかと思ったけど、一級龍術師の資格をとるまでは面倒みるから」

夜華からも「そろそろ兄孝行しておいでよ」とすすめられたので休みをとることにした。

下町の家に帰宅すると、静宇と彩火は喜んで出迎えてくれた。久しぶりの我が家だったが、天音はどこか沈んだ気持ちを拭えなかった。

「なにかあったのですか？」

静宇はすぐに気づいてたずねてきたが、天音は答えられずに「近所にお土産を配ってくる」と馬車で運んでもらった宮中御用達の菓子の包みをかかえて、餞別をくれた人たちへの挨拶に回った。

「お帰り、天音様。大丈夫？　いじめられてないかい？」

皆に同じことを問われた。下町からの宮仕えで苦労していないかと心配されていたらしい。

「いや。蒼月様は立派な御方なので、そのようなことはない」

最初は対抗心すらあったが、いまや世話になりっぱなしなので蒼月のことは貶めようがなかった。

「まあ、やっぱりね。蒼月様は見かけだけじゃなくて中身も素敵なんだねえ」

「よかった、安心したわね。天音様、これ持っていって。静宇様たちと一緒に食べて」

行く先々でお返しを大量にもらって天音の両手は再びふさがった。下町の通りを歩いて皆と話しているうちに、神殿跡で彰武と対面して以来、気鬱になっていた心が少し軽くなった。

なぜ気に病む必要があるのか。

所詮、蒼月と彰武の関係がどうなろうと、愛人枠の従者には立ち入れない問題だ。天音は自分のやるべきことに注力するしかない。

このまま期日まで蒼月に仕えていれば龍の骨を手に入れられて静宇の寿命を延ばせる。さらに一級龍術師の資格をとれば、蒼月の許を離れても金銭的には困らない。彩火を危険な戦場に二度と行かせなくてすむ。すべて順風満帆だ。それなのに……。

その夜、静宇と彩火と久々に夕餉をともにしながら、天音は宮中で見聞きした話をした。

「そうですか。帝が公の場に出てきていないのは周知でしたが……噂通り病床なのですね。宮廷人たちも次の支配者を見据えている状態ですか」

「体調が優れないとしか伝わってきていないがな」

帝の実際の病状など極秘に伏せられているのだろうし、末端に真実は知りようもない。

「天音様、もうすぐ皇太子が軍の総司令官に就任するのだろう？　やはり先に皇太子に軍の実権を握らせておくのだな。もしもの場合に備えて」

帝が病床とされている現状で、皇太子が軍の総司令官に就く理由――。

蒼月は記念式典には出席するが御前試合には出場しない。ほかの弟皇子たちは式典の出席すら予定されていない。

蒼月のすぐ下の第三皇子は十七歳、第四皇子は十四歳、末の皇子は十三歳。

下のふたりは年齢的に神事以外の公務には姿を見せない。第三皇子は元服済みだが、病弱という理由で人前にあまり出てこない。皇太子の手前、目立つのを避けているともいわれている。

いずれにしても出仕して数か月のあいだに宮中でほかの皇子を見かけたことはなかったし、蒼月付きの天音には余所の陣営の動向が漏れ聞こえてくる機会もなかった。

皇子たちは神殿での神事には定期的に姿を現すので参拝客の庶民には「美しい皇子たち」として知られているが、宮中では逆に見かける機会もないという奇妙な現象が起こっているのだ。

各陣営とも神経質になっているのだろう。現況ではいつどんな情勢になるか不透明だ。誰しも火の粉はかぶりたくない。

「ところで天音様、なにかあったのですか？　帰ってきても難しい顔ばかりしている。貴方らしくない。宮中でつらい思いをしているのでは……」

静宇に指摘されて、天音はかぶりを振る。

「いや、俺はなにもつらくはない。でも、俺に良くしてくれた相手が厳しい状況に置かれるかもしれないと考えるとな。……傍観者でいるのは難しいものだな」

関われない問題だと認識していても、つい蒼月の立場を考えてしまう。

「宮中の勢力図か。だから貴方に従者は向かないといったのに。第二皇子は一番難しい立ち位置にいる。色々見たくないものも目にするだろう。兄弟の諍い(いさか)はとくに……彼に肩入れしては駄目ですよ。ご自分で龍の骨を手に入れるための手段だといいきっていたでしょう」

「わかってる」

「――そのうちに死にますよ、彼は。次男なのに、出来がよすぎる。星海龍が守護についているのに後継者にしないのは、よほど皇后が残した皇太子に思い入れがあるか、特別な事情があるからだ。帝が崩御しても、喪の一年間は皇太子も行動を起こさない。龍が続けて死ぬのは良くないとされているから。だが、念のために貴方はすぐに下町に帰ってきたほうがいい」

静宇の目から見ても、最悪の事態を迎えるのは必然のようだった。

「深入りはしないようにしている。でも、彼に悪いところはないのだ。それなのにどうして兄弟に追い詰められなければならないのか。……兄上のときと同じことをずっと考えている」

　自分が支えようと思っていた陽華国の長兄。優しいひとだった。「龍母の弟よ」と頼りにされていたのに、天音は役に立てなかった。

「黎明様は守護龍に恵まれなかった。第二皇子の翔天様が好戦的な性格だとわかっていたのに、帝が長子にこだわった。翔天様を後継者として選ぶのを躊躇うのは理解できるが、それならば第三皇子の紫雲様でもよかった。黎明様は性格もお優しすぎて……」

「優しいことは罪なのか？」

「陽華国では罪です。優しさは逃げでもある。黎明様が自らを廃嫡にしてくれと願いでれば戦乱は起きなかった。でも黎明様は龍母である末皇子の貴方をあてにして、自らの弱さから逃れようとした。そのせいで、貴方は殺されかけた。俺は、その一点において黎明様は許せない」

　この話になると静宇はいつも怖い顔をするが、天音にはいまひとつ理解できない。

「兄上は俺に助けを求めたのだろう？　悪いことではない。俺が支えて差し上げればよかったのだ。龍母の皇子として生まれたら、皇太子と皇帝のために生きるものだ」

「悪いとはいっていません。でも、引き際を間違えた。貴方はまだ幼かったし助力はできなかった。あの時点で黎明様が皇太子の立場を退いていれば……翔天様は無下に追い打ちをかけて叩き潰すような冷酷な性格ではない」

「……黎明兄様は殺されなかったか？」

「自分より下の者を殺してなんになるのですか。相応しくないのに上座にいたから、殺すしかなかったのです」

「……難しいな。兄弟なのに」

可愛がってくれる長兄が好きで、彼の力になるのが己の役目だと幼い頃から教えられてきた。だが、次兄も、その次の兄たちも嫌いだと思ったことはない。反乱が起こったときに地方の神殿にいた天音は、結局ほかの兄弟たちと顔を合わせずに祖国を逃れてしまったので、いまだに消化しきれない感情が心の底にたまっている。

「貴方を出仕させるべきではなかったですね。皇子たちに気持ちが入りすぎてしまう」

「でも——俺は出仕してよかったと思っている。いままでと違うものが見えるようになった。上に立つ人間も、人への接し方は様々だ。貴人も色々だし、身分はなくても才能のある者もいる。俺は見直さなくてはならない部分が多々あると自覚した。下町の天音として宮仕えをしなかったら、知る機会もなかっただろう」

「天音様……」

成長したわが子をいたわるような眼差しを向けられて、天音は心苦しさを覚えつつ声を絞りだした。

「静宇、彩火……すまない。一応謝っておく」

「なんですか？　いきなり」

「なにがどうなるのかわからない。ただ、俺は死ぬべきではない人間が目の前でそうなりそうになったら、やはり見て見ぬ振りはできないと思う。傍観者ではいられないのだ。父上や兄上のときはどうしようもなかったが……」

「なにをする気ですか?」

「第二皇子の蒼月は、龍の皇子としてなかなか立派なのだ。だから死んではいけないと思う」

「まさか第二皇子のために、皇太子をぶった斬るとかいいださないでしょうね」

青ざめる静宇に、天音は即座に首を横に振った。

「それはしない。その手のことは蒼月が望みそうもないのだ。だから考えていない。大丈夫だ」

「大丈夫って……なにいってるんですか。脳みその皺を増やす計画はどうなったんですか」

「それは……龍術寮に夜華という優秀な者がいるのだが、勉強を教えてもらっている。自分でいうのもなんだが、だいぶ賢くなったはずだぞ」

「そういう問題ではないっ……！」

語気を荒くする静宇の背中を、いままで黙って聞いていた彩火が「落ち着け」とさする。

「天音様。静宇を興奮させないでくれ。それで貴方はなにをする気なのだ」

「すまない。具体的になにをしようと決めているわけではないんだ。ただ、そのときがくれば、おそらく自然に身体が動いてしまうだろう。だから最初にふたりには謝っておこうと思っただけだ」

「なにを馬鹿なことを。この脳筋皇子が……ふんわりしたことといってないで、自らの動きを制御できるようにしてくださいよ……！」

怒鳴る静宇の後ろで、彩火が「どうどう」と諫める。

「俺も……金蔓にすぎない、他国の皇子だ、利用しているだけだ、どうでもいい。――何度も自分にそういいきかせたのだ」

苦悶の表情で「すまない」とくりかえす天音に、静宇と彩火は押し黙った。

「だが、蒼月は下町出身の天音にとても良くしてくれた。天音の将来まで考えて、一級龍術師の資格をとれといった。自分は権力闘争でいつ死ぬかもしれないのに、関わった下町の少年の境遇を、彼は見て見ぬふりをしなかった。それに国は違えども、彼は俺と同じ龍の皇子だ。それなのに、俺は傍観者でいいのか？　自分の利益だけ得たら、見捨てるなど許されるのか」

「貴方は――ご自分の立場を……」

静宇は苦しそうに呻いた。

「だから謝っている。自分の役目も忘れたわけではない。死ぬようなことはしない。ただ俺にできることがあるのなら、行動してしまうだろうと思う。もはや国は関係ない。俺は陽華国の皇子である前に天羽龍だ。だから祖国を逃れても生き続けている。おまえたちが俺を助けたのも同じ理由だろう。……蒼月には死んでほしくないのだ」

同じ龍の皇子として蒼月に肩入れしすぎている自覚はある。同時に、客観的に考えても彼が失われるのは損失だと感じるのだ。

「――わかった。貴方のしたいようにするといい」

きっぱりといいきる彩火に、静宇が「なにを勝手に……」と目を丸くした。

「天音様がそういうのだ。止められはしない。どうせ勝手に動く」

「助長させてどうする」

「そうではない。だいたい天音様が動くのは、龍の意思だ。それを無視して動けるはずがない。出仕が決まったときから、予兆はあったはずだ。本来、天羽龍がいやがれば、第二皇子のそばに長くいられるわけがない」

「他国の皇子だぞ。それに、星海龍は天音様が従えられる系統の龍ではない」

「星海龍は〈最初の龍の子〉だ。国が分かれる前から、各国の〈龍の子〉たちの長子だ。龍の視点から見れば、国が違っても関係ない。神殿にとっては大恩のある龍だろう。元神官なんだから、俺よりそのへんの事情は詳しいくせに。それに、あの皇子は先祖返りかもしれない。だから龍母も尊重してるのではないか」

先祖返り――蒼月を見ていて、天音も何度もその言葉を思い浮かべた。

龍の末裔(まつえい)といわれても、血は薄められて、強大な龍そのものの力を振るう者は少ない。本物の先祖返りは死してのち、龍になるという。つまりどんなに「先祖返り」といわれても、死ぬまで本物かどうかは判別不可能だ。

ずっと不思議だった。どうして天羽龍が沈黙しているのか。なぜ蒼月の龍力が流れ込んできても抵抗しないのか。蒼月を死なせてはならないと感じるのも龍の意思なのか。

「——俺は陽華国に戻る日がくるかわからない。それはおまえたちも把握してるだろう」

静宇は自らを責めるように「俺のせいで……」とつらそうな顔をした。

「……静宇、違う。不満はないのだ。おまえたちと家族のように暮らしているだけでも満足だ。だからこそ静宇を失いたくなかった。でも……もしかしたら俺はただ生きるだけではなく、龍母としてなにかを成すべきなのかもしれない」

「それは内なる天羽龍様の意思ですか」

「わからない。ただ天羽龍は蒼月相手にはなにをされても反発しないのだ。だが……本来の役目を捨てては本末転倒だ。同じ龍の皇子としての思い入れだけでは動かないと誓う。天羽龍が望まないと感じとったら、それに素直に従おう」

「わかりました」

静宇は重々しく答えてうなだれた。彩火はその肩をぽんぽんと叩いて、天音に釘をさす。

「天音様。なにをしてもいいが死んではいけない」

「わかっている」

彩火が「うむ」と頷く隣で、静宇は深いためいきをついた。

「やはり貴方を出仕させるべきではなかった……」

休暇を終えて別邸に戻ったあと、蒼月とはしばらく顔を合わせなかった。

蒼月は公務に忙しく、宮殿の内廷で寝泊まりしていたし、正式な場では天音の従者としての出番もなかったからだ。

ひたすら楓柳(ふうりゅう)の雑務をこなして龍術寮での試験勉強に追われる日々が続いた。

「天音。昨日、寝所に呼ばれた？」

別邸に戻って一週間を過ぎた頃、夜華に声をかけられて、天音は「いや」と首を振った。

「蒼月様はずっと宮廷だろう？　仕事に戻ってから、まだお会いしていない」

「一昨日から別邸にいるよ。昊天(こうてん)様がうろうろ歩いてただろ」

そういえば姿を見かけた。昊天が別邸にいるのなら蒼月も戻っているということだ。忙しかったし、寝所に呼ばれなかったから留守だと思い込んでいた。

夜華は不気味に微笑(ほほえ)みながら天音の肩をぽんと叩いた。目の奥が少し怖い。

「駄目だろう、天音。ちゃんと『ただいま戻りました』って挨拶しておかなきゃ。貴方のおかげで、皇子様の機嫌が悪いよ」

下町から帰った当日に挨拶に行こうとしたが、公務で宮廷に詰めているといわれてそのままになっていたのだ。

「お帰りの際に居合わせなかったから、まだ内廷の御所にお泊りなのかと思ったんだ」

「昊天様に、蒼月様にご挨拶したいと伝えておけ。今日は休みだろ。蒼月様も公務の予定もないから」

「……機嫌悪いのか？」

「貴方が下町に帰ってる間、ずっと落ち着かない様子だったからな。まあ俺や昊天様の前だけで、外面はいつもどおりに完璧(かんぺき)な皇子様だったけど。天音がそばにいると疲れがとれるって、結構本気なのかもしれない。昊天様にぐったりもたれかかって『おまえは抱き心地があまりよくないな……』って気の毒なこと呟(つぶや)いてたし」

そんなことをいわれたら、昊天からの風当たりがますますきつくなるではないか――と天音は懸念する。

「ほら、行け。全力でご機嫌とってこい。いまは記念式典も近くて、宮中で蒼月様派は肩身狭いし、皇太子派はオラオラって感じだし、俺でも疲れるんだよ」

「ご機嫌をとるって、どうすればいいんだ？」

「癒(いや)すんだよ。蒼月様が喜ぶことをしてこい。そろそろ尻を使用済みにしてもいいぐらいには情もわいてるだろ」

「向こうが使いたくないのに、どうやってその気にさせるんだ。『遠慮せずにどうぞお使いください』といっても拒まれるのに。それに日の高いうちはそんなことできないだろう」

「……天音が手をだされない理由、焦らしとかじゃないな。俺もなんとなくわかってきた。いいから挨拶してきな」

夜華は「ご機嫌とるまで帰ってくるな」と天音の背中を叩いた。

嫌味をいわれるのを覚悟して昊天にその旨を伝えると、珍しくすぐに取り次いでくれた。

「おまえが顔を見せないので、蒼月様はご不快な様子だ。よくお詫びするように」

双方に脅されているようで身構えながら部屋に入ったが、蒼月は天音の顔を見てもとくに普段と変わった様子はなかった。

「――きたか。久しぶりだな」

天音は「申し訳ありません」と休暇から戻った挨拶が遅れたことを謝罪する。

「べつにかまわない。宮廷に詰めてたしな。兄たちは元気にしてたか？」

「はい。喜んでいました。体調もいまのところは大丈夫なようで」

「それはよかった。ところで、欲しいものは決まった？」

唐突にたずねられてきょとんとする。

「欲しいもの？」

「休みをとる前に、買ってやるといっていただろう。考えておけと」

下町の家に帰る休暇が褒美だと思っていたので、すっかり忘れていた。

「いいえ、それはもう結構です。お休みをいただきましたし……それに楓柳様からお小遣いで下町へのお土産も調達できたので、いまは欲しいものはないです」

蒼月の顔がこわばった。

「楓柳から小遣いをもらったのか？　いつ？」

「はい。家に帰る前に……近所にお土産を買うという話をしたら、それでは小遣い代わりにと宮中御用達のお菓子を大量に用意して持たせてくださったのです」

「………」

蒼月は剣呑(けんのん)とした表情になった。気に食わないように唇を引き結ぶ。

「――駄目だ。買ってやると一度いったのだから、その言葉を違(たが)えることはない。欲しいものを考えろ」

「でも……」

「楓柳には買ってもらったのに、俺に遠慮するのはおかしいだろう。そんなに慎ましい性格でもないはずだ」

先日、神官の雨蘭(うらん)が「楓柳様にとられるのが嫌なのですよ」といっていた台詞(せりふ)が頭をよぎる。伽(とぎ)はさせなくても、天音はお気に入りではあるのか。

夜華に機嫌をとれといわれているし、蒼月の気を煩(わずら)わせるのも本意ではなかった。

「楓柳様には、甘えやすいだけですから」

蒼月の眉がぴくりと吊り上がった。

「なぜ甘えやすい？」

「それは……楓柳様が俺を子供みたいに扱うからです。つい甘えてしまうのです。大変図々しいのですが、父上のような――」

「ああ、そうか。楓柳の長男は、きみよりも上だからな。……無理もない」

納得したのか、蒼月の表情がやわらいだ。

ついでに判明した衝撃の事実に天音は瞠目する。

「そうなのですか？　楓柳様のお子様は俺よりも年が上なのですか」

「長男は楓柳が十三歳のときの子だ。……楓柳がきみを可愛がるのは構わないんだ。良い防波堤になるし」

蒼月自身もこのように天音に詰め寄る理由がよくわかっていない様子だった。

「なんにせよ買ってやるといったのだから、なにか贈る。今日は公務もないし、ちょうどいいから町に出よう」

有無をいわせずにおしのびで外出する羽目になった。ご機嫌をとらなければ夜華にどやされるので、天音は任務を遂行するべく従う。

とはいえ、機嫌が悪いと周囲に思われているときでさえ、蒼月は言葉や表情がわずかに尖るぐらいで穏やかなものだ。普段から感情を抑え込むのに慣れているのか、無闇に当たり散らしもしない。陽華国の感情的になりやすい兄弟に比べたら、これは不機嫌とはいわない。

――権力闘争などで死ぬべきひとではない。

性格も容姿も似ていないが、天音は祖国の長兄の姿を蒼月に重ねているのかもしれなかった。

静宇たちに「すまない」と謝ったものの、具体的になにをすると決めてはいなかった。

ただ蒼月の望みがあるのなら手助けをしよう。自分にできるのはそれくらいだ。ほかの愛人枠の者と同じように彼が生きやすいように振る舞おう。そう考えて下町から戻ってきた。

都の大通りまで馬車で出て、目立たない場所で降りた。

蒼月は頭から頬と顎まで隠すように頭巾を巻き、ゆったりとした長衣を身にまとっていた。謎の異国風の扮装だ。月龍国は現在では余所からの流入者が多いので、この服装だと西方の砂漠地帯からの旅人に見える。

都だとさすがに東湖州のように呑気に構えるわけにはいかず、別邸の護衛が背後にふたり、さらに離れたところに二組が分かれてついてきていた。護衛も庶民を装っているが、体躯の良さと眼光の鋭さは隠しようもない。商店の人間が見れば、すぐに貴人のおしのびの一行だと見抜かれそうだった。

「なにが欲しい？」

謎の異国人になった蒼月は妙に生き生きしていた。人前ではつねに抑制された態度をとるのに、天音に対しては子供っぽいところを覗かせる。

主君が与えるというのだから、遠慮するほうが失礼なのだろう。神官の雨蘭の「おねだりしなさい」という脳内の声に後押しされる。

「宝石とかでもいいのですか？」

「前もいったが、換金しないならな」

「……自信はないですが」

「せめて口だけでも『売らない』といえ」

蒼月は憮然とした顔を見せた。

「しかし、欲しいものはないので……」

適当な品を思いつかずに天音は唸る。蒼月はふいに手を伸ばして天音の耳にふれてきた。

「なら、耳飾りはどうだ？　売れないようにいつもつけていろ。瞳によく合う翡翠の石のものを選んでやろう」

「俺は女ではありませんよ」

下町の男には耳飾りを日常的につける習慣などない。

「神官や役者や芸人なら、装飾品はつけている。きみの年頃なら、一般の男でも珍しくない」

「それは念者がいたり、愛人として囲われている場合でしょう。彼らなら女人のように豪華な品で身を飾るのも珍しくないですが……俺にそうしてほしいのですか？」

いったいどうあってほしいと望まれているだろう。真意を見極めようとして、天音は蒼月を凝視した。深い翠の瞳が明るく色を変える。

蒼月は怯んだように目をそらした。

「そんなことは考えていない」

「では、身を飾るものはやめましょう。その男のものだという証だから。俺は蒼月様に手をだされていませんしね」

「添い寝はしているし、周囲は愛人だと思ってる。着飾ってもべつに……」

「蒼月様から贈られた耳飾りを見たら、兄たちがまた混乱します。肉体関係もないのに、男が装飾品を与えられるとは不可解だ、なにかの陰謀なのかと」

「……わかった。装飾品はやめよう」

蒼月は降参したように手をあげた。

装飾品を天音に贈って身につけさせたいのか。だが、そもそも真の意味で寵愛を受けてはいないし、立場的に不似合いだ。

大通りの店を色々覗いたが、これというものが見つからなかった。

食堂の軒先に置かれた蒸し器からの、ふかしたての肉饅頭の匂いにつられて足を止める。

「これが欲しいのか？」

護衛が心得たように前に出てきて、饅頭の代金を支払う。

肉饅頭を食べるために、いったん人通りが少ない小路へと移動した。

「……結局、なにがいいんだ。宝石の加工前の原石でも欲しいのか。すぐに売るだろう」

龍の骨以外に欲しいものはない。でも、蒼月は天音に贈り物をしたいと望んでいて、耳飾りをつけさせたいらしい。それならば相応しい立場になるしかなかった。

「俺を抱いてくださるなら、耳飾りでもなんでも受けとりますよ。蒼月様のお好きなように着飾ります」

蒼月の表情が固まった。

「……なにを企んでいる？　罠(わな)か？」

「罠？　罠ではないですよ。罠のある会話は嫌いです」

「きみの言葉とは思えない。夜華や昊天になにかいわれたのか」

「いわれたとしても、俺は自分の納得のいかないことや、意志に反することはしません」

天音は大きく口を開けて饅頭を頬張った。もぐもぐと三口ほどで平らげる。

「耳飾りをくださるのなら、抱いてもらってなきゃおかしいですから」

「……そこの辻褄(つじつま)合わせをしたいだけなのか」

「むしろ抱いてもいない男に、なぜ耳飾りを贈ろうと思うのか。蒼月様が謎で仕方ない。女人は着飾ってあたりまえだが、男は違う。耳に穴をあけるのだから……。下町では役者や芸人でもない素人の男が耳飾りをしたら、貫通済みということで男色の相手がいるという意味になる。

る」

「宮中では違うのですか」

「神事の際には俺でも装飾品はつける。でも、市中ではそういう意味合いがあるのも知ってい

知らなかった、といえば話は終わりになるのに、蒼月は正直に認める。

「ではなぜ、貫通させてない相手に耳飾りだけさせようとするのですか。嫌がらせですか？」

「違う。ただ翡翠の石が似合いそうだと思っただけだ。どうしてすぐ悪く捉える」

「良い意味で捉えたら、よけいに理解ができなくなるからです。つまり蒼月様は俺を好きだから、不可解な行動をとるのですか？」

「……え？」

「幼い男児が好きな子の気を引くためにそのような行動にでるといいます。蒼月様が俺に対して大人げないのはそのせいなのだろうか、と」

好きなのかという問いかけには肯定も否定もなかった。蒼月は純粋に驚いた顔を見せた。

「……大人げないか？　俺は――」

「だって俺を気に入っているなら、普通に伽をさせて、甘い言葉でも囁いて、装飾品でもなんでも好きなだけ贈ればいい。貴方が相手なら、誰も否とはいわない。いままで夜の相手をした小姓にはそうして優しくしてきたのでしょう？　むしろ得意なはずだ。なぜ俺にはそうしないのですか？」

「――――」

蒼月は真剣に衝撃を受けたように口許を押さえて考え込んだ。

「なぜ、か」

低く呟いたあと、天音をじっと見つめて、唇をわずかにひきつらせる。

「なぜ、そうしないかというと、きみがそうやって俺に好き放題ものをいうからだろうな。小姓たちはそこまで口が強くない。小姓に限らず、俺にそんなに口答えをする者はいない。きみは知らないかもしれないが……」

「申し訳ありません。でも、おとなしくしろといわれれば、俺もしとやかになりますよ。そういうのがお好みなら。いまからおしとやかな天音になりましょうか？」

真面目に提案する天音に、蒼月は噴きだした。

「……いいんだ。べつに。そういうところが気に入ってるのだから」

声をたてて笑っている。機嫌は直ったのだろうか。

蒼月がそうやって気どりなく笑うのを見るのは好きだった。天音も自然と口許をゆるませる。

皇太子と比べて、彼に贔屓目（ひいきめ）に感情が入りすぎているのはわかっている。

だが、いいではないか――と思う。自分にも特別に贔屓にしたい存在がひとりぐらいいても。

食べ終わって大通りに戻ろうとしたところで、「待て」と手をつかまれた。

「俺が贈れば、俺のものとして耳飾りをつけるのか？」

「……相応しい立場になれば」

「わかった。その言葉は違えるな」

蒼月は珍しく語気を強くした。

「耳飾りを注文して、出来上がってきたら、きみに伽をさせる」

「――望むところです」

喧嘩(けんか)を売られた気がして、反射的に胸を張っていいかえした。

蒼月は唇に笑みをのぼらせた。

「勇ましく答えているが、果たし合いではないからな。寝台できみを俺の好きにする。意味がわかっているのか？」

「俺は口にした言葉は違えない。蒼月様こそ、いつまで怯んでいるのかと」

「――いったな。決めた。泣かせる」

「受けて立ちます」

天音と蒼月は睨(にら)みあった。

いったいなんの話をしているのかと天音が首をかしげたところで、蒼月は再び笑いだした。

「まったくきみは……俺になにをいわせるんだか」

「俺が趣味じゃないのなら、蒼月様の言葉は取り消しても良いですよ」

「まさか」

蒼月がふいに身体を寄せてきた。狭い路地で建物の壁に追い寄せるようにして、天音に顔を近づけてくる。

「絶対に取り消さない。きみこそ逃げるな」

護衛が見ているかもしれないのに、唇がふれそうな距離で囁かれた。

早速、別邸に宝石商が呼ばれて、天音は好きな石と意匠を選ばされた。石は翡翠、普段使いにするので凝った造りにはしないでくれとだけ依頼した。宝石商がほくほく顔で帰ったあと、昊天は天音を「主君を誑かすな」といいたげに忌々しそうに睨み、夜華はにやにや笑いながら近づいてきた。

「どうした？　宝石買わせるとか、ほんとの愛人みたいな真似してるじゃないか」

「蒼月様が俺に耳飾りを贈りたいというから受けとることにした。耳飾りが出来上がってきたら、夜伽をさせるそうだ」

「おお、とうとう」

「枕を交わした愛人でもないのに耳飾りはおかしいだろうといいかえしていたら、そういうことになっていた。いままで逃げていたのは向こうだったのに、逃げるなといわれた」

「へえ……それはよかった。皇子様、やる気なんだ」

「あんまりやる気をだされても困る」

　夜華は「頑張れ」と肩を叩く。

「どうせ初日に覚悟は決めてただろ。房事で不明な点があったら、遠慮せずに俺に聞いてくれ。——でも、まあよかった。てっきり天音のことは有耶無耶にすると思ってた」

「……なぜ？」

「いや。どう見ても気に入ってるのに、一級龍術師になっても官職に就ける気もなさそうだから、そのまま手放すんだろうなって。……でも、この時期にお手付きにするなら、皇子様にも欲望というものがまだ残っていたんだね。しぶとく生きるつもりはあるみたいで安心した」

「縁起でもないことを……」

「俺もいいたくないけど、蒼月様のそばにいるって、そういうことだからね。とくにいまは一番ピリピリしてる時期だから。もうすぐ皇太子様が軍部の総司令官になる。だけど、天音にかまう余裕があるなら大丈夫かな」

　たしかにいままで頑なに相手にしなかった天音を、なぜこの時期になって——というのは奇妙ではあった。あんなやりとりで簡単に「伽をさせる」というのなら、延々と添い寝をさせながら手をださなかったのはなんだったのか。

　その日から天音は蒼月が別邸にいても寝所に呼ばれなくなった。理由は「耳飾りができるまで楽しみはとっておく」とのことで、蒼月は天音と顔を合わせるたびになにかと揶揄してきた。

「早く完成しないかな。きみを寝台で泣かせられるのが待ち遠しい」

挑発されても、天音も負けてはいない。

「俺も蒼月様の夜の龍を拝見するのが楽しみです。月龍国一の美男と呼ばれる御方ですから、どれほど立派なものをお持ちなのかと」

「——怖いくせに」

「俺は、怖いものがないんですよ。そこが怖いと兄たちにはいわれます」

ふたりのやりとりを見て、「ほんとにやる気あるの？」と夜華はあきれていた。

もはや天音もなんの勝負をしているのかよくわからなかったが、蒼月は楽しそうにしていた。

夜——自室で寝ていると、夢のなかで龍の鳴き声を聞いた。

誰が鳴いているのだろう。風浪龍だろうか。陥没穴のそばで蒼月によく似た少年が泣いているのが見えた。心月の霊魂が赤子だから、龍も感情的になるのか。

鎮めているはずの天羽龍が幼い鳴き声に反応して嘆いているのが伝わってくる。

泣くな、風浪龍、泣くな、わが子よ——と。

風浪龍は星海龍と父龍が同じで、弟龍といわれる。〈最初の龍の子〉が治めた国を兄とともに支えた。先に風浪龍が死んで龍となって光界にのぼってしまったあと、星海龍は嘆き悲しんだという伝説が残っている。

兄が恋しいから風浪龍は陥没穴にとどまっているのか。なぜ東湖州の山を荒らした？　あの場所は星海龍の土地で、祠も彼を祀ったものだった。

心月の赤子の魂が影響して、駄々をこねたような行動になるのだろうか。蒼月が陥没穴に様子を見にくれば鎮まるのか。あの龍紋の書かれた切れ端は……。

なにかが引っかかる。その疑問の答えに辿り着かないうちに深い眠りに落ちた。

皇太子の総司令官就任の記念式典の日が訪れた。

祝福するように空はどこまでも青く澄みわたっていた。

外廷の役所の公務は休みとなり、蒼月は御前試合には出場しないものの貴賓席には座る予定となっていた。昊天が正式な従者として就くため、天音の出番はなかった。

早朝、蒼月が宮廷に発つ前に呼びだされて、天音は届け物の仕事を頼まれた。

「――これを秋風に届けてもらえるか」

小包だった。貴重なものなので慎重に扱って持っていってほしいという。

「花街に行ったら、今日は下町の家に泊まってくるといい。兄たちも喜ぶだろう」

「先日帰ったばかりです」

「気にしなくていい。明日、耳飾りができると宝石商から連絡があった。お兄さんたちに報告しておいで。弟がお手付きでないと気にしてたんだろう？　耳飾りが届いたら、きみをしばらく家に帰せなくなるから申し訳ないと伝えてくれ。俺が寝所から出さなくなってしまうから」

嫌がらせかと天音は顔をしかめる。

「兄たちにはさすがにそんなことは……」

「きみが望んだんだろう。普通に愛人扱いして、甘い言葉を囁けと」

「いささか刺激が強すぎるかと」

「そこらへんはうまくいっておいてくれ。やっぱり伽の相手はいやだとお兄さんたちに泣きついても俺は責めない」

「それはしない」

憮然とする天音を、蒼月は静かに微笑みながら抱きよせて囁く。

「――では、気をつけて行っておいで」

耳たぶを指で撫でて、唇でそっとふれてくる。

ここに耳飾りをつけさせたら、完全に俺のものだと宣言されているようだった。

指先から蒼月の龍力が絡みつくように流れ込んでくる。

天音は主従の性行為は上下関係のマウントの一環にすぎないと考えていた。でも、実際に明日耳飾りが届くと告げられて、まるで特別な想いが込められているみたいにふれられたら――

思いがけず目許が熱くなる。

珍しく顔を赤らめた天音に、蒼月は驚いたように目を瞠（みは）る。

揶揄されると身構えていたら、つつみこまれるようなやわらかい眼差しを向けられた。

「最初から目を奪われていた」

「はい……？」

「神殿跡で異形を斬っているところを見たときから、威勢のいい子がいるなって——綺麗（きれい）だと思って見ていた。そばにいると楽しいし、いやなことを忘れられた。お兄さんたちには……俺がきみをほんとに気に入ってると伝えてほしい」

一瞬なんともいえない——不穏なものが胸にせりあがってきた。だが、蒼月はそれを打ち消すように悪戯（いたずら）っぽい笑みを浮かべる。

「明日、帰ってきたら、冗談ではなくて寝所から出さないよ。きみを泣かせる」

その一言で、やはりからかわれているだけだと判断してすぐに目をそらした。なによりこんなふうに相手の言動で顔が赤らむこと自体が珍しく、天音は少しばかり動揺していた。

耳飾りができあがったら、天音をやり込められると面白がっているだけだ——そう自分を納得させて、蒼月たちが別邸を出ていくのを見送った。

ほどなくして、天音も小包を届けるために馬車で出かけた。

朝早い花街は昨夜の熱気の名残を感じさせながらも日常の静けさを取り戻していた。茶屋を訪れると、秋風は眠そうな顔をしながら出てきた。

蒼月からの小包を「はあ?」とうろんげに受けとって、添えられていた手紙に目を通す。

「……ああ。今日は式典の日だったか」

秋風は天音に中に入るようにと促した。

茶屋の奥――通常、秋風が過ごしているらしい部屋へと案内される。

「今回の式典、蒼月様は御前試合も出ないし、天音も忙しくないだろ。まあ、お茶でも飲んでいったら」

蒼月からは貴重なものだといわれていたのに、秋風は小包をぞんざいにテーブルの上に放った。

「俺は小包を届けたら、下町の家に一晩泊まっていいといわれた」

「ほらな。甘やかされてんねえ」

秋風はあくびをしながらお茶を淹れてくれた。良い芳香が広がる。

初めて会ったとき、上物のお茶だと驚きつつ、なにも気にせずに飲み干したのを思い出す。

「このお茶、花街にしては良い品だと思ったけど、宮中の献上品と同じだったからなんだな」

「そう。蒼月様がお裾分けしてくれるんでね。贅沢品だよ」

鋭く観察していれば、その時点で秋風が宮中の貴人とつながりがあると気づいてもよかった。

普段から見過ごしている事柄が多いと反省しながら、天音は茶をすすった。

「秋風はどこで蒼月様と知り合ったんだ？　愛人枠の古参だって聞いたけど」

「ん？　そういう過去の話はしちゃいけないっていったろ。まあ……今日はいいか。特別にサービスしてやる。普通に考えれば、茶屋に蒼月様が客としてきて知り合ったと思わない？　皇子様の助平な話、聞きたいの？」

　秋風は天音の差し向かいの椅子に腰を下ろして、煙管（きせる）に刻み煙草（たばこ）を詰めはじめた。

「客だったのか？　でもわざわざ茶屋にくるほど不自由はしないだろ。自分を慕ってくれる相手に請われたときに伽をさせるって話だった」

「なんだ、もう知ってるのか。別邸に住んでりゃわかるか……そう、客ではないよ」

「じゃあどこで？」

　少しの沈黙のあと、秋風は火をつけた煙管に口をつけてゆっくりと吸い込んだ。

「――戦場。先帝の悲願といわれた奪還すべき月龍国の北の大地」

「蒼月様の初陣の……？」

「そう。龍を顕現させた現場にいた。あれを見たらね。そりゃ皇子様のパシリもするよ」

「秋風は従軍していたのか……？」

「俺だって生まれたときから女衒（ぜげん）じゃないからね。清く正しく生きていた時代もあるんだよ。でも、ほら――この見た目だろ」

　秋風は赤茶けた髪の毛を手でかきあげた。

「花街のやつらは『洒落てて素敵ね』っていってくれるけど、余所の血が混じってるのは一目瞭然だから、軍隊でも常時危ない前線に配置されるわけ。死んでもいいだろって扱いをされる。さすがに割りが合わないなって……蒼月様の龍のおかげで無事に生還したあと、この容姿を男前として生かそうと考えて転職したんだよ。戦はうんざり。武官だった前世は忘れた」

いかにも花街が似合う外連味のある優男なので、まさか武官だったとは思わなかった。

陽華国はもともと西方が近いし、明るい髪の者も多い。貴人で龍の血が濃い者は余所の血が混じっていなくとも、龍眼の瞳と同じように髪色も多様で、元から神官のように銀髪だったり、赤毛も金髪の者もいた。天音の兄たちの髪色もそれぞれだった。

月龍国はそれに比べたら貴人も庶民も含めて黒や暗褐色の髪色が大半の地域だ。異国からの流入者が増えたのは陽華国での反乱事件以降だから、それまで秋風は苦労したに違いない。それにしても、武官から女衒に転身とは――いささか極端から極端に走りすぎだろうと思う。

「いまも関わってるのは、蒼月様に恩を感じたからか？」

秋風はやや考え込んだあと、「いいや」とかぶりを振った。

「そんな単純なものじゃない。第二皇子の初陣になると聞いたとき、最初は驚いた。俺が所属していたのは、異国の血が混じっているとか不祥事起こしたやつとか、寄せ集めの部隊だったからね。正直なところ、陽華国の混乱に乗じて、どさくさ紛れでおまえらどうにかしてこいって放りだされた感じだった。兵の数も少なかったし、勝機なんかなかった。そんな場所に無理やり元服させた龍の皇子様を寄こすとは……陽華国は帝と皇太子が殺される大事件が起きようが、軍閥がしっかりしてるから軍隊自体は統率がとれてたんだ。一兵卒に至るまで凶暴だし、武官は強靭な龍力使い揃いだし。まあ、怖い怖い。俺たちはここで死ぬんだなと思ったよ」

蒼月自身も異例の早すぎる初陣は、父や兄に「死んでくれ」と頼まれていると感じたと語っていた。

「蒼月様は十三歳だった。幼く見えたから、みんな『可哀想に』と思っていたよ。皇太子派との確執を知らない者はいなかったからね。せっかく皇子様に生まれても、こんな死地に追いやられて、俺たちみたいなはぐれ者と一緒に死ぬんだなって考えたら憐れになってさ。でも蒼月様は怯えた様子もなく、悟りきったように冷静沈着なガキだった。『我らでこの大地を取り返そう』とか兵士たちを勇ましく鼓舞してたよ。でも自分が死ぬこともきっと覚悟しているんだろうなってのは態度の端々から感じとれた」

第二皇子の存在で、やさぐれていた兵士たちの士気は高まった。だが、所詮精鋭とはいえない部隊だ。訓練された機動力をもつ陽華国の兵士たちには敵わなかった。

「ほどなく陣形を崩されて、敵がなだれ込んできた。圧倒的な数の差があったから、もう終わりだと思ったね。皇子を逃がすための護衛部隊と、殿をつとめる部隊に分かれた。正直、そんなことしたって、すぐに捕まって死ぬなって状況だった。『お逃げください』と護衛に促されたとき、蒼月様がいったんだ。『〈龍の子〉は退かぬ。退くくらいなら、この場で死す』と――」

十三歳の蒼月が初陣で置かれた厳しい状況――死にそうになったとき、天音は祖国を逃れる選択肢しかなかった。

「こんなときに、坊やがなに格好をつけて寝言ほざいてるんだと思うだろ？　俺は殿を任されていたから、『無駄口叩いてないでさっさと逃げてくれないかなあ』って内心イラついたよ。でも、皇子の表情を見て、そばにいたやつらはみんな固まった」

秋風は当時のことを思い出したのか、煙管をもつ長い指がかすかに震えた。

「ものすごい形相だった。どういったらいいのか、剥(む)きだしの怒りを体現したものがそこにあった。皇子の身体中からビリビリと獰猛(どうもう)なそれがあふれていて、怖くて誰も口をきけなかった。憤り、やるせなさ、憎悪――まだ少年だった彼の全身から、ありとあらゆる烈々たる情念が噴きだしているように見えた。それでようやくこの皇子はずっと怒っていたんだと気づいた」

それまで蒼月は兵士たちの前では感情らしきものを抑制して振る舞っていた。年齢的にはまだ子供だから実は戦場が怖いのではないか、泣きだしたいくらい心細いのではないかと周囲は慮(おもんぱか)っていた。だが、彼の内側にあったのは凄(すさ)まじい憤怒のみだった。

「そりゃそうだよな。父親と兄貴に『陽華国みたいになるのは勘弁だから死んでこい』って送りだされてるわけだから。どんなに落ち着いて覚悟を決めていようが、怒るよなって。ただ、普通の人間と違って、その怒りが力をもつ――そばにいるだけで皇子から発散される龍力が痛いくらいで、みんな動けなかった。皇子が護衛を振り切って、敵陣に突っ込みながら槍(やり)を天に掲げた瞬間、龍が顕現した」

空から顕現した星海龍は、蒼月の槍が指し示す方向に身をひるがえして咆哮した。付近の兵士は吹き飛ばされて大地に転がった。立ち上がろうとした者たちは二度目の咆哮で頭を粉砕され、武器を手にしようと動くたびに身体を斬り刻まれた。

咆哮(ほうこう)自体が変幻自在の見えない兵器のようだった。

吹き飛ばし、叩きつけ、斬り刻む。

容赦なく命を喰らう。

龍が敵陣に向かって吠(ほ)えるたびに、辺りに肉片が舞い散った。

「あれを見たら……皇子に恩を感じるとか、そういうレベルじゃない。従うしかないって考えるんだよ。みんなわかってない。宮廷のお偉いさんや、名のある武官はあの戦場にいなかった。その後は龍の顕現がなくても、蒼月様がいるだけで勝てたからな。真の恐ろしさを知らない」

天音は龍の顕現した戦場を見たことはない。だが、どれほどの惨状になるのかは想像できる。

「夜華あたりは皇子様の人間性を評価して仕えてると思うけど、俺は違う。そりゃ出来の良い皇子様だと感心はしてるよ？　でも、なにより龍が怖い」

「蒼月様自身はそんなに怖い御方ではないだろう。強さがすべてではないといっていた」

「本人はな。でも龍は蒼月様自身でもあるから」

秋風は煙管の灰を落とすと小さく息をついて、「もう一杯茶を飲むか」といったん席を外した。

　天音はテーブルの上の小包がずっと気になっていた。蒼月からの届け物なのに、秋風は手紙を読んだだけで中身を確認しようともしないのが不自然だった。

　過去の経験から、天音が届け物を頼まれるときはろくなことがないのだ。

　小包に手を伸ばしかけたとき、秋風が「こら」と戻ってきた。

「駄目だろうが。勝手にさわっちゃ。皇子様からの贈り物だぞ。頑張ったご褒美なんだから」

「なんで中を見ないんだ？」

「楽しみはあとのほうがいいだろ」

　秋風は再びお茶を淹れてくれた。

「まだ話の続きがあるんだよ。ゆっくりしていけって。戦が終わって――もしあのとき龍が顕現しなかったら、どうするつもりだったのかと蒼月様に聞いたことがあるんだよ」

「顕現しなければ死んでいた状況だったのだろう？　そう聞いた」

　秋風は愉快そうに頷いて茶をすすった。

「そう。『死んでいたな』ってあっさり答えた。怖いのはさ、続けて『俺は死んでいたが、おまえたちは助かったはずだ』っていうんだよ。『俺は死んだら龍になるから』って。昔の〈龍の子〉はそうだったらしいね」

　先祖返り――。

たしかにそう思うのも納得の桁違いの龍力の強さだが、確信できるものなのだろうか。

「蒼月様は堂々と『俺があのまま突っ込んで死んだとしても、龍になって敵陣を喰らいつくして殲滅させた。だからあの戦場では勝てたはずだ』っていいきるからさ。先祖返りかどうかは、死ななきゃわからないっていうだろ。月龍国では数百年そんなの生まれていない。博打だなあ、と思ったよ。生き急いでる皇子だなって」

秋風は面白そうに語るが、天音はなぜか笑うことができなかった。

上質の良い茶の香りがする。一杯目と違って茶碗に手をつけられない。いやな胸騒ぎがする。

天音の視線がいぶかしげに茶碗に注がれているのを見て、秋風が静かに唇の端を上げた。

「――一杯目はがぶがぶ飲んだのに、二杯目は飲まないな。学習したか」

天音は瞠目した。秋風は「あーあ」と悪びれる様子もなく大きく伸びをした。

「一杯目に入れときゃよかったな」

「……やはり薬が入ってるのか？」

「ちょっと眠ってもらおうと思っただけだよ。下町の家に帰るっていうけど、念のためな。今日は宮殿に行かないように」

「なぜ？」

天音は即座にテーブルの上の小包に手を伸ばした。「こら」と叩かれる。

「小包の中身はなんだ？　手紙にはなんて……」

「そんなにあわてなくても、天音への贈り物だから見せてやるよ。落ち着けって」

秋風は小包を開いた。箱があり、中にはさらに木箱と象牙の小箱が並んでいた。

木箱の中身は絹に包まれた白い骨の欠片――龍の骨だ。そして象牙の小箱には、翡翠の耳飾りが入っていた。

「どうして……これを――」

「もしものときのために預けておくって。死んだら、渡せないからな。今日は式典なんだろ？　そこでなにか起こると危惧してるんじゃないか？」

「なにが起きるんだ」

「知らないよ。蒼月様、基本的に説明しないからな」

ここでもか――と天音は歯噛みする。

秋風はふたつの箱を丁寧に元通りに包み直した。

「これはまだ持っていくなよ。ほんとはいま開ける予定じゃなかったんだ。皇子様がどうにかなったとき、泣いてる天音を慰めて、『蒼月様はきみのことを――』とかいいながら俺が恭しく渡す設定になってるんだから」

「なんでそんなに落ち着いてるんだ？」

おどけた調子すらあるのが理解できずに、天音は当惑する。秋風はすました顔のままだった。

「慣れてるからね。蒼月様が死んだあとのことを頼んでくるのは。いままでにも何度も死を覚悟してる。天音は初めてだからピンとこないだけで、別邸にいるやつらも状況は把握している。軍部の総司令官に皇太子様が就く――その報せを聞いたときから、みんな内心『あ、今度こそウチの皇子様終わりかな』って。どうやって逃げて生き延びようって算段つけつつね」

「そんな軽々しく……」

「まあ何事もなかったようにやりすごすかもしれないしな。いままでもそうだった」

最後までお供しますという臣下は望んでいないと夜華はいっていた。その推測はきっと正しいのだろうが、状況に不似合いな軽妙さが納得できなかった。

「いままでは大丈夫でも、今回は駄目かもしれないいんだろう。だったら……」

「――信じてるんだよ。蒼月様は死したのちは龍になるって」

言葉を失う天音に、秋風は静かながらも奇妙に熱を帯びた目つきを向けてくる。

「たとえ龍の顕現がなくても――誰が犠牲になったとしても、いざとなったら龍になった蒼月様が蹴散らしてくれる。酷い目に遭っても、仇をとって無念をはらしてくれる。それに賭けているから、そばにいるやつに悲壮感はない。龍が俺たちのために暴れまくる姿を想像しただけで爽快だろ。蒼月様は自分が死んでも勝てるんだよ」

「……先祖返りなんて滅多にいない。もし違ったら……」

「そこはほら、俺たちは失うものがないやつも多いから。博打だけど、出るほうに全部賭けるに決まってるだろ」

賭けに負けたとしても、秋風はどうでもいいように笑うのだろう。それが彼なりの覚悟の決め方なのだと伝わってきた。

「――式典でなにが起きるんだ？」

「知ることで危険が及ばないように、あのひとは迂闊に情報を漏らさないから、ほんとにわからねえんだよな。でも、天音を宮殿に近づけるなって手紙に書いてあるから、従者として連れていかなくても、その場にいるだけで被害が及ぶ事態が起きると考えているのかもな。神殿跡の神官たちなら、真相を知ってる」

天音は「わかった」と椅子から立ち上がった。

「行くのか？　無茶はするなよ。俺はもしものときのために別邸の後始末があるから。ちゃんと贈り物は受けとりに帰ってこいよ」

秋風はひらひらと手を振った。

宮殿に近づけるな――。

それにどんな意味があるのか。仮に蒼月の暗殺が計画されているとしたら、危険なのは本人と側近くらいで広範囲に被害は及ばない。

だいたい華々しい皇太子の式典で、あえて因縁のある蒼月を殺そうと考えるだろうか。何事もなく無事に成功させたいはずだ。皇太子側に事件を起こす動機はない。

では、蒼月が死を覚悟して、龍の骨と耳飾りを秋風に託す理由はなんだ？　なぜ式典で自分が死ぬかもしれないと考えるのだ。宮殿にいるだけで危害の可能性のある脅威とはなんだ。

まさか龍――？

そこまで考えついて、天音は戦慄した。

馬車に乗り込み、御者に神殿跡へと急いで向かってもらうように頼む。

〈龍の子〉の血が薄まってしまったいまでは、龍は気軽に顕現させられるものではない。ただ古代の龍人たち――先祖返りといわれる者は自らの意思で龍を呼びだせたと伝えられている。そんな者は数百年にひとり現れるかどうかだ。蒼月が万が一その能力をもっていたら……？

だが、初陣のときの話を聞く限り、顕現するかどうかは不明だったはずだ。

（死してのち龍に――）

もしや自死するつもりか。しかし、それも賭けだ。龍になるかどうかわからない。それになぜ皇太子の式典でやる必要がある。生母や弟の心月――いままでの扱いに対する復讐か。

たとえ皇太子に遺恨はあろうとも、大勢の人間が巻き込まれるのに、蒼月が他人を道連れにするだろうか。でも、初陣のときのように怒りを身の内に治めることができなかったら……。

それともうひとつ、蒼月以外にも龍が顕現する可能性がある。守護する者もいないのに、地上にとどまっていたあれはやはり異質なのではないか。心月の風浪龍――。

　確信がもてないまま、馬車は神殿跡へと着いた。今日も参拝中止にされているらしく、人の姿はなかった。天音は陥没穴へと急いだ。先日まで確実に龍が潜んでいたはずだが、穴のそばまで歩いていって愕然とした。

　いない。風浪龍の龍力の気配が消えている。光界に帰った――？

「天音……？　なにをしてるのですか？」

　振り返ると、神官の雨蘭が咎めるような眼差しを向けてきた。

「どうしたのですか。今日、貴方はひとりできたのですか？」

「はい。風浪龍はどこに行ったのですか？」

「なんのことですか？」

「陥没穴にいた龍です。ここを降臨の間の代わりにして降りてきていた。いまは消えている。蒼月様から以前聞きました」

「――では、蒼月様から事情をお聞きなさい。私から話せることはありません」

　雨蘭は眉をひそめて厳しい顔つきになった。

「貴方が御寵愛を受けているのは知っている。でも、神殿の問題に口をだせる立場ではない」

「龍紋帳を見せてもらえませんか？」

　天音はあきらめずに詰め寄った。

「なぜ？」

「俺は全部の龍紋を覚えていない。勉強不足で申し訳ありませんが、どうしてもいま確認したいことがあるのです」

天音の勢いに圧されたのか、雨蘭は「わかりました」と管理棟の中に招いた。

資料室への入室を許可して、机の上に一冊の龍紋帳をだしてくる。

東湖州の山頂で拾いあげた紙の切れ端の龍紋は、星海龍のものではなかった。祠にはおそらく龍紋を記した札が置いてあったのだろう。記憶を辿って紙片と一致するものを探す。

切れ端にあった龍紋は、皇太子の夜行虎龍のものだった。

「――少し前にこの東湖州の村の山で、龍の顕現騒ぎがありましたよね？　山頂にあったのは月龍様を祀っている祠だと村人はいっていましたが、実際は違ったのですか？」

「いいえ。東湖州は、蒼月様の所領です。この神殿跡も、古代の月龍神殿があった場所です。東湖州の民は例外なく月龍こと星海龍様を崇めています」

「壊された祠の木々の残骸とともに、お札の切れ端のような紙が散らばっていた。その紙の切れ端に皇太子様の龍紋の一部があったのです。なぜ……」

「それは皇太子様だけではありません。月龍様を祀る祠ですが、あの村の米が献上品になったので、記念として蒼月様含めて五人の皇子の守護龍の札を一緒に置いていたそうです」

「五人全員の……」

星海龍の祠に夜行虎龍の札があったことで、龍の怒りをかったのかと思ったが、その推測は違うのか。だが、あの山を荒らしたのは風浪龍だ。蒼月は明言しなかったが、ほかには考えられない。

なぜ祠を壊したのだろう。たまたまほかの皇子たちも祀られていたが、もともと星海龍の祠ではないか。

「いつから風浪龍は消えたのですか。俺が見たときは、蒼月様の龍力に縛り付けられていました。陥没穴にいた龍は蒼月になついているようだったのに……。

「答えられる内容ではない。陥没穴になにが存在していたのか、風浪龍を知っていたと話してはいけません。貴方のためにはなりませんよ」

暴走する龍の存在を黙っていたとなれば、天音も巻き添えで責任を問われるからか。

「では光界に戻ったのではないのですね。なぜ今日、蒼月様は自らが死ぬかもしれないと考えているのですか？　なにか知っていたら、教えてください」

「――お帰りなさい。すでに貴方の関与できる問題ではない。蒼月様は貴方を可愛がっていた。何事も起こらなければ、明日また別邸でお会いできます」

起こるか起こらないか断言できない。人間の計画ではない。相手が龍だからか。

「俺にはなにも話せないということですか」

「そうです。蒼月様は貴方に本来いうべきではないことまで話しすぎている。それは蒼月様の自由ですが、神殿の意図するところではない。貴方は知る権利をもたない」

雨蘭は突き放した。物腰はやわらかいが、神官は特権階級だ。神殿は龍のためにあり、人々の防波堤であり、古代から自ら人柱となって世界を守ってきたという自負がある。

「いいえ、話していただきます。俺の龍像を見てもらえばわかる」

雨蘭の顔色が変わった。「まさか」と目に動揺が走る。

龍力が強いことで、龍の守護がついているとうそぶく者はたまにいる。だが、最初から神殿で龍像を見てくれというのは——。

雨蘭はそれ以上問わずに「少しお待ちを」といって部屋を出て行った。もし龍が守護している者ならば無下にはできない。貴人の生まれでなくても、たまに龍の守護を得る者はいる。おそらく儀式のためにほかの神官たちに相談しにいくのだろう。

「——こちらへ」

ほどなくして天音は復元された旧月龍神殿の内部へと案内された。

国は違えども神殿の造りはどこも同じで、最奥に降臨の間があるはずだ。そこに龍名を知らせる天啓石が置いてある。

降臨の間は広い。すでに二十人ほどの神官たちが集まっていた。龍像を見れば嘘は一発で見抜かれるために余計な詮索や問答はなく、すぐに儀式が始まる。

「聖酒を」

天音は杯に注がれた酒を一気に飲んだ。麻薬入りの強い酒で、龍すらも酩酊させるといわれている。

龍像を確認する儀式は、その人間の内なる龍――光界の龍とつながれていることを確認するだけなのだが、それでも神官たちが龍の降臨のときのように龍像に霊魂を喰われるのではないかと畏れたために、この酒を飲ませるのが儀式の手順に組み込まれたと伝えられている。

酒に強いといえない天音は、ふらつきながら天啓石の前に立たされた。

神官長が天音の額に龍石の塊をつけて呪文のような言葉を唱えた。かつて龍たちが話していたという、不思議な韻を踏む古語。

天音には理解できないが、内なる天羽龍が反応すれば意味が把握できるようになる。

それまでずっと「鎮まれ」と気配を消していた天羽龍に、己を解き放つように命じる。

「――この者の真の姿を映せ」

天音の身体から制御なしの龍力が放出される。普段は目に見えないが、神殿のなかでそれは光輝いて、床に天井へと四方八方に広がる。眩しいほどの白銀の光に降臨の間全体が彩られる。

膨大な龍力に、背後の神官たちがどよめくのが伝わってきた。

目前の神官長の顔つきが慄くように引き締まる。

「何者か」

「龍名は天羽龍。いま証を記す」

天音は正面の天啓石に手をかざす。

すると、石の表面に天羽龍の龍紋が浮き上がった。天音の全身が金の粒子につつまれたように輝き、ゆらりとその背後に龍の影のようなものが立つ。

神官長は震えながら天音の足もとに跪いた。

「神殿の力が維持されているからご無事なのは存じていましたが、この国にいらしたとは……」

「静宇という、華龍神殿のそなたらの同胞が助けてくれた。天羽龍として問う。降臨の間での出来事は神殿外には決して漏らさぬというのは月龍国でも変わらないか」

「もちろんでございます」

「では今日の出来事も秘事だ」

天音は背後の神官たちを振り返った。翡翠の瞳が発光するように輝く。

「われは天羽龍。陽華国の第九皇子。かつての名は悠華——!」

神官たちはいっせいにその場に膝をついてこうべを垂れた。

「ここが星海龍の神殿であることは知っている。だが、天羽龍は龍母。どこの神殿であろうとも国が違えども関係ない。東の大陸が国ごとに分かつ前から、龍を祀る神官たちを統べる者であり、そなたらの長だ。知っていることをすべて話してもらう」

六章　龍の母

龍母に守護される者が生まれるときは、世界に大きな変動が訪れるといわれている。

天羽龍は、どの宇宙の空をも軽やかに駆ける龍。すべての母となりえる。『龍の秘録』では子龍の一体に数えられる。

なぜ龍母と呼ばれるのか。

それは誕生の経緯がほかの〈龍の子〉たちとは異なるからだ。

神官のひとりに天羽という美しい若者がいた。優れた容姿の者ばかりを集めた神官たちのなかでも抜きんでた美貌を誇っていた。透きとおるような白い肌に魅惑的な翡翠の瞳。艶やかな黒髪に彩られた顔は美麗に整っていた。

天羽は龍に犯されても、唯一容姿が変わらなかった。

神官たちの多くは龍との交合をくりかえすたびに髪が銀色になり、眼も肌も色素が抜けたように薄くなり、特徴のある容貌となる。それも浮世離れした美しさではあったが、自分たちの力で変化しない天羽は龍たちにとって新鮮で魅力的だった。

天羽は〈神胎〉ができても、なかなか孕まなかった。その後も容貌の変化はない。

父龍たちは天羽の身体を弄び、手酷い凌辱をくりかえしながら問うた。

「なぜおまえは変わらないのか」

「わかりません。ただ私は父龍様たちに喰われるのではなく、自分が反対に喰ってやろうと挑むような気持ちで抱かれております」

挑発的な態度でも命を絶たれなかったのは、たんに龍の気まぐれだった。天羽の勝気な態度を面白がり、父龍たちは代わる代わる天羽の胎に精を注いだ。

とうとう天羽は子を孕んだ。

子を産んだら、ほかの神官たちのように死んでしまう。人間には真の意味で情けをもたない龍たちだったが、玩具として天羽を気に入っていたので、使い捨てにしないでおこうと考えた。

龍たちは天羽が出産で死なないように自らの血肉を与えた。ある者は目や耳、ある者は手や足、ある者は臓物と様々な部位を切り落として喰わせた。

天羽は子を産んでも死ぬことはなかった。龍の血肉を食すことで身体をさらに龍寄りに変化させられたのか、それまでの〈神胎〉もちの神官たちとは違って産卵した。

卵から生まれても、〈龍の子〉は人の形をしていた。生誕時は普通の赤子よりも小さいが、尋常ではない速度で成長し、ほんの数年で大人になった。

天羽はすべての父龍と交わり、その子を産んだ。

子と同じように自らの血肉を分けた存在だったために龍たちの情がわいたのか、天羽はその後も長く寵愛（ちょうあい）された。天羽を母体としたほうが龍の血を濃く残せると判断され、〈龍の子〉を産むのは彼の役目となり、神官たちの犠牲は減った。

天羽はその後も産み続けて、多くの〈龍の子〉を残したといわれている。彼は死ぬまで若く美しいままだった。

「子龍が増えたほうがいいのだ。彼らはひとに情けがある。人界にとっては救いだ」

天羽や神官たちは〈龍の子〉たちに愛情を注いで育てた。父龍は子育てに興味がなかったので、目論見（もくろみ）通りに多くの子は母側になついた。

やがて光界と人界の距離が広がり、父龍たちは深界との問題もあって光界に戻る。父龍たちに命じられ、〈龍の子〉たちは各地に散って建国した。父龍やほかの龍の訪れは守護龍にならない限り、基本的に神殿の降臨の間に龍像として現れるだけにとどめた。

実体がなければ霊魂を喰らうのみで、神官に〈神胎〉をつくって孕ますことはない。

いくら父子といえども龍同士――人界はおまえたちの好きにしていいといわれたのだから、〈龍の子〉たちは父龍や他の神格の霊魂たちの力を制限したのだ。

死後に〈龍の子〉は子龍となり、光界に戻る。龍になったときはその本質が強くなり、父龍と同じように容赦なく人間の霊魂を喰らいつくす荒々しさはある。だが、守護龍としては父龍よりも子龍のほうが人間に寄り添う情があって利益をもたらすとされる。

天羽は二百歳を超えるまで生きた。彼は龍の神殿を統べる大神官となり、各地の神殿を巡って最後に辿り着いた西方に近い土地——のちの陽華国となる国で余生を過ごした。

天羽は花や緑を育てるのが好きで、彼が種を植えると、その地では育たないといわれる品種まで見事に花を咲かせたという。都の神殿は彼の意向で豊かな花と緑に囲まれており、東の大陸一の美しい神殿といわれている。

亡くなったあとは、その身体がほとんど龍の血肉によって作り替えられていたため、龍になって光界へ昇っていったという。

本人も死ぬまで花のように美しい容姿を保ち、屋敷の庭園で花々に埋もれるように亡くなったことから、都の神殿は華龍神殿と名をあらためて、天羽龍を祀るようになった。国もそれにちなんで陽華国と改名した。

華龍は天羽龍の別名だが、一般には龍母と呼ばれることが多い。だが、天羽龍の姿が絵に描かれるときは必ず花々が一緒にモチーフとして添えられる。

天羽龍の系統もしくは天羽龍の眷属といわれるのは、彼が産んだ子龍たちをさす。

それらの子龍はたいてい母である天羽龍に従う。ほかの母をもつ子龍たちも、多くの兄弟を産んで龍となった天羽龍には敬意を示す場合が多い。もちろん例外もある。

しかし父龍にさえ対抗心をもって闘争的になる子龍が、天羽龍にだけは協力し、彼を守ろうとする行動がみられることが、多くの伝承や記録に残されている。

天羽龍が龍母といわれる由縁である。


天音(てんいん)は馬車の御者に宮殿へと急いでくれと頼んだ。

式典は正午から始まる。充分間に合うが、そもそもいつ龍が現れるのか予想もできない。

陥没穴から消えた風浪龍(ふうろうりゅう)――神殿跡の神官たちの話では数日前から姿が消えた。龍は神殿跡の陥没穴や、降臨の間のような特別な場所でないと人界に長くとどまれないため、光界へ戻ったと思われていた。だが、蒼月(そうげつ)は浮かない顔をしていたという。

「いったん力を溜(た)めに光界に戻ったのではないか」

風浪龍は陥没穴にいつのまにか降臨し、光界に帰ってもすぐに戻ってくる。それを長年くりかえし、ほかの龍たちのように神殿で神官たちの霊魂を喰らう行為もしない。完全に本来の龍の行動様式から外れている。

しかも、数か月前に降臨してからは陥没穴に長くとどまり、東湖州(とうこしゅう)で顕現までした。

蒼月の龍力で押さえつけていたのに、それを振り切って数日前に気配が消えたのは、良い兆候だと思えないというのだった。

どうして風浪龍が東湖州の山を荒らしたのか。

あれは怒りだ。元来は星海龍の祠なのに、月龍国の皇子五人が祀られていた。ほかの皇子が一緒に祀られているだけなら許す。だが、全員というのなら蒼月の弟の心月も加えるべきだ。正式には名付けられなかった皇子。しかしひそかに命名の儀式は行われて、風浪龍が守護としてついているのだから——庇護対象が皇子として数えられなかった事実に憤慨したのだ。

子龍は情がある個体がいるゆえに、時折常軌を逸した行動をとる。臍の緒に込められた怨念に引きずられているのか。いや、亡き弟をしのぶ蒼月の心につながれてしまっているのだ。

二体の龍と関係性をもつのは従来ありえないが、蒼月の龍力の強さと、星海龍と風浪龍の古よりの縁の深さから異常事態が引き起こされている。

兄上を尊敬している。平和であること以外は望まない。そういいながらも、生母や弟が亡くなったのはおそらく皇太子の陣営の仕業なのだろうという疑念は拭えるものではない。

初陣で蒼月を突き動かしたのは怒りだった。どんなに物分かりのいい振りをしても、人の心はままならぬもの——龍はその本質を映す。

天音は宮殿近くで馬車を降りた。

月龍宮殿の正門を入ってすぐの大広場が式典会場とされていた。正面には貴賓席用のやぐらが組まれており、すでに多くの上級武官たちが整列しているのが門の外からも見えた。

こんなところに一従者がのこのこ入れる状態ではないので、天音は裏門に回る。

式典のあとの宴のために、多くの官人や下働きの者がせわしなく右往左往していた。

蒼月はどこにいるのか。式典がはじまって貴賓席に移動されたら天音には近づけない。知っている顔がいないかと辺りを見回したが、兵部省の管轄の行事であり、第二皇子陣営は蚊帳の外に置かれているためか、声をかけられるような顔見知りの人物はいなかった。

通常の公務は休みのはずだが、誰かいないものかと殿内省の役所の棟を見に行った。長官の執務室を一か八かで訪ねてみると、楓柳が机で書類をめくって判をついていた。

「天音？　なにしにきた？　別邸の人間は昊天以外みんな休みだと蒼月様から聞いたが」

「楓柳様こそ……なぜ？」

「いや、わが一族は今日、父上も含めて具合が悪くなる予定になっていてな。俺もくるつもりはなかったのだが、急ぎの案件があったのだ。式典の様子も少し見ていくかと先ほど蒼月様に挨拶しにいったが、『どうしてきたのだ』と叱られてしまった。貴賓席の隅から式典を覗くつもりだったが、『会場には出てくるな』といわれたので、仕事を片付けたらすぐに帰る」

危険があると予測しているから、楓柳にも式典に出席してほしくないのだろう。

「蒼月様はどこにいるのですか？」

「急用か？　一時間もしないうちに式典がはじまるから無理だぞ。あとで言伝してやる」

「いいえ。どうしてもいま……お会いしてお話ししなければならないことがあるのです」

「なんだ？　少しぐらい待て。最初の就任の儀式さえ終われば、いったん席を外せる時間もある。いまは内廷の奥御殿で待機しているから無理だ」

「奥御殿……？」

「蒼月様の母上の住んでいた御所だ。いまも蒼月様が管理されていて、こういった行事の前はいつもそこで瞑想(めいそう)している。邪魔はできない」

当然だ。公務中の皇子など、愛人枠の従者に簡単に呼びだせる状況ではない。

「弟の——心月様の件だとお伝えください。そうすれば話を聞いてくださるはずです」

楓柳の顔がこわばった。

「なぜその名前を……」

母方の親族だけで命名の儀式をして葬ったといっていた。楓柳ならば知っている。そして勝手に命名したことは宮中では秘密のはずだ。

「わかった。おまえを奥御殿に連れていくことはできない。待っていなさい」

非常事態だと察したのか、楓柳はそれ以上問い詰めることもなく立ち上がった。緊張した面持ちで執務室を出ていく。しばらくして蒼月を連れて戻ってきた。

蒼月は動揺した様子で部屋に入ってきて、天音を見るなり「なにをしてる」と声を荒げた。

「なぜ、ここにいる？　秋風(しゅうふう)に頼んだのに、どうして俺のいうことをきかない……！」

「申し訳ありません。神殿跡に行ったのです。心月様の件で急ぎ伝えたいことがあります」

「……………」

天音の表情から差し迫った事情があると判断したのか、蒼月は嘆息して楓柳を振り返った。

「楓柳。すまない。貴方には聞かせたくない。不穏な事柄にはいっさい巻き込まれずに、貴方には無事でいてほしいのだ。皆を守ることだけに注力してくれ」

「──御意」

楓柳は心得たように静かに部屋を出て行った。

蒼月は天音に向き直る。

「風浪龍のことか……？　なにをいいにきた？」

天音はすぐさま腕を伸ばして蒼月の手をとると、もう片方の手も合わせてぎゅっと握りしめた。

「──怒りをお鎮めください」

唐突なその一言に、蒼月は茫然とした顔を見せる。

何故とはいわない。

「……無理だ」

なんの怒りか、どうして鎮めなければいけないのか、説明する必要はなかった。

蒼月は天音のいわんとしていることを理解している。ただ天音がなぜ指摘してくるのかと狼狽していたようだった。

「無理ではありません。そうしなければならない。貴方は優しい御方だ。風浪龍は貴方の心に反応している。貴方のために、今日この式典会場に顕現して、東湖州の山を荒らしたように暴走する可能性がある。今度は木々ではなく、人々が刈られます」

「俺が望んでいるわけではない。それに怒りなど……」

いいかけて、蒼月は当惑したように黙り込む。逡巡ののち、その目に初めて仄暗い感情がうっすらと浮かび上がるのが見えた。

「……怒りを鎮めてどうする？　俺はできることはなんでもしている。だが、俺がなにをしようと……周囲の者を気遣って、父上や兄上にどんなに尽くそうとも、危険視される状況に変わりはない。どちらにしろ同じだ」

「――生きるためです」

天音は握りしめている両手にさらに力を込めた。

「蒼月様が俺に愛人の振りをさせたときにいったではないですか。お芝居は得意でしょう？　怒りをかかえたままでは生きていけない。消すことはできなくても、鎮めてください。理不尽な出来事も呑み込んで、いままで生きてきたのでしょう？　いま投げだしては損です。貴方に死んでほしくない」

最後の一言に打たれたように、蒼月の表情から立ち込めかけていた翳りのような靄が晴れていく。彼はどこか力の抜けた様子で、天音の顔と、握りしめられた手を交互に見つめた。

天音はさらにいいつのった。

「それに……あんなふうに龍の骨と耳飾りを残されて死なれたら、こちらは寝覚めが悪いのですよ」

「……よかれと思って」

「重いです」

即答する天音に、蒼月はなんともいえない顔をした。手を引っ込められそうになって、天音はあわてて握り直す。

「違う。俺の性格的にも約束の期間を務めあげてから龍の骨をもらったほうがすっきりしますし、耳飾りは蒼月様の手で直接つけてほしいです。駄目なのですか?」

詰め寄られて、蒼月は困った顔をした。

「……きみは俺の機嫌をとるのがうまいな」

「末っ子なので。少し怒りは鎮まりましたか?」

「気がまぎれた」

憑物(つきもの)が落ちたような笑みを覗かせたあと、蒼月はあらためて厳しい顔つきになった。

「——風浪龍はたしかに俺の心に反応しているのかもしれない。だが、俺にはもう制御できない。龍力の縛りを破って逃げていったんだ。単純に光界に戻っただけかもしれない」

「でも、今日別邸の人間を式典会場にこさせないのは、貴方のなかの星海龍が警戒しているからでしょう?『暴れるために戻ってくる』と」

「そうだ」

気鬱そうに息をつく。

「風浪龍が敵意をもって式典会場で暴れたら、戦場のように多くが一瞬で死ぬ。神殿跡の神官たちには顕現に備えて、降臨の間に引き寄せる準備を頼んでいるが……。顕現と同時に暴走したら、それも意味はない。龍に対抗できるのは龍しかいない。俺が顕現を願っても星海龍が出てくるとは限らない。守護されている心月は亡くなっていて……風浪龍にやめろとは誰も命じられないから、どこまで被害がでるか。だが心月や風浪龍が理由で式典を中止しろともいえない。話したら、神殿跡の神官たちや楓柳の家に迷惑がかかる。俺の弟への感傷だけで勝手に心月と名付けて、龍が陥没穴にいるのも黙っていたからな」

「……風浪龍が会場に現れたとき、もし星海龍を顕現させられなかったら、自刃するつもりだったのですね。死して龍になる、と」

「秋風から聞いたのか」

「死ぬまで龍になるかわからないのに……博打すぎます」

「勝てる自信があるからだ。俺が龍にならないと思うか？」

見たこともないほどの強い龍力。大地の龍脈さえ従わせる。最初から同じ龍の皇子とはいえ、別物だと思っていた。先祖返りだ、と。

天音はまっすぐに蒼月を見つめた。

「――いいえ、龍になると思います。貴方が龍にならないのなら、ほかの誰が龍になるというのか。でも死んでほしくない。蒼月様でいてほしい。勝ち逃げは駄目です」

いいおわらないうちに、強い力で引き寄せられて抱きしめられた。

蒼月は天音の髪を撫でながら、その耳もとに顔を埋める。

「きみはほんとに俺のご機嫌とりがうまい。欲がでて、生きたくなってしまう」

「それが普通です」

天音にふれるとき、蒼月はいつも微弱な龍力を流し込んでくる。最初は拘束するためだったが、いまはごくかすかな量がまとわりつくように、離れがたい意思を表すように伝わってきて、やわらかくつつみこんでくる。

内なる天羽龍は反発しない。いやがらない。龍も蒼月に生きてほしいと思っている。

「……だが、もし風浪龍が現れたら、対処の仕様がない」

「それについては、俺に考えがあります。蒼月様が怒りを鎮めてくれれば、風浪龍が出現しても暴走させずにすむかもしれない。もともと亡くなった心月様に守護龍がついたままの異常事態が起きるのも、蒼月様の龍力が強すぎて引きずられているせいだと思うので」

「俺にどうしろというんだ?」

「心穏やかにしてください。風浪龍が出てきても、星海龍を顕現させようとか、死んで龍になろうとか思わないでください」

「それでなにが解決する？」

いぶかしげな顔をする蒼月に、天音はどうやって説明したものか迷った。

「宮廷に天啓石はありますか？」

「内廷に小さな神殿がある」

「そこの神官は丸め込めますか？」

「神殿跡から派遣されている神官だから……敵ではないが」

「龍の観測をしているのは龍術寮ですよね。各地に観測所があると思いますが、そこの記録も全部ごまかしてほしいのです」

「どういうことなんだ……？」

天音はしばし考え込んだが、あまり時間がない。

「風浪龍をなだめられそうな存在に心当たりがあるのです。そいつは守護している人間が死にそうなときでさえ現れないのですが、子供の鳴き声には弱い」

蒼月は理解しかねるように眉根を寄せたが、ふいに思い当たったように目を見開く。

「……きみは――」

天音はその先を制した。

「いまは詳しく説明できない。俺を信じてください」

式典が始まった。

本来は軍の総司令官は帝に任命されるが、いまは行事に出席できないので、すでに任命式は帝の御所にて非公開で終了している。

式典では各地から諸侯や武官たちが集まり、皇太子の彰武に祝辞を述べて御祝いの品を献上する。その後、御前試合が行なわれるため、広場に会場を設けているのだ。

天音はひとりで龍術寮の訓練場にいた。詰所の裏に位置するので、正面広場の式典の様子は見えないが、その上空は見通せる。

蒼月に頼んで龍術寮の役所の一帯は人払いをしてもらった。観測所の大きな龍石を借りてきて地面に置く。巨大な龍力が接近すると、龍石はその色を変える。

なにも起こらなければ式典が終わるまで、天音はただ突っ立っていればいい。

蒼月には「なんとかできると思う」といったが、天音は龍を自分の意思で顕現させた経験はない。だが、静宇たちにそのときがきたら自然と身体が動いてしまうと告げたように、それがいまなのだと直感していた。天羽龍もきっと同じ考えで手を貸してくれる、と。

天羽龍は、天音が次兄の軍勢に襲われたときには姿を現さなかった。なんて薄情な龍なのだ、役立たずめ――と心のなかでさんざん文句をいったが、彼の真意はうっすらと理解している。

天羽龍はあの場に顕現して、反乱軍を咆哮（ほうこう）で殲滅（せんめつ）させたくなかったのだ。

天羽龍は龍母だ。むやみに戦闘を好む龍ではない。静宇と彩火（さいひ）に守られて天音が生き延びると見越していたから、わざわざ顕現せずともよいと判断したのだろう。

龍に人間的な思考があるかどうか不明だが、内なる龍の感覚を自分なりに解釈するとそうなる。彼に情けがないわけではない。その証拠に、陥没穴の風浪龍の鳴き声には反応していた。

泣くな、わが子よ——と。

風浪龍は天羽の産んだ〈龍の子〉のひとりだ。母ならば風浪龍をなだめられる。

一番望ましいのは風浪龍が出現しないことだ。頼むからくるなくるな……と天音は祈り続けた。無事に式典が終わればそれでいいのだ。

しかし、そんな祈りもむなしく、足もとの龍石が色を変えはじめた。

いままで晴天だった空が暗くなって、風が吹きはじめる。どんどん風力は増し、異界との交わりを知らせる圧のような空気がひしめいてきて、天音の身体は重くなる。

——駄目だ、くる。

空の一部に円形の空間が浮き上がり、渦巻きながら光に満ちあふれるのが見えた。

よりいっそう風が激しく吹き荒れる。

風をあやつり、出現前から龍が荒ぶっていると不穏な気配を伝えてくる。

ここからは見えないが、会場の大広場も空の異変にざわついているようだった。

天音は地面に膝(ひざ)をついて、ひたすら内なる天羽龍に祈りを捧げた。

天羽龍よ、頼む。

俺が文句をいうように、おまえも俺に対して気に喰わないところが多々あるのは知っている。陽華国にいた頃から、龍母らしくたおやかに振る舞わないのがさぞ不満だっただろう。粗野で血の気が多い性質をいやがっていたのもわかっている。これからなるべく改めるから……。

頼む。蒼月を――龍の末裔(まつえい)たちを救ってくれ。

龍力が全身に満ちた証拠として、天音の翡翠色の瞳が明るく光り輝いた。

「――天羽龍、顕現せよ」

内なる龍が、光界の本体を引き寄せるように身体のなかで咆哮をあげる。

ふいに嵐のような強風が吹き荒れ、天音はぐらりと倒れそうになった。

「龍だ！」

誰かが叫ぶのが聞こえた。

蒼穹(そうきゅう)が薄墨を刷(は)いたような色に塗り替えられる。雲が湧き、流れが早くなる。風が狂ったように吹き荒れ、異界からの神なる存在の訪れを告げる。

嵐とともに、渦巻いた光の円から龍が躍るように空を降りてくるのが見えた。

風浪龍だ。

濃い青翠色(あおみどり)の鱗(うろこ)がきらめく。ほっそりとした流線形の胴体をもつ龍が、宮殿の正面広場を目指して下降してくる。

空気が振動する咆哮が辺りに響く。暴風で訓練場に植えてある木々の幹がしなった。

広場にいるのは多くが武官なので悲鳴こそあげないが、宮殿外からも龍が上空に迫っているのは見えるので、市中からの阿鼻叫喚が遠くに聞こえた。

普段の降臨は金の粒子の流れ星みたいな龍だから人々は足を止めて神々しい光景に見惚れるが、今回は顕現した龍だ。

風浪龍はぎろりと金色の目を輝かせて、宮殿の上空をゆっくりと旋回した。威風堂々たる姿で圧倒的な力の差を、人の子らに見せつける。

緊急事態を知らせる鐘の音が鳴り響く。

「龍が顕現した！」

「鎮めよ！　神官たちを集めろ。唱和させろ」

「駄目だ。龍の目を見るな。怒りを煽る。避難しろ……！」

様々な声が飛び交い、もはや統率がとれていない。

しかし、顕現してすぐに襲いかかってこないのは、蒼月の心が鎮まっている証拠だ。

「――もう一体、新たにくる……！」

悲鳴のような声が聞こえて、天音は空を見上げた。

荒れ狂う空に、再び円形に空間が開き、光があふれでる。

そこから二体目の龍が降りてくる。風浪龍の二倍ほどの巨体で、白銀の鱗と翡翠色の瞳をもつ龍——天羽龍だ。

「……きた……」

天音は安堵のあまり、その場に崩れ落ちた。

天羽龍は白銀の鱗に金色の粒子をまとったようにきらきらと光り輝いていた。天羽龍が空に絵模様でも描くようにゆるりと動くたびに暗い空が少しずつ明度を上げる。

宮殿の真上まで迫っていた風浪龍が上空に出現した龍の存在に気づいた。

異なる龍が接近してくるのを許すまいと、風浪龍は再び上昇して高度をあげる。

空を昇りながら威嚇するように咆哮する。

しかし、ゆるゆると降りてきた天羽龍は動じたふうもなかった。風浪龍と衝突することはなく、その周囲をぐるぐると回る。

天羽龍は唄うように鳴いた。その鳴き声から龍力が伝わって大気を揺らす。鳴き声は風浪龍をつつみこむように広がった。風浪龍はなおも咆哮したが、だんだん動きが鈍くなる。

上空で二体の龍は争うわけでもなく、交互に位置を変えて奇妙な動きをくりかえしていた。

「……そうだ、母ならば子を叱りつけて光界に連れて帰ってくれ。あんまり下には降りてくるな。頼む、龍名がバレる……」

もはや祈るしかなかった。

龍が近づいてくると天啓石に龍紋が刻まれる。宮廷の神官は蒼月が丸め込めるというので漏洩されないだろうが、上空よりも接近されるとさすがに外見的な特徴で特定される。

いまの距離だと降臨のときと同じような金色の光をふわふわとまとっているので、かろうじて白銀の龍だろうかと推測するくらいですんでいる。

都のすべての警鐘が鳴り響く。鐘の音とともに混乱が伝播していく。

神殿跡を含め近隣の神殿では神官たちが緊急招集されて、突如出現した龍たちを降臨の間に引き寄せるために古代の龍語の唱和がくりかえされていることだろう。

唱和で誘いながら、神殿は貯蔵している龍力をいっせいに放って、龍を拘束しようとする。人界での顕現は長くは続かない。弱ったら、龍像になるので降臨の間に引き寄せる。

見えない力のせめぎあいが始まる。

天羽龍は風浪龍の周りを飛び続ける。風浪龍はなんとか逃れようとするが、すぐに行く手を塞がれてしまう。

風浪龍の口が大きく開いたが、すでにそこから出るのは咆哮ではなく、訴えかけるような細い鳴き声だった。

天羽龍は辛抱強くゆったりとした動きで風浪龍の周りを飛び続ける。その巨大かつ流麗な白銀の体軀で静かに恫喝するように。

風浪龍は根負けしたように天羽龍の動きに合わせはじめた。並行して空を旋回しながら、徐々に高度をあげる。

やがて二体の龍は絡みあうようにしながら空を昇っていった。

天音が固唾を呑んで見守る中、その姿はさらに遠くなる。

嵐はやみ、雲が流れて空が明るく晴れてくる。再び光界への出入り口が開いて、龍たちは吸い込まれるように消えていった。

「……よくやった、天羽龍」

やっと緊張が解けて、天音は大きく息を吐きながら地面に倒れるように寝転がった。


式典は中止となり、後日に延期された。

龍の正体は判明しなかったと、神殿や龍術寮の観測所は報告をあげた。

守護龍でない龍は、本来ならば人界に顕現しない。神話の時代に〈龍の子〉たちが大地に龍脈を張り巡らせたため、『龍の秘録』に名を連ねているもの以外の、新たな龍や侵入者たちは防げる構造になっている。龍脈の防御のせいで、通常ならば力が減衰されたかたちでしか降りてこられない。異界の降臨の多くが妖魔となりはてるのは、神格が保てないからだ。

だが、神殿の力が弱まったときや、光界と深界と人界の力の均衡が崩れたときには馴染みのない龍や他の神格の霊魂の顕現が可能になる。何事も例外はあるので、今回の件は異変の前兆かもしれないと予測された。

さらに青翠色の龍は宮殿のすぐ真上まで迫っていたので、その特徴から風浪龍かもしれないとの所見がつけくわえられた。

風浪龍は蒼月の生母が身籠っていたときに、その守護龍になるといわれていた龍。母子の死には当時から黒い陰謀が囁かれていた。無念の最期を遂げた赤子の祟りではないかとの噂が出回って、宮中ではひそかに騒ぎになったらしい。風浪龍は皇太子様を狙ってきたのだろう、と。

風浪龍が宮殿の上を旋回しているとき、周囲の者たちはその場から避難したが、「お逃げください」といわれても、蒼月と皇太子の彰武だけは動かなかった。

彰武はただじっと正体を見極めるかのように風浪龍を見つめていたという。

ぎらぎら光る風浪龍の金色の目は彰武をあきらかに狙っていた。

皇太子の近衛たちも慄いて後ろに引こうとするなか、蒼月が勇ましく彰武を庇うように前面に立ちふさがった。そして風浪龍に「鎮まれ」と語りかけるような慈しみの視線を向けたという。

風浪龍はためらうように宮殿の真上を旋回し続けた。そのうちにもう一体の龍が現れたので、威嚇するために空に昇っていった。

二体の龍が光界に戻ったあと、彰武は会場の皆の前で蒼月をほめたたえた。

「蒼月。美しい弟よ、おまえは俺の盾だ。やはり誰よりも頼りになる」

「兄上をお守りすることが俺の役目ですから」

蒼月は誇らしげに答えたという。

天音が見ていないところで、蒼月はきっちりと生きるための芝居をうまいこと演じていたらしかった。

食えない皇子だ。天音がわざわざ天羽龍を呼ぶ必要もなかったのではないか。

――このような式典会場での出来事は、あとから楓柳に宮中の反応を含めて詳細を教えてもらったものだ。

風浪龍らしき龍が現れたことで、せっかくの式典が中止になった。昔の黒い噂も取り沙汰されて、皇太子は勢いを削がれるかたちになったという。くわえて龍を前にしても引かなかった蒼月と皇太子は互いに信頼して支えあう兄弟として美談になったので、しばらく危惧するような事態は起きないだろう――と楓柳は今後の見通しを語った。

当日の天音はそんな展開になっていたとはつゆ知らず、訓練場で寝転がったあと、気を失うように眠ってしまった。顕現を願ったことで、初めて龍力の疲労を感じたのかもしれない。

別邸に運ばれたあと、丸一日眠っていた。

目が覚めたとき、蒼月が見守るように寝台の脇の椅子に座っていた。時間の感覚がなかったため、天音はあわてて飛び起きた。

「……え、ここ……俺はどうして」

　蒼月は安堵したのか口許をほころばせた。

「訓練場で倒れて、そのまま眠っていたんだ。疲れたんだろう。あと数日は休んだほうがいい」

「──問題はなかったですか？」

「風浪龍の件なら大丈夫だ。神殿跡の神官や楓柳に迷惑をかけることにはならなくてすみそうだから」

　ほっと胸を撫でおろす天音を、蒼月はどこか眩しそうに見ていた。

「ただ後から現れた龍のことだが……」

「神殿の天啓石が反応しましたか？」

「いや、風浪龍の龍紋は刻まれたけど、もう一体は上空にいたから反応しなかった。風浪龍のこともぼやかして報告させるつもりだ」

「そうですか」

　蒼月は椅子から立ち上がり、寝台の端に腰をかけて、天音の顔を覗き込んだ。

「……きみは何者？」

　神殿跡の神官たちには正体を告げたが、彼らはたとえ蒼月相手であろうと、神殿の掟に従って秘密は守ってくれるはずだ。

「それを周囲に知られたら、俺は月龍国にいられなくなります」

蒼月は悩ましげな顔になった。

「きみみたいに龍力が強い子は市中にも珍しくはない。龍の血は思わぬところに広がっているものだから。……でも、きみは陥没穴に風浪龍がいると気づいた。あの場所は俺の龍力でつねに覆われているようなものだから、普通は判別できないのに。あれがずっと引っかかっていた」

皇太子の彰武でさえも陥没穴の異変に気づいていなかった。

天音がわかってしまったのは、風浪龍が天羽龍の子だからだ。母は自分の子は見分ける。

「白銀の龍だった。……龍母か」

天羽龍以外にも白銀の龍はいる。だが、龍の特徴はそれしか見えてなくても、風浪龍をなだめられること、陽華国から流れてきた天音の出自を考えあわせれば自ずと答えはでる。

「行方不明だが、すでに死んでいるとも噂されていた、陽華国の末皇子の悠華なのか？」

「——そうだとしたら、どうしますか？」

蒼月は厳しい表情で考え込むように黙り込んだ。

天音は目線を落とし、自分の手の指先をぎゅっと握り込む。

「俺は良からぬ目的で月龍国に入り込んだわけじゃない。ただ死ぬわけにはいかないから、下町の天音として生きていこうとした。貴方の従者になったのも……ほんとうに龍の骨が欲しくて困っていただけだ」

　蒼月はゆっくりとかぶりを振った。

「……そんなことは疑っていない。もしそうなら、今回の件にわざわざ首を突っ込まないだろう。なぜ俺を助けようとした？　こんなことをしていたら、すぐに出自を知られてしまうぞ」

「なぜ――といわれても」

　同じ龍の皇子として境遇が重なるところもあって感情が入りすぎていた。最初は傍観者でいるつもりだった。でも死ぬべき人間ではないと判断した。天羽龍も助けることを望んでいた。なによりも自分が死んでほしくないと思った。つまり――。

「俺が貴方を気に入ったからです」

「……」

　蒼月は無言のまま天音の手をとって握りしめた。

「俺を捕えますか？　牢屋に入れる？　それとも陽華国に引き渡しますか？」

「いいや」

　首を横に振ったあと、蒼月は顔を近づけて天音の唇を軽く食むように吸った。

　握りしめた手の指をからめてさらに強く力を込める。

「どこにもやらない。きみは俺のものだ」

七章　自ら選びとる使命

悠華として生きていた頃、天音には課された役目があった。

「悠華。俺の隣にいつまでも居てくれ」

長兄は天音が幼い頃からそう語りかけていた。

陽華国は純粋な龍の血統を受け継ぐ国――皇帝の一族は近親婚をくりかえしていた。

天音は皇子ではあったが、いずれ長兄の伴侶(はんりょ)になると定められていた。

「早く大きくなってくれ。おまえが龍の伴侶になってくれれば国も安泰だ」

天羽龍は多くの〈龍の子〉を産んだ。

その事実から天羽龍が守護につく皇子には、古代の神官たちのように〈神胎〉ができるといわれていた。

陽華国の華龍神殿は、天羽龍を祀る神殿であり、各国の様々な龍の神殿を統べる総本山。

実際に天羽龍を守護龍にした皇子で、〈神胎〉ができて子を孕んだ者はいた。子はかつての〈龍の子〉と同じように死後は龍になったとも伝えられている。だが、時代を経るにつれて、皇子に〈神胎〉ができる可能性は低くなった。たとえ〈神胎〉ができて孕んだとしても、生まれた子は長く生きなかった。

　それでも天羽龍が守護龍になった皇子は、伝統的に皇太子である兄と結婚させられる。ただし、必ず子を孕むわけではないため、ほかに子を産むための女人も妃として娶られる。

　皇太子と結婚するのは、龍母を守護龍とした皇子の義務だった。

　天音も幼い頃からそれが己の使命だと教えられていた。あたりまえに行われていたので近親婚にも抵抗はなかった。姉の多くが兄たちの妃になった。十五歳になったら天音も龍の契りの儀式が行われる予定だった。

　古代ではもっと早い年齢から床入りしていたといわれ、天音も幼少期から契りの儀式を描いた図入りの絵本でどういう行為をするのか教育自体は受けていた。

「まだガキのくせに。こんなものまで読まされて……馬鹿だな。兄上の種をもらっても、強い龍は生まれないぞ。〈神胎〉さえできるものか。あいつは弱いから」

　反乱を起こした第二皇子——次兄の翔天は「やめとけ」と天音の絵本を見て笑っていた。

「悠華が強いから構わない。黎明兄様を助けるためです」

「俺だったら孕ませることができるのに」

「翔天兄様は強いから、悠華の助力などいらないでしょう」

「まあな。おまえは龍母としてはガサツすぎる。神事以外でも、少しはそれらしく見えるようにおとなしくしとけ」

天音が一番なついていたのは長兄だが、反乱を起こすまで、次兄との仲も悪くはなかった。不遜（ふそん）な態度は目立ったが、彼は天音を弟として可愛（かわい）がっていて、その立場に同情的ですらあった。ほかの兄たちも総じて末っ子の天音には甘かった。なにせ龍母の皇子というのは兄と結婚しなければならないうえに、他国から命を狙われる危険性も高い。人前では顔を隠して過ごし、つねに神殿で祭祀（さいし）に励んで大地の安定を祈り、女性と交わることもできない。生き神のように尊ばれる存在とはいえ、皇子としては損な役回りだからだ。

〈神胎〉は必ずできるものではないのに、時代が移り変わっても龍母の皇子を皇太子と結婚させ続ける理由は、天羽龍に多くの眷属がいるためだった。

天羽龍は龍母として系統の子龍を従えられる。敵方の龍が眷属だった場合、もはや脅威ではない。天羽龍は多くの子を産んで、〈龍の子〉たちは各国に散らばっている。

古代から陽華国はそうやって多くの国に攻め込んでは併合をくりかえし、〈最初の龍の子〉がつくりあげた月龍国と並び立つ帝国になった。

龍母を敵にしてはならない。

だからこそ帝と皇太子を亡き者にした次兄は、天音が自分に味方をしないと判断した場合には末弟を殺さなければならなかった。ほかの弟皇子に奪われたら勢力争いに影響がでる。

陽華国の悠華としては、反乱を起こした次兄を打ち倒すためにほかの兄たちとともに闘うべきだったのかもしれない。

だが、天音は悠華である前に天羽龍だ。

最初は一丸となって次兄に対抗していた兄たちもそれぞれ離反し、互いに争いはじめたと聞く。争わないものは殺されたという。不毛な戦いに、天羽龍を加勢させるわけにはいかない。

だから天音は陽華国には戻れなかった。龍母は死ぬわけにはいかない。

龍母が守護龍になるときは、世界が大きく変動するといわれており、大地を守るためだと伝えられている。

龍たちが争うと、大地の龍脈が乱れる。自然の理（ことわり）が崩れ、異界からの防御壁の役目も薄れてしまう。それらを正しく維持するために神殿は龍たちを降臨の間に招き入れて奉仕し、巨大な龍力をつねに貯蔵庫のように蓄えているが、神官たちには莫大（ばくだい）な負担がかかる。

神官から龍になった天羽龍は、すべての神殿の守護者であり、神官たちに慈悲を与える者でもある。龍母を宿す皇子が人界にいるかぎり、神殿はその龍力の維持が容易になる。

天音の身体からは足もとの大地を伝わって、天羽龍から各神殿へと莫大な龍力が供給されている。

蒼月のように龍脈の力を動かせるわけではない。だが、龍力の量だけなら天音は無限大だ。

だから天羽龍はほかの龍に比べて身体が大きい。そしてつねに大地のために龍力を垂れ流している状態だから、好戦的な龍のように戦闘は好まないし、する余裕もない。それは自分の役目ではないと考えているからだ。

「生きているだけでいい」

陽華国で課せられていた役目は捨ててもいい。この大地の上で生きているのなら――。

静宇が祖国から天音を連れだして、「生き続けるのです」と告げたのはそのためだった。

記念式典のあと、天音は丸一日寝たおかげで体力はすっかり回復したが、蒼月の命令でその後も休めといわれた。

二日目まではおとなしく部屋で寝ていたが、三日目にはさすがに飽きて宮廷に出仕しようとした。しかし、「まだ部屋から出るな」と厳しくいわれた。

「しばらく宮中には出仕しなくていい」

なにか問題でも起きたのかと心配になったが、龍の顕現騒動は無事に収束しそうだから気にしなくていいとの返答だった。

その夜、夜華(やか)が果物(くだもの)をもって天音の部屋に見舞いに訪れた。

「――どうやら天音はいま大変な病気で苦しんでいるらしいよ?」

「は?」

「蒼月様が出仕しない理由を宮廷でそう伝えている。原因不明の病で苦しんでいて、具合がよくなるまで休ませるって」

まさか龍を顕現させたせいで倒れたとはいえないため、仕事を休む理由は風邪で熱がでたと周囲には伝えているはずだった。自室から出られないので、外部の状況が把握できない。なぜ風邪が大変な病気に変更されているのか。

「天音、まだ熱あるの？」

「もう元気だ。ほんとは一日で治ったのだが、蒼月様が寝てろというので休んでただけだ」

剝(む)いてもらった柿をもぐもぐと食べる天音を、夜華は微笑(ほほえ)ましげに眺めた。

「大切にされてるねえ。蒼月様、きっと気にしてるんだ。天音がいきなり熱だして寝込んだっていうから、そりゃ心配だよね。ところで耳飾りもらった？」

「いや……まだ」

天羽龍を顕現させたことで、すべてを成し得た気になってすっかり忘れていた。

「もしかして伽(とぎ)が怖くなって、風邪ひいたって仮病使ってる？」

「違う。なんでそうなる」

「ほんと？　なら、いいけどさ。風邪なんかひきそうもない天音が三日も休んでるから、俺もなんなんだろうって思ってたよ。見舞いしたいっていっても、今日まで部屋に入るのすら許してもらえなかったし。耳飾りが完成したら、夜伽をさせるっていわれてたんだろ。蒼月様がさんざん『楽しみだ』とか煽って、天音も『受けて立つ』みたいなヘンテコな会話してたじゃない。あれで結局恐れをなして知恵熱でもでたのかなって」

「俺も人間だから風邪ぐらいひく。まだ耳飾りはもらってないし、怖いもなにもない。一度口にした言葉は違えないし、望まれたらいつでも応じようという所存に変わりはない」

「ほう、それはそれは……体調は大丈夫なんだ？」

「ほんとなら今日から出仕するつもりだったんだ。蒼月様に止められただけで元気だ。夜華からも、仕事させてても平気だと伝えてくれ」

「わかった。伝えておく」

夜華は部屋を出るまえに「頑張れよ？」と謎の激励を残していった。

明日からは通常の暮らしに戻れると安堵したものの、最後の一言が妙に引っかかった。

翌日も出仕の許可はでなかった。

正午過ぎに、昊天が「今夜、蒼月様の寝所に侍るように。お帰りは遅いので、夜半すぎになる」と伝えにきた。

昨夜、夜華が見舞いにきたのは、宮廷に出仕させるかどうかではなく、夜伽をさせても大丈夫かどうかの確認だったのだと知る。

――とうとうきた。

夕刻、天音は浴場で普段よりも念入りに身を清めた。どうせ別邸を訪れた初日から覚悟していたので、いまさら房事への恐れはなかった。

夜半になるのを待って、蒼月の寝所へと向かう。

添い寝するために何度も訪れているが、今夜はいつもと異なる行為に臨むのだと考えたら、まったく意識しないといったら嘘になった。武者震いに近い緊張感はある。

「――身体の具合はどうだ？」

心持ち表情をこわばらせている天音を前にしても、蒼月は普段と変わった様子はなかった。

あれだけ「泣かせる」と子供みたいに煽っていたくせに、からかうふうでもなく、かといって甘い雰囲気があるわけでもない。

寝台に腰を下ろしたところで、天音はどこかに耳飾りはないかと象牙の小箱をさがしてしまった。室内の見える場所には置いていない。

「平気です。身体は丈夫なので。風邪も幼い頃には何回かひいたけど、成長してからはたぶんひいた記憶がないです」

「……そうだろうな。楓柳に風邪だといっても、『嘘だ。あれは風邪などひかないだろう』と納得しないから、悪いものでも食べたのか原因不明の高熱がでて苦しんでいると伝えなければならなかった」

どうして宮中でいつのまにか「風邪」が「大変な病気」になったのかが解明された。

「顕現させたあとは、その場ではなんとかなっても、後日に疲労が襲ってくるはずなんだ。きみはほんとに大丈夫なのか？」

「さすがに初めて気を失う経験をしましたけど。俺はいままで龍力を使って疲れるとか倒れるとか眠くなるとか、ほぼなかったんです」

「……龍母だからか。無尽蔵の龍力」

蒼月はあらためて事実を噛みしめるようにいう。

「きみに確認しなくてはならないと思っていたんだ。陽華国は古い伝統を守っていて、いままでは他の国では忘れ去られたような儀式やしきたりも多いと聞く。神殿との関係も密接だと――神殿に関わることは秘事が多いから、外部に詳細は伝わってこない。陽華国の皇族や貴族はいまでも近親婚が行われているというのは……」

「事実です。姉たちはみんな兄たちに娶られていた。ただ血が濃すぎると、才能が偏った者が生まれやすい。だから、姉や妹と結婚したら、必ず他国からも妃や妾を迎えていました。昨今は昔と風潮も変わってきたので、他国からの姫たちを正妃とすることが多かった。どちらかというと、姉や妹たちのほうが日陰の身なのです。龍の血の濃い皇子を産むためだけですから」

国を出たのは九歳だったが、それがあたりまえだと思っていた。月龍国で暮らしはじめてから、祖国の風習が忌まわしいことのように語られるのだと初めて知った。

「その……龍母を守護龍とする皇子にも、特別な役割があると聞いた。末皇子の悠華に天羽龍の守護がついたとは知っていたが、歴代の龍母の皇子についてはほぼ公開されている記録がなくて、詳細は謎だと……」

「公には悠華という名すら明らかにしていないはずです。でも宮殿の使用人たちの口からどうしてもそれくらいは洩れてしまう。誕生のときに龍が顕現したら、隠しようがないですしね。どの国にも間者が入り込んで観測していますから。基本的に、龍母の皇子は狙われるから何事も秘密にされるんです」

「命を？」

「そうです。系統の龍たちを従えるとされているから。天羽龍の眷属の子龍が守護龍になったら、その国の皇族や王族は脅威に思う。天羽はたくさん産んだから、彼の〈龍の子〉たちはどの国にでもいる。反乱の前から、俺は何度も攫われかけたり、暗殺されかけた。でも、俺にいわせれば天羽龍はただの龍力の貯蔵庫で、動く神殿みたいなものです。龍力が枯渇した大地を見つけて潤すのが役目で、戦闘も子龍たちを利用するのも好きではない」

無尽蔵の龍力があるのに、天音が刀剣を振るうときにはあまり力を貸してくれないことからも明らかだった。

「俺がこんなふうだから説得力がないでしょうが、龍母の皇子というのは、本来もっとしとやかに育つはずなんです。皇太子の兄と結婚すると決まってるから、幼い頃から女物の服を着せられて、姫みたいに育てられます。でも俺は気性的にそういうのが合わないから嫌がった。誘拐や襲撃の危機がつねにあったので、自分の身を守れるくらいに強くなりたかった。長兄は優しい人だったので、『悠華の好きなものを着せてやれ』と兄たちと同じく皇子の格好をして、武芸の稽古をするのも許してくれた。周囲はみんな龍母らしくないと嘆いていましたが」

「結婚というと、その……」

蒼月はいいかけて気まずそうに黙り込む。

「――ひょっとして〈神胎〉のことを聞きたいのですか？」

「いや、神殿の秘事でいえないことなら、無理に話さなくてもいいんだが。やはり龍母の皇子といったら、それがどうなっているのか……」

「〈神胎〉については世間に出回っている話通りですよ。昔、神官たちに〈神胎〉ができて〈龍の子〉を産んだ。天羽はその神官たちのひとり。彼は唯一、神官から龍になった。その龍が守護龍になった皇子には〈神胎〉ができて、子を孕むことがある」

「ほんとに子を産むのか？」

今夜、耳飾りが用意されていない理由を察した。

蒼月は現在の状況では子をつくるわけにはいかない。すぐに命を狙われてしまう。だから彼はあらかじめ妃も妾も娶らないのだ。

「安心してください。俺にはそもそも〈神胎〉はできていない。古代ならともかく、いまは〈神胎〉ができる確率は低いんです。奇跡が起こるようなものです。〈神胎〉ができても、孕むとも限らないし」

「いまはなくても、これから〈神胎〉ができる可能性はあるのか？」

「それは……〈神胎〉は生まれつきじゃなくて、龍と交合することによってできるものなので、なんともいえないですが。〈神胎〉をつくらせるために、龍母の皇子を兄弟たち全員で妻として共有した時代もあったといいます。そこまで必死に頑張らないと〈神胎〉はできないってことなので、さほど心配しなくても大丈夫かと……」

蒼月は難しい顔で考え込んでいる。

「気になるなら、俺に伽はさせないほうがいいと思いますが」

「……そういうのではない。ただ……」

蒼月は厳しい表情のまま、天音の耳から頰をそっと撫でた。

「ほんとうに俺のものにしていいのか？　きっとどんなに気をつけても、周囲には知れ渡ってしまう。きみに〈神胎〉があってもなくても関係ない。俺が心から大事にしているものだと知られれば、平穏には過ごせないかもしれない」

蒼月が深刻な顔をしている理由。

孕む心配のない小姓の伽でも一度きり。贔屓をつくらないために二度目はない。

女でなくても命の危険があるかもしれない。そういうことか——。

龍母は死ぬわけにはいかない。できるかぎり生き続けなければならない。その役目をわかっているからか。

「きみはもう知っているだろうが、月龍国では俺自身がずっと綱渡りをして生きているようなものなのだ」

蒼月は自嘲するように笑った。その口許がかすかにゆがむ。

「いつだったか、きみは俺が年をとったときの顔を想像したといっただろう。でも俺は——たぶん若いままで死ぬ。ずっとそう考えてきた。気にさわったなら自分の爺になったところを想像しろときみはいったが、その姿を見ることも決して叶わないだろう、と……」

以前、神殿跡に向かう軒車のなかで蒼月がいきなり天音を抱きしめてきた理由が判明した。

なぜ、あれほど切羽詰まった感情が龍力を通じて流れ込んできたのかも。

「きみをいずれ哀しませるとわかってる。だから……」

そうやって大事なものはつくらないようにして、遠ざけてきたのか。

いま、そばを辞しても蒼月は天音の出自を口外しないだろうし、龍の骨も渡してくれるだろう。知らなかったことにするから、月龍国を出てどこかに身を隠せと解放する。彼の性格なら、きっとそうする。そのほうが双方ともに楽かもしれない。

蒼月は欲しいものを欲しいといえる立場ではない。ひたすら与えてばかりで、いつ報われるかも知れない。

　それでいいのか――？

「大丈夫です。俺は、死ぬような目に遭っても生きます。貴方も同じはずだ」

　つねに死と隣り合わせになっても生にしがみついてきた。自分たちは似たもの同士だ。だからこそ傍観者ではいられず、肩入れしすぎた。

「俺は陽華国にいた頃、兄様を守って支えていくのが役目だと思っていた。……兄様が死んでしまって、途方に暮れていた。龍母だから生きなければいけないのはわかっている。でも、なにを目的に――。いま、決めた。俺は貴方が生きるさまを見届ける。生きるためにあがくなら助けるし、貴方が死ぬというのなら、そばで見送る」

　離れたほうが危険はないとわかっていても、もはやその判断はできない。どうしようもなく感情が引き寄せられる。蒼月を独りにしたくない、と。

「貴方にやり残したことがあれば、俺が成し遂げる。俺は生きる。自分の役目は果たす。だから心配しなくてもいい。哀しませるなんて気に病む必要はない」

　天音の発言に、内なる天羽龍は沈黙している。決意を受け入れるということだ。

　蒼月ははりつめた表情のまま、どこかせつなげな微笑を浮かべた。

　天音の耳もとを再びゆっくりと撫でて、耳飾りをつけるはずの耳たぶを指で挟む。

「きみがいてくれるなら、生きる欲がでてきた」

蒼月は天音の背に腕を回して抱きよせた。いま抱きしめているものへの愛しさ、そして守り抜く覚悟を決めたというように。

蒼月は天音のうなじを撫でながら、耳もとにくちづけを落とす。くりかえし吸われて、蒼月の吐息が耳にかかるたびにぞくりとした。

「あの……蒼月様」

「蒼月でいい。きみも皇子なら、従者として俺のそばにいるのは大変だったろう。ふたりきりのときは話し方も変えていい」

「でも俺の場合は使い分けるほうが間違える可能性が高くて危険というか……皇子だったのは九歳までで、あとは下町暮らしですし、ここにいるのも悠華というより天音として過ごしてきた俺なので……。それに貴方に対するときは兄様たちと話しているのと同じ感じなので、さほど無理はしてない」

「――兄と同じ扱いは嫌だな。こういうことをしにくくなってしまう」

蒼月は天音の額に唇を軽く押し当てた。

「でも俺は兄様と結婚する予定だったんですよ」

「それはそれで嫌というか……まあ、きみが話しやすいほうで構わないが」

蒼月は複雑そうな顔をした。

肩を抱きよせようと伸ばされてきた腕を、天音はやんわりと避けた。

「蒼月様にひとつ聞きたいことがあったんです。伽のことで、俺は気になっていて……」

「なに？　やっぱり怖い？」

「……いいえ。どうして俺に添い寝をさせるのに、『おまえは戦力外』みたいな態度でずっと伽をさせなかったのですか？」

「それをいま問うのか？」

これから手をだそうというところなのに――と蒼月はいいたげだった。

「はい。好きな人になぜ相手にされなかったのか知りたい」

「……………」

蒼月は困ったように唸(うな)り、眉間(みけん)に手をあてた。

「そうか……好きか。きみはほんとに俺によけいなことをしゃべらせようとするのが上手いな」

「蒼月様は説明しなさすぎだと思います。俺は曲がりなりにも龍母なので……時代が時代なら、兄たちに嫁に欲しいと取り合いにされる立場なのに、これほど拒絶されるのはなぜだろうと内心気にしていた。欠陥でもあるのかと」

「欠陥などない。魅力的だ」

即座に返答されて、天音はやっと溜飲を下げた。

「最初からきみに目を奪われたと告げただろう。ただきみと一緒にいるのは面白いから……夜伽を一度させたら、二度目は呼べない。そのときは例外をつくる覚悟がなかった。長くそばに置いておきたいから手をださなかっただけだ」

「単純に我慢していたのですか？」

「……そうだ。それに、きみの身体に龍力を流し込んでいると、きみのなかに入り込んでいるのと同じだから。身体的な快感とはまた違うが、似たような感覚にはなる。それで耐えていた」

神殿跡で異形を倒すときや、逃げたら命はないと身体中に這わされた龍力。ふれてくるたびに指先から流れてくる微量な龍力――様々な場面が一気に蘇る。

「俺の身体にたびたび龍力を流し込んでいたのは、蒼月様が気持ちよくなるためだったんですか？」

「いや。そういわれると語弊があるが……」

「じゃあ出会った瞬間から、俺を好き放題にしてたんですか？　神殿跡で異形が出たとき、俺の身体に龍力を流し込んできましたよね？　俺は貴方の龍力に踊らされて……」

「でも、あれはきみも気持ちよさそうに刀剣を振るっていただろう」

大地と一体化したような陶酔感だと思ったら、実は相手は蒼月だったわけだが……たしかに心地よかった。とはいえ、知らない間に勝手に楽しまれていたのは納得がいかない。

不審をあらわにする天音に、蒼月はいささか居心地が悪そうな顔をした。

「ほらな。説明しないほうがいいこともあるだろう。いっておくが、誰でも心地よくなるわけじゃない。きみが特別なんだ」

「それにしたって……俺はなんで手をだされないのかずっともやもやしていたのに」

「――悪かった」

蒼月は天音の肩に手を回して抱きよせた。

「抱いてしまったら、きみに溺れるとわかっていたから。何度も襲ってしまいたい衝動はあったんだ」

「いまさら遅いです」

むすりとなる天音の顔を、蒼月はおかしげに覗き込んだ。

「……ほんとは怖い？」

「なにがですか？」

「龍力ではなくて、俺がきみの身体のなかに入るのが――先延ばしするために、あれこれ話を振ろうとしているのかと思ったから」

耳もとに囁かれて、天音は身をすくめる。

「そんなことは……」

「違うの？　可愛いところもあるんだと思ってたのに」

「そうじゃない。ただ気になっていたから……」

耳穴にふっと息が吹き込まれる。ぞくぞくとした震えが背中に走る。怖いわけではない。ただ未知の感覚で……。

「じゃあ、もう疑問は解けたはずだ。ほかの質問はあとで受け付けるから。俺がほんとはきみにどんなことをしたかったのか教えよう」

耳もとで声をだされるだけで落ち着かなくて、天音はつい顔をそむけようとした。

許されずに手で反対側から顔を押さえつけられる。耳朶に接吻をくりかえされ、耳穴を舐められた。

「ここが弱いんだ？」

「……違う。くすぐったい……」

「そう。少し我慢して」

蒼月は耳もとへの愛撫をくりかえす。吐息を吹き込まれるたびに肩が跳ねた。

耳から頬が熱くなり、火照りが全身へと広がっていく。

「……んっ」

蒼月は天音の身体をゆっくりとさするように手を這わせて、寝間着の布越しに胸の突起をさぐりあてた。

「――あ」

とまどう天音に、蒼月はあやすように軽い接吻を浴びせながら胸を弄る。

「可愛いね。ここ硬くなってる」

布地の上から、尖った乳首をカリカリと爪で弾かれて、淫らな熱が下腹にたまっていく。

天音はなんとか流れを変えようと必死になった。

「……俺にも奉仕をさせてください」

「奉仕なんていらない。きみがおとなしくして、俺に好きにさせてくれればそれでいい」

「そ、それは……」

「こういうときぐらい、俺のいうことをきけ。ほかはきみの自由にさせてるだろう」

蒼月はいささか意地の悪い目を向けながら天音の頬をつつみこむように撫でた。

顎をつかまれて、唇を奪われる。唇ごと食べられるみたいに吸われて、舌が唇の間をこじあけて入ってくる。

「ん……」

舌先で上顎の内部をなぞられ、唾液が甘い蜜だとでもいうように口腔内をかきまわされる。

舌を絡ませられるうちに意識が朦朧としてきて、身体が崩れ落ちる。

「あ……」

寝具の上に倒されて、天音の寝間着の襟が大きくはだけた。

首に唇を押しつけながら、蒼月は襟から手を差し入れてきて、布越しの愛撫ですでに尖っていた乳首に直にさわる。

ふれるかふれないかで指を動かされて、時折爪で弾かれる。天音はむずがゆい感覚に身じろぎした。

さらに襟元を開かせると、蒼月はむきだしになった胸に顔をうずめた。「可愛い」と薄桃色の乳首を舌先でつつき、夢中になったように舌を這わせる。

「添い寝させているとき、襟元が乱れて可愛い乳首が見えることがあって……ずっとこうしてやりたいと思ってた」

「や……そこはくすぐったいから」

「ほんとに？　くすぐったいだけじゃないだろ？」

乳頭に爪を立てられると、身体が跳ねそうになって、下腹が重く疼く。

蒼月は寝間着の裾から手を入れてきて、足のあいだをさぐった。

「ほら――」

勃起している性器をやんわりとつかまれて、天音は死にたくなった。

「俺だけが気持ちよくなっては駄目なのでは……」

「そんなことはない。きみが快感で身悶えてる姿が見たい」

なかなかいい趣味をしている。最初に出会ったときに抱いた食えない皇子だという印象を思い出した。

「……意地が悪い」

「きみが可愛いからいけない。いろんな顔が見たくなる」

「優しくしてほしいのですが……」

「これ以上ないくらい優しくしてる」

蒼月は天音の性器を手でつつみこんで上下に動かした。

「いや、俺より貴方のを先に……」

「俺はまだいい。ほら……もっと硬くなってきた。きみはここの反応も素直だな。もうこんなに先が濡(ぬ)れて……」

「……ひ……や……」

尻を使われるのは覚悟していたが、自分のものが蒼月に弄られるのは想定していなかった。

寝間着の帯を解かれて、天音の裸体が晒(さら)される。大胆に足を開かされて、性器を扱(しご)かれながら内腿(うちもも)を舐められた。清めてきた箇所も丸見えになっている。

やだ——といいたいが、もはや声にならない。天音は何事にも顔色を変えないほうだ。夜華に尻の清め方を教わったときですら動じなかったのに、蒼月に見られるのは無性に恥ずかしい。

準備してきたせいで、香油のぬめり気を借りて指は尻の窄(すぼ)みにするりと入った。

「今日も自分で張形を入れた？」

それを聞くのか——と恨み言を訴える気にもならなくて、天音は自らの目許を両手で覆った。

蒼月の長い指が内壁を弄る。敏感に反応する部分をさぐりあてられて刺激された。

「……ん……んっ」

「気持ちいい？　顔を隠さないで見せて」

「……やです」

窄まりがひくついて、内部が収縮するように指に吸いつく。

肉壁の快感が集中する一点を執拗に抉られて腰が動いてしまい、勃起した性器が揺れる。

目許は隠れているが、天音の頬から首もとは朱に染まっていた。半開きの唇から細い喘ぎが洩れるのを、蒼月は満足そうに見ていた。

後ろを弄られて熱がたまっていくのに、前は放置されたままで直接的な刺激がない。

無意識に片手を伸ばそうとしたが、「駄目だよ」と制止される。

「蒼月様……もう……」

「じゃあ顔は隠さないで。前をさわってあげるから」

もう片方の手を顔から外すと、蒼月は天音の両手をひとつかみにして、頭の上にあげさせた。

彼の瞳が龍力で青灰色に輝いているのを見て、背すじがひやりとした。

「……途中でまた隠さないように」

龍力で全身が拘束されて身動きがとれなくなる。その状態で、蒼月は天音の性器に手を伸ばした。

「あ――」

せつなげに揺れていた竿を力強く扱かれて、先走りがあふれる。

「どこが気持ちいい？　先っぽ？　裏の筋？　好きなところを可愛がってあげたい」

蒼月は耳もとに息を吹き込んでくる。喘ぐ天音を捉える青灰色の眼差しは甘く蕩けていて、興奮を抑えきれないように見えた。

達しそうになると動きを止めて、根元を押さえつけられる。

「俺の手でさわられるのは気持ちいい？　どのくらいの強さで扱かれるのが好きなのか教えてほしい」

「や……わからない……」

「わからないわけない。自分で慰めるときはどうしてる？」

「そんなこと、いえるわけが……」

「俺は知りたい。きみのことはなんでも」

手の動きを止めて、蒼月は天音の目許に接吻する。

「あ……や」

「……いい子だから。自分でするときは、どこが気持ちよくて、夢中になって弄ってる？　俺もきみが好きなところをさわりたい」

「……知らない。普通に手で扱いて……」

「この汚れを知らないような綺麗な指で扱いているのか。いやらしいな……きみみたいな清廉そうな子でも劣情に駆られることがあるのか」

　再び陰茎をゆるりと擦るものの、精を漏らしそうになるたびに止められる。

「……は……あっ」

「独りでするときも、いまみたいに可愛く喘いでるのかな。ほら、汁がこぼれてきてる。限界になりそうになったら、どこをさわるの？」

　寸止めをくりかえされるだけではなくて、身体中に微弱な龍力が流されてぞわぞわとする。

「……や……も……せん」

「ん？」

「先端のほうを……」

　呟くと同時に目じりに涙が滲んだ。

　蒼月が耳たぶを「わかった」と食んで、天音の性器のくびれから先端を強く撫でこする。

　待ち構えていた刺激に、天音は腰をぶるっと震わせながら白濁を放った。

「――可愛かった」

　放心する天音の目許に、蒼月はくちづけを落として、あふれでる涙を吸いとる。ようやく拘束がとけたので、天音は顔を両手で覆った。

「やだ……もう。見ないでください」

蒼月が耳もとに接吻しようとするのを拒んで顔をそむける。

「きみでも恥ずかしがるんだな」

「あたりまえでしょう。俺をなんだと思ってるんですか」

いったん吐精して落ち着いたせいもあって、天音はつい声を荒げた。蒼月は気を悪くしたふうもなく、愉快そうな笑みを浮かべている。

「きみは手が焼ける。どんな顔してても、なにをしてても可愛い。俺に未練を感じさせるから困る存在だと思ってる」

「………」

「心残りができてしまった。いままで頑張ってつくらないようにしてたのに」

ほんとに困った子だ——と抱きしめられながら嫌がらせみたいに頭を撫でまわされる。腹立たしいのに、同時にせつなくて胸が詰まった。

「……だったら、いじめないでください」

「気持ちがあふれて、制御の仕方がわからないんだ。きみが初めてだ」

身体を密着させられると、蒼月の下半身のものが布地越しに硬くなっているのが伝わってきた。

意識すると落ち着かなくなって、天音は身じろぎする。蒼月は察したように身体を離し、「少し待ってて」と寝台から立ち上がった。

部屋を出て、続きの間から小さな杯を持って戻ってくる。

「これを飲んで」

「なんですか……？」

「酒。薬が入ってる」

天音は顔をしかめる。

「怪しいものですか。媚薬ならいらない」

「違うよ。身体の力を抜かせるだけ。もう泣かせてしまったから。今度はきみがつらくないように」

嘘をついているふうではなかったので、天音は素直に杯の中身を飲んだ。少量だが強い酒だった。妙な風味がある。

蒼月は「いい子」と天音の唇を食んだ。

ゆっくりと寝台に押し倒されて、足を開かされて蛙が仰向けになったような態勢をとらされる。再び窄まりに指が入れられて、一本飲み込んだら二本と増やされる。

異物感はあるが、先ほどのように蒼月が羞恥を煽るような台詞をいわないので耐えられた。

「……痛くない？」

「あ、はい……」

「――よかった。すぐにさっきの酒も効いてくる。怖がらなくてもいいから」

香油がさらに足されたのか、指を動かされるたびに濡れた音がする。

一度は治まったはずの疼きが湧いてきて、再び性器が勃起した。また意地の悪い指摘をされたらどうしようかと頬が熱くなったが、蒼月は黙ったままだった。怖いほど静かに天音の裸体を見つめて、黙々と狭い部分を慣らすために指を動かす。

充分に緩ませて、疼いてたまらなくなったところで指が抜かれた。

蒼月は上体を起こして、帯をといて寝間着を脱いだ。

着痩せして見えるといわれていたのは事実で、上半身は想像よりも引き締まった筋肉に厚く覆われていた。

綺麗に割れている腹の下には薄い茂みがあって、逞しい男根がそそりたっていた。

蒼月の優美な顔立ちからは想像もつかないほど大きく凶悪な造形をしていて、血管が浮きでて硬くはりつめている。

目にしてしまったことを後悔して、天音はわずかに腰を引く。

「――こら」

蒼月は唇の端に笑みを浮かべながら天音の足を押さえつけた。

「大丈夫だよ。優しくするから」

「……いや……でも」

道理で自信ありげに「泣かせる」といっていたわけだ。こんな凶器を隠しもっていたとは。

「大丈夫。無理そうだったら、全部は挿れないから」

ね——と耳の穴を甘えるように舐められて、天音は抵抗をあきらめた。この状態でいまさら逃げられるわけもない。

緩んだ窄まりに蒼月の性器の先端が押し当てられる感覚に、ぎゅっと目をつむる。

「……力を抜いて」

「無理です……どうやって……」

「ん——じゃあ、じっとしてて」

蒼月は天音の耳もとにふうっと息を吹き込み、舌で刺激する。背すじがぞくぞくして震えた。

「あ……」

喘ぎが洩れた瞬間、硬い肉が窄まりを貫いた。

蒼月が心地よさそうな息を吐く一方、天音は巨大な異物の侵入に身体が引き裂かれそうになった。

「ひ……」

「——きついね。すぐには動かないから、怖がらなくても平気。……酒の薬が効いてくれれば、そんなに痛くはなくなるから」

「……裂ける……」

「まだ先端しか入れてない。裂けないから安心して」

「……死ぬ……」

蒼月は天音の頭を「よしよし」と撫でて、額にくちづける。

「やっときみとつながれた……」

そんなふうにいわれると非難がましい視線を向けるわけにもいかず、天音は蒼月の背におずおずと手を回した。

互いの体温を感じとるうちに、妙な浮遊感につつまれた。酒が効いてきたのか、酩酊する感覚とともに手足の力が抜ける。硬い肉がねじこまれている箇所の違和感が徐々に薄くなった。

天音の目がぼんやりと虚ろになるのを確認して、蒼月は目許に接吻を落とした。

足をかかえなおして、腰を動かしはじめる。逃げようとする天音の身体を押さえつけて、さらに奥へと進める。

先ほど指でさぐられた敏感な部分を、熱くはりつめた性器でえぐられて、天音は悲鳴をあげそうになった。

「あ……やっ……」

「――大丈夫。怖いことはしないから」

蒼月はわずかに息を乱し、天音の狭い内壁を突いた。

硬い性器に感じやすい箇所が何度も強く擦られて、粘膜が反応して締めつける。内部で肉棒が動くたびに、天音の性器も硬くなって揺れた。蒼月はそれを楽しむかのように腰を動かす。

「ここ、気持ちいい？　指でしたときよりも、感じてるね」

「や——もう意地悪をいうのは……」

「意地悪じゃないよ。好きなところを知りたいだけだから……気持ちよくしてあげたい。ほんとに可愛い」

吐息めいた声で囁くと、蒼月はさらに腰を突き入れて、弱いところを刺激する。

やがて内壁からの刺激が高まって押しだされたように、天音の性器から精があふれでた。

妙な感覚だった。達しても快感が尾を引いて、疼きが消えない。内部が熱いままで焦れて欲しがっている。物足りないようにひくつく粘膜を、蒼月の性器が擦り続ける。

「……あ……」

「ずっと締めてくれるね……まだ欲しい？」

終わらない疼きを訴える場所に先端をあてられてえぐられる。

背が弓なりになるような快感に、天音の身体が痙攣した。精を絞りとろうとする収縮に、蒼月は荒い息を吐いた。

「は——」

よりいっそう激しく腰を揺らされる。震えとともに、内壁が彼の体液で濡らされたのがわかった。全部出しつくそうとするように、腰を押しつけられて回される。

ずるりと性器が引き抜かれる感触に甘い痺れが走った。蒼月は乱れた呼吸で天音の首すじに顔を埋めた。

湿った身体が熱くて重い。

やがて顔をあげると、蒼月はくちづけしてきた。快感の余韻に浸りながら舌を絡ませられて、天音は貪られるままになった。

蒼月は天音の耳もとに唇を這わせて、耳たぶを噛む。

「――ここに穴をあけて耳飾りをつける」

「……はい」

蒼月は汗で張り付いた天音の髪を指でそっと整えながら愛しそうな眼差しを向けてくる。

ぐったりしながらも、天音もなんとか唇の端をあげて笑顔をつくろうとした。蒼月は一瞬困った顔を見せて、たまらなくなったように身体を寄せてくる。

「……駄目だ。可愛い」

再び覆いかぶさられて、天音は動揺する。

「……蒼月様、耳飾りは……」

「うん……もう一回したらね」

すでに身体の力が入らなかったので、天音は「いや」と抵抗を試みた。

「……無理です、俺は──」

「まだ全部挿れてない。だいぶほぐれてきているから」

濡れた窄まりを指でなぞりながら囁く。

「十分なところまで挿れたでしょう」

「浅いところを突いただけだ。薬が効いているうちなら大丈夫だから」

なにが大丈夫なのか納得できないうちに、力の抜けた足を押さえつけられる。

「……ここが蕩けてる。誘ってるみたいに」

交わる部分の状態を指摘されて、天音は目許を赤く染めた。精を注がれた箇所は物欲しげに疼いていて、蒼月のものをたやすく飲み込む。さらに締めつけるように粘膜が震える。

「可愛い……」

太くて長い陰茎が先ほどより奥に進んでくる。異物感はあっても痛みはなく、肉がみっちりと絡みついた。

蒼月が興奮した息を吐いて、内奥を穿つ。逞しい性器が容赦なく天音を限界まで貫いた。

「──あ……」

反射的に逃れようと肩を上げかけたものの、がっしりと腰をつかまれて引き戻される。

なだめるように耳朶を吸われながら、身体の最奥まで串刺しにされた。

熱い欲望の塊が、深い部分まで犯して脈動している。その体勢で馴染むまで、蒼月は動かないでいてくれた。

悲鳴をあげるような痛みはないものの、圧迫感はすごい。完全に彼につながれたのだという安堵とうれしさ、不安と畏れ――様々な感情が湧きあがってきて、再び涙があふれてしまった。

「泣くな」

どうして泣くのかわからない。

天音は涙もろいほうではない。子供の頃に悔しくて泣いたことはあるが、哀しくて泣いた記憶は生母が亡くなったときだけだ。父と長兄が亡くなったと報せがあったときですら泣かなかった。当時は生き延びるために逃げなければならなくて、そんな余裕はなかった。

次から次へと流れる涙を、苦痛のためだと思ったのか、蒼月が申し訳なさそうに指で拭った。

「すまない……でも、どうしても、きみの奥でつながりたい」

泣いているのは、自分に新たな居場所が見つかったからだ。蒼月と絆ができたことがうれしい。

「……蒼月……好き……」

天音は蒼月の首に腕をからめて抱きつく。

愛しい――と思ったら、彼のものをつつみこんでいる内部が恥ずかしいくらいに震えた。

快感を与えるようにうねる刺激に、蒼月が荒い息を吐いて腰を動かしだす。

奥まで穿ち、なかを擦って引いて、前後に揺らす。

「あ……あっ」

硬い肉でえぐられて、天音は喘ぐ。先ほど放った精を掻き混ぜるように出し入れされる。

さらに蒼月の腰の律動が激しくなった。

身体を密着させながら口を合わせて舌を絡めると、天音のなかが媚びるように蠢いて彼の陰茎を締めつける。

煽られて、蒼月はさらに荒々しく腰を打ちつけた。

「や——も……」

細い腰を押さえつけ、狭い肉筒を犯しつづける。

耳朶を舐めながら尖った乳首を弄ると、雄身を咥え込んでいる肉が悦びにきつく搾られた。

甘えた喘ぎを唇で吸いとりながら、蒼月は絶頂に痙攣する天音の身体を抱きしめながら射精した。耳穴を舌でなぶり、乱れた息遣いとともに腰を押しつけて濃厚な精を出しつくす。

最奥に大量に注がれる感覚に、天音の意識は白みかけた。

蒼月は力尽きたように天音の上に覆いかぶさり、横に倒れて天井を仰ぐ。呼吸が落ち着いたあと、天音の頭を撫でて愛しそうに接吻した。

耳から首すじへと唇を這わせて、後ろから抱きしめて腕を回す。腹をさするように手をあてながら囁いた。

「……いつか——奇跡が起きたら、俺の子を産んでくれ」

終章

数日後、天音は下町の家に帰った。

たびたび休みをとるわけにもいかないので、諸々の報告のために半日だけ時間をもらった。

「はい?」

昨日までの出来事——天羽龍を顕現させたことや蒼月と親密な関係になった経緯などを説明したところ、静宇は一瞬固まった。

「なんていいました? とうとう第二皇子の夜伽を……? いや、正体がバレた?」

彩火が静宇の肩をつつく。

「静宇。その前に天羽龍の話が先だろう。——天音様、龍が顕現したと宮殿で騒ぎになったとき、俺たちも空を見てた。二体目が天羽龍だったのか」

天音は頷く。

「ここから空を見ていて、彩火は天羽龍と判別できなかった?」

「わからなかった。巨体だから父龍かなと思った。もしくは龍脈に怯まない力の強い野龍が出現したのかと——龍は天啓石が反応するところまで下りてきてない。それに、上空は金色の粒子が舞っていたから、よけいに判別は難しかった」

「そうか。……よかった。観測所の記録も同じようなものだった」

天音は胸を撫でおろす。

天羽龍の実体は、月龍国では馴染みがない。だが、陽華国出身の人間が目撃したら気づいてしまう可能性もあると危惧していたのだった。

「それで——」

彩火は魂が抜けたように呆けている静宇を横目でちらりと見た。役に立たないと判断したのか、代わりに事実を問い質すべく天音に向き直る。

「天音様。第二皇子はほんとに黙っていてくれるのか？　信用できるのか？」

「そう判断したから、出自を告げた。こうして俺が自由に下町の家に帰ってきていることが証拠だろう」

「陽華国の皇子と知っても、貴方の出自を隠すことに同意して、これからも協力してくれるのか？　政治的な思惑はなく、ただの想い人として肉体関係を結んだと判断していいのだろうか」

「そういうことだと思う」

彩火は簡潔に「わかった」と頷いた。

「静宇。ほら、天音様が大人になったのだから喜べ」

「……喜びたくない。おまえはなんでそんなに冷静なんだよ」

「俺にも龍の血が流れてる。あの皇子が強い龍だというのはわかるからな」

「普段はポンコツなのに、こういうときだけ格好つけて貴族の血を強調するな」

静宇は嫌そうに眉をひそめた。

「天音様は、天羽龍として第二皇子を選んだのですか？」

「正直にいうと、その感覚はわからない。蒼月本人に肩入れしているうちに気持ちが傾いていったから。……でも、天羽龍はいやがっている感じはしない。俺が粗野な振る舞いをしたりすると、『おまえなどに力を貸すか』とそっぽを向かれてるとわかるときもあるが、今回はそういった感覚もない。顕現したのも相手が風浪龍だからというのもあるが、蒼月のために祈ったら出てきたからな。気に入ってるんだと思う」

「……他国の皇子なのに……」

「他国もなにも、そもそも陽華国の兄上たちに渡せないと思ったから、静宇は俺を連れだしたのだろう？」

「それはそうですが、複雑です。いつか貴方は陽華国に帰る日も訪れるかと思っていたから」

「帰らないと決めたわけではない」

「月龍国の第二皇子に『生きざまを見届ける』といってしまったら無理でしょう」

「先のことは予測できない。でも、いまは蒼月のそばにいたい。彼を独りにしないのが役目だと感じるのだ」

「彼が早期にいなくなる可能性も考えているのですか……？」

「本人が覚悟しているからな。俺も兄上たちを見てれば、いつなにが起こるのか予期できないのは知っている」

「それがわかっていて……」

静宇は浮かない顔のままだった。

「天音様、静宇は気にするな。こいつは黎明様にも文句をつけていたし、貴方の相手は永遠に気に入ることはない」

「違う。よりにもよって……と思っただけだ。第二皇子が難しい立場にいる人物だと知っているから。また兄弟同士で争っているところに深入りするのか——と」

「そうだな……」

天音は素直に認めた。

「俺も業のようなものだろうかと思う。でも……なにか縁というか、情がわいてしまって。それに、単純に蒼月のそばにいると楽しいんだ」

彩火と静宇は目をぱちくりとさせて互いに顔を見合わせた。

奇妙な沈黙のあと、静宇はためいきをつく。

「……それなら――仕方ないですね」

「そうだな。天音様が楽しいのなら良いことだ」

なぜいきなり態度が軟化したのか。静宇は粘着質にぐちぐちと文句をいうはずなのに――と天音は薄気味悪くなる。

「それは心からの言葉か？　もっとしつこくネチネチいわなくて大丈夫か？」

「失礼な。俺は小姑（こじゅうと）のようにうるさくいうつもりはない。ただ貴方に苦労してほしくないだけですから」

静宇はふてくされた顔をしたあと、ふっとおかしげな笑みを浮かべた。

「貴方が普通の年頃の男の子みたいなことをいうので……うれしくなったんです。大変な状況を生き抜いてきた方だから、少しばかり情緒の発達が特殊な気がして、どうなのだろうと思っていたから」

「……短慮とか、そういうところか？」

心配をかけていたのかと申し訳なくなる。

「いいえ。天音様が誰かといて楽しいとか口にするのが、初めてだからですよ」

意表を突く指摘に当惑する。

そうだっただろうか。楽しいといったことがなかっただろうか。

天音は自分でもよくわからなかった。いままで陽華国でも下町の生活でも不満を感じたことはなかったが、楽しいとは口にしなかったのか。

静宇が天音の手を握りしめた。

「俺が貴方の手を握って『これからは天音と名乗りましょう』といったとき、貴方はまだ小さかった。貴方は陽華国で生まれたときから色々な役目を負っていて——龍母らしい性格ではないのに皇太子と結婚することが決まっていて、ずっと息苦しいのだろうと思っていた」

「いや、静宇や周りの者がいつも助けてくれたから、俺はそれほど……」

天音は陽華国にいた頃、それらを負担とは考えなかった。ほかの世界を知らなかったし、長兄も、教育係だった静宇も、天音が向いていないことには「仕方ない」とある程度認めてくれていたからだ。

「そうですね。貴方自身はなんだかんだいって、どんな役目も飄々（ひょうひょう）とこなしてしまう。陽華国にいたときも、下町にきてからも、ずっとそうだった。今回の出仕もうまくいかないだろうと思っていたのに、俺の予想を見事に裏切った。何事にも物怖（ものお）じせず、強くて、暗い顔も見せず、泣き言もいっさい漏らさない。俺は貴方が無茶をするのを叱ったけど、貴方が動くのはいつだって人のためで、貴方自身の楽しみはどこにあるのだろうと疑問だった。こんなに立派な皇子は滅多にいないのに……せっかく自由の身になっても、隠れて選択肢のない暮らしをさせることしかできなくて、ただ生きろというのを申し訳なく感じていた」

静宇は目を潤ませて、声を詰まらせた。

「だから……貴方が楽しいというなら、それが一番です。天羽龍もきっとそれを望んでいる」

静宇たちが天音を陽華国から連れだしたことについて、責任を感じているのは知っていた。

天音としては、色々なものを捨ててきたふたりにこそ返しきれない恩があると思っているのに。

「……俺こそ静宇には苦労をかけているのに、勝手ばかりしていた。今度のこともそうだ。彩火だって国に戻れば、傭兵などする立場ではないのに。大変な思いをして守ってきた皇子が月龍国の皇子と契るなんて……色々と落胆させてすまない」

「俺は落胆してない。天音様は俺を戦場で血族と戦わせたくないみたいだが、国を出たときに決別の覚悟はしていると告げた言葉に偽りはない。それに、相手に惹かれるのに国や身分などは関係ないのだろう。気持ちはわかる」

静宇がうろんそうに彩火を見た。

「嘘つけ。おまえにその手の話が理解できるわけないだろ」

「いや、わかる。融通がきかないのは静宇のほうだ。俺は天音様に共感できる」

「……またいいかげんなことを。おまえと天音様はすぐに徒党を組むんだから」

いつもどおり彩火とふたり揃って小言をくらいそうなので、天音は恐縮しながら姿勢を正した。

静宇は微笑みながらもう一度天音の手を握りしめた。

「天音様……。天羽龍はどの宇宙の空をも駆けるといわれている。彩火の意見に倣うのは癪だが、貴方はたしかに国にこだわる必要はないのだろう。天羽龍は行く先々の大地の母なのだから」

「――おまえは何者なのだ？」

出仕後、楓柳にそう問われたことがある。

式典会場での蒼月と彰武のやりとりなどを詳しく教えてもらったあとだった。

あの日、楓柳は天音が「心月様のことで」と宮廷に現れたのを知っているのだから、その後の龍の顕現騒ぎについて色々思うところがあるのだろう。

「蒼月様の愛人です」

即答する天音に、楓柳は胡散臭そうな顔をした。

「そうか……そうだよな。まあ、いい」

それ以上は問い詰めずに、「食べなさい」と快気祝いに高級そうな菓子の折詰をくれた。

楓柳は後ろ盾として変な疵をつくるわけにはいかない。失脚させられるような隙を見せないのが彼の役目だ。自分はよけいなことを知ってはならない立場だと思い直したのだろう。

何者なのか。

正直なところわからない。陽華国の悠華だといっても、その立場に戻る可能性は低い。かといって、ずっと天音でいられるかどうかも不明だった。

はっきりしているのは、どう名乗ろうとも龍母であるということだ。

その役目だけは消えないが、身分的には何者でもない。いまの自分で生きるしかない。

天音にとってはすべてを知っている静宇と彩火は家族で守るべきものだ。そしてもうひとり

――新たな絆をもつ相手ができた。

下町の家から別邸に戻ってくると、蒼月にどこかそわそわした様子で呼びだされた。

「兄たちはどうだった？　話してきたのだろう？」

すでに静宇と彩火が実の兄ではないと知っているのに、本物の肉親の反応を気にしているみたいに問う。

「怒っていなかったか？　きみを連れて、この国から出ていくというのではないかと心配していた」

「大丈夫です。兄たちは、俺の意思を尊重してくれるので」

天音もふたりは実の兄ではないと訂正したりしない。血はつながっていないが、もはや本物の兄弟以上に大切な家族だ。

「下の兄に蒼月様とは政治的な思惑はなく、単に想い人として肉体関係になったのかと問われたので、肯定しました。それで問題ないですか？」

「問題ない。……問題はないが、兄たちにそれをいうのか。きみの家族はあけすけなんだな」

「上の兄は聞きたくなかったみたいですが、下の兄には『大人になった』といわれました。それにもしもですが、これから先、〈神胎〉ができることがあったら相談しやすいので」

「……ああ」

蒼月は複雑そうな表情を見せた。

「そんなに心配しなくても、可能性は低いから大丈夫ですよ」

「違う。たしかにいままでは子をつくってはならないと思っていた。いまも状況的には変わらない。やはり難しいと思う。だが、もしかしたら……とは考えてしまう。きみを見ていると欲張りになる」

つねに出る杭(くい)にならないように頭を下げて生きてきた。でも人としてそれくらい望んでもいいのではないか。蒼月がそう考えるのも無理はなかった。

「悪いことではないです。でも、期待されても確率的には低いので……それに、蒼月様の唯一の欠点は下半身だと思うので、あまり頑張るといわれるのも困る」

「……そのいいかたはどうなんだ?」

「だって真実ですから。俺の細腰じゃ無理です。殺す気ですか」

蒼月は納得のいかない顔になった。

「優しくしただろう」

「優しくされても、しんどいものは変わらない」

この件に関して譲歩はありえないと、天音はそっけなく答える。

「そうか……。結局きみは泣いたから、負けたと思って悔しいからそんなことをいうんだな」

「閨事に勝ち負けはないでしょう。むしろ俺が奮闘したと賞賛されるべきだ。あんなものを体内に収める試練に耐えたんだから」

「……ああいえば、こういう……」

蒼月はそれ以上の口答えを封じるように天音を胸に抱きよせた。身体を密着させて、しばらく体温のぬくもりを味わうように背中を撫でたあと、天音の肩に顔をうずめたままたずねる。

「――そんなにつらかった？」

「俺の泣き顔を見て、優しい蒼月様はなにも感じなかったんですか？」

「それは……」

相手につらい思いをしたと訴えられると、蒼月が申し訳なさそうにするのはわかっていた。あの日以降も寝所に呼ばれているが、身体が万全ではないと自己申告しているので、添い寝のみですんでいる。

蒼月には龍として荒々しい部分もあるが、基本的に人を重んじる。そこがきっと天羽龍も気に入っているのだろうと思う。

蒼月は「怖かったならすまない」と天音の頭を撫でてからためいきをついた。

「しばらくは我慢するけど。……俺もつらい。あまり逃げないでほしい」

「逃げるつもりなら、いまここにいないですよ。兄たちに寝床で見た蒼月様の夜の龍は鬼畜だったと訴えれば、すぐに国外に脱出しようといわれたはずですから」

「……笑えないことというな」

心底嫌そうな顔をする蒼月を見て、天音は唇の端を上げる。

「下の兄は、蒼月様のことを『強い龍だ』とほめていました。上の兄は、俺が貴方といて楽しいといったら、それならよいといってくれた」

静宇が自分の手を握りながら語っていたことを思い出す。

「俺は……『楽しい』といったことがいままでなかったみたいです。自分では気づいてなかった。でも兄たちと下町で暮らしている時間は楽しんで過ごしていたはずだった。蒼月様に貴方は説明しなさすぎだといったが、俺も兄たちが身近にいることに甘えてちゃんと伝えていなかったみたいだ。兄たちは気にしていたみたいで、悪いことをしてしまった」

天音は蒼月の顔をまっすぐに見上げた。

「だから反省して……貴方にはきちんと伝えておきます。俺は貴方といるのが楽しい。貴方のそばにいるのが好きです。貴方には生きてほしいと思ってる。どんな状況になろうとも、俺が一番に望むことは変わらない。忘れないでください」

蒼月は厳粛な面持ちで頷いた。

「わかった」

決意を込めた一言を口にしてから、天音の耳もとにそっと手を伸ばす。耳たぶには小さな穴が開いていて、金の細い輪で固定されている。

寝所で結ばれた翌日、蒼月が開けてくれた。数日経って穴の傷が上皮化されたところだ。

「おいで」

蒼月は象牙の小箱を取りだした。天音の耳たぶの金の輪を抜いて、翡翠の耳飾りをつける。

「きみがそばにいてくれるなら、俺は死ぬ覚悟を決めるよりも、生きるための道を模索しよう。どんなにみっともなかろうが、姑息といわれようがかまわない」

「はい」

耳もとに、天音の瞳の色とよく似た翡翠の石がきらめいた。

「――蒼月様、お慕い申し上げております」

突然の一言に、蒼月は目を瞠る。

「俺が神殿跡でそういったときに、貴方はやたら喜んでいたから。この言葉がお好きなのかと」

すました顔で告げる天音を前にして、蒼月は悔しそうに唇を引き結んでから、堪えきれないように噴きだした。

「ほんとに俺の機嫌をとるのが上手いな。まったく……」

「ご機嫌とりではなくて、本心です」

「――ありがとう」

心からの笑みに目を細めながら、蒼月は天音の耳もとにくちづけを落とした。

世間では、月龍国の第二皇子は月の都人のような麗しい顔をしていると知られている。戦場で龍を顕現させた英雄で、なおかつ男色家の道楽者――そして〈最初の龍の子〉らしく人々に対して慈悲深い。

宮中では昔から難しい立場にあって、月龍として崇められつつもひそかに同情を集める皇子として認識されている。だが、その現状を知っている者がいまの蒼月を見たならば、かつてないほど満ち足りた笑顔をしていることに驚くだろう。

天音は祈る。この強くて優しい龍がどうか報われる日がくるように。彼のそばにいたい。この居場所が決して奪われないことを願う。

龍母に守護される者が生まれるときは、世界に大きな変動が訪れるといわれる。

その変動が陽華国の戦乱を指しているのか、ほかに脅威が待ち構えているのかわからない。

ただ天音はひたすら生き続けなければならない。皇子の立場を失おうとも、祖国に二度と戻れなくても――世界の変動を見極めて、大地を潤し、大切なひとを守るために。

あとがき

はじめまして。こんにちは。杉原理生です。

このたびは拙作『華龍と月龍の皇子』を手にとってくださって、ありがとうございました。

今回はオリエンタルな感じのファンタジーとなっております。

個人的に大好物の皇子様同士です。異世界設定でしか堂々と出せない黒髪ロングの美形と、黒髪に翠色の瞳の美少年という趣味全開の組み合わせです。

以前、キャラ文庫さんから発行された『錬金術師と不肖の弟子』という作品で、西洋テイストの竜を世界観に組み込んで書いたのですが、東洋風味の龍も一度書いてみたいと思っていたので、今回念願が叶いました。

架空の神話体系を考えるのが好きなのと、メインもサブも含めて色々なキャラクターを書けたので楽しかったです。

さて、お世話になった方に御礼を。

イラストは、笠井あゆみ先生にお願いすることができました。異世界設定ということで、こちらは妄想のままに好き勝手に文章を書いているわけですが、絵にする方は大変だろうなと執筆当時から考えていました。笠井先生の画力ならばきっとなんとかしていただける——そう思ったとおりの美麗なカバーイラストを現段階で拝見しております。どんな色彩になるんだろうとあれこれ想像を巡らせていたのですが、独特な色使いで緻密に描かれた造形美に見惚れてしまいました。あと、武器のデザインがとにかく格好いいです。今回のお話ではやはりメインのふたりが刀剣と槍を手にしている絵を見たいと思っていたので歓喜しました。お忙しいところ、素敵な絵をありがとうございました。

お世話になっている担当様、再びご一緒にお仕事をさせていただけて、たいへん嬉しかったです。以前、ご迷惑をかけてしまったのに、長いブランクのある書き手に執筆の機会を与えてくださって心から感謝しております。今後もできれば書き続けられたらと思っておりますので、どうぞよろしくお願いいたします。

そして最後になりましたが、読んでくださった皆様にも、あらためて御礼を申し上げます。長らく原稿を書き上げられなかったのですが、ほんとうに久しぶりに本をだすことができました。浦島太郎状態で、以前とはＢＬ小説を取り巻く状況も変わっているようですが、少しでも興味をもって拙作に目をとめていただければと願うばかりです。

数年ぶりに書く楽しみを思い出せたお話ですので、読んでくださった方にもそれが良いかたちで伝われば幸いです。

杉原　理生

この本を読んでのご意見、ご感想を編集部までお寄せください。

《あて先》〒141-8202 東京都品川区上大崎3-1-1 徳間書店 キャラ編集部気付
「華龍と月龍の皇子」係

【読者アンケートフォーム】

QRコードより作品の感想・アンケートをお送り頂けます。

Chara公式サイト http://www.chara-info.net/

華龍と月龍の皇子

【キャラ文庫】

■初出一覧

華龍と月龍の皇子……書き下ろし

2024年4月30日　初刷

著者　杉原理生
発行者　松下俊也
発行所　株式会社徳間書店
〒141-8202　東京都品川区上大崎3-1-1
電話　049-293-5521（販売部）
　　　03-5403-4348（編集部）
振替　00140-0-44392

印刷・製本　株式会社広済堂ネクスト
カバー・口絵
デザイン　モンマ蚕（ムシカゴグラフィクス）

ISBN978-4-19-901129-0

杉原理生の本

好評発売中

［星に願いをかけながら］

イラスト✦松尾マアタ

——もう無理だよ。俺の気持ちを変えさせようだなんて、あきらめて？

「慧くん、泣かないで」幼なじみへの片恋に悩んでいたある日、小さな手を伸ばして慰めてくれたのは、親友の小さな弟だった——。改装の依頼で古い喫茶店を訪れた設計士の慧。そこで再会したのは、精悍な大学生に成長した親友の弟・海里だった‼「あの頃から慧さんの側にいたかった」昔と変わらず無愛想なのに、その言葉は熱い激情を孕んでいて⁉　可愛い弟から恋人へ——星に誓った永遠の恋♥

杉原理生の本

好評発売中

［制服と王子］

イラスト✦井上ナヲ

制服と王子
Riu Sugihara Presents
杉原理生
イラスト◆井上ナヲ
寮で同室になった先輩は、
「王子」と呼ばれる人気者の寮長!?
キャラ文庫

蔦の絡まる旧い校舎、生徒は「坂の上の囚人たち」と呼ばれる名門全寮制男子高――。期待を胸に入学した遥だが、学年のリーダーという雑用係に任命されてしまった!! そんな遥を助けてくれるのは、同室で２年生の寮長・篠宮。戸惑う遥を優しく世話してくれる。他の先輩は後輩を奴隷扱いなのに、僕は距離を置かれてるの…？ 人気者の王子様と生真面目な新入生が、同じ部屋で育む純愛♥

杉原理生の本

好評発売中

[恋を綴るひと]

イラスト✦葛西リカコ

「俺の魂の半分は、竜神の棲む池に沈んでるんだ」。人嫌いで、時折奇妙なことを呟く幻想小説家の和久井(わくい)。その世話を焼くのは大学時代からの親友・蓮見(はすみ)だ。興味はないと言うくせに、和久井は蓮見の訪問を待っている。こいつ自覚はないけど、俺が好きなんじゃないのか…？　けれどある日、彼女ができたと告げると、態度が一変!!「小説の参考にするから彼女のように抱いてくれ」と求められ…!?

杉原理生の本

好評発売中

[息もとまるほど]

イラスト✦三池ろむこ

どうしても断ち切れない絆と恋情——
いとこ同士のせつない純愛♥

17歳の夏、一度だけ従兄弟ではなく恋人として、熱く求められた二日間——。両親を亡くし、伯父の家で育った透(とおる)には、彰彦(あきひこ)は恋人以上に兄で大切な家族だった。この恋が成就しても、きっと皆を傷つける…。血を吐く想いで諦めた透。けれど11年後、疎遠だった彰彦が、なぜか会社を辞め実家に帰ってきた!! 再会して以来、優しい兄の顔を崩さない彰彦だが、時折仄暗く熱を孕む瞳で見つめてきて!?